Nahoko Uehashi

Das Lied der Bestien

Buch

Erins Mutter ist in ihrem Heimatdorf für die Toudas, gigantische Kriegsschlangen, verantwortlich. Als mehrere der Tiere sterben, wird sie zum Tode verurteilt, und Erin muss fliehen.
Trotz dieses Erlebnisses beschließt Erin, ebenfalls Tierheilerin zu werden. Durch Glück und Zufall erhält sie die bestmögliche Ausbildung. Doch vor allem verfügt die junge Frau über eine ganz besondere und überaus seltene Gabe: Sie vermag mit ihrer Harfe die Stimmen der heiligen Bestien zu imitieren. Kein Wunder, dass man sich ihrer und ihrer Fähigkeiten bei Hofe erinnert, als das Lieblings-Ohju der Königin sich unerklärlicherweise weigert, irgendetwas zu fressen. Erin wird zur Pflegerin des Jungtiers bestimmt, und tatsächlich gelingt es ihr mit ihrer Musik, dem Ohju seinen Lebenswillen zurückzugeben. Doch Fähigkeiten wie diese rufen nicht nur Bewunderung, sondern auch Neid hervor, und als einige Neider in Erins Vergangenheit wühlen und dabei herauskommt, dass ihre Mutter verbotene Hexenkräfte besaß, scheint auch Erins Schicksal besiegelt!

Autorin

Nahoko Uehashi studierte Anthropologie. Das dabei erworbene Wissen lässt ihre fiktiven Welten so wirklich erscheinen. Sie lebt in Tokio, Japan.

Nahoko Uehashi

Das Lied der Bestien

Roman

Aus dem Englischen
von Alexandra Klepper und Dorothea Überall

blanvalet

Die japanische Originalausgabe erschien unter dem Titel
»Kemono no soja 01 – Touda hen« bei Kodansha, Tokio.

FSC
Mix
Produktgruppe aus vorbildlich bewirtschafteten Wäldern und anderen kontrollierten Herkünften
Zert.-Nr. SGS-COC-1940
www.fsc.org

Verlagsgruppe Random House FSC-DEU-0100
Das für dieses Buch verwendete FSC-zertifizierte Papier
Holmen Book Cream liefert Holmen Paper, Hallstavik, Schweden.

1. Auflage
Deutsche Erstausgabe November 2009

First published in Japan in 2006 by Kodansha Ltd., Tokyo.
This German edition publications rights arranged through Kodansha Ltd.

Umschlaggestaltung © Isabelle Hirtz / HildenDesign
unter Verwendung eines Motivs von Nina Malyna / shutterstock
Redaktion: Gerhard Seidl / text in form
HK · RF
Satz: Uhl + Massopust, Aalen
Druck und Einband: GGP Media GmbH, Pößneck
Printed in Germany
ISBN: 978-3-442-26662-3

www.blanvalet.de

Prolog: Der Pfiff der Mutter *9*
Die Begräbnisflöte der Toudas *10*
Die Aaryo *21*
Der Pfiff der Mutter *31*
Der Seelenvogel *46*

Der Bienenzüchter *55*
Das gestrandete Mädchen *56*
Der Flug der Königin *72*
Tabu Chimu – Die Milch der Königin *81*

Das Tier am Himmel *95*
Bienen und Harfen *96*
Die Sommerhütte *110*
Das Tier am Himmel *120*

Ein junges Ohju als Geburtstagsgeschenk *137*
Der schnelle Iaru *138*
Die Yoje und der Aruhan *148*
Ein junges Ohju als Geburtstagsgeschenk *162*

Die Schule für Ohju-Heiler in Kazarumu *173*
Jouns Sohn *174*
Die Aufnahmeprüfung *191*
Yuuyan *205*
Die Ohju-Flöte *211*
Riran *224*
Tomura *234*
Licht von unten *243*

Wichtige Protagonisten

Erin; Hauptprotagonistin der Geschichte. Das Mädchen ist im Dorf des Volks der Toudas aufgewachsen, das sie nach dem Tod ihrer Mutter verlässt, um sich ihrem Schicksal zu stellen.
Soyon; Erins Mutter gehört dem Volk der Aaryo an und bringt Erin nach der Heirat mit einem aus dem Volk der Toudas zur Welt. Sie ist eine Tierheilerin.
Asson; Erins Vater ist sehr früh verstorben. Er war der Sohn des Oberhaupts der Touda-Leute.
Joun; der Bienenzüchter nimmt die verwaiste Erin auf und kümmert sich um sie.
Asan; Jouns Sohn.
Esaru; Jouns Studienfreundin ist die Direktorin der Schule für Ohju-Heiler.
Karisa; Heimmutter des Kazarumu-Internats.
Yuuyan; das andere der einzigen beiden Mädchen, die in Kazarumu studieren, und Erins beste Freundin.
Tomura; Student in Kazarumu und einige Klassen über Erin.
Harumiya; Königin des heiligen Königreichs Ryoza. Die alte Frau wird als weise, freundliche »Yoje«, als wahre Königin bezeichnet.
Seimiya; Harumiyas Enkelin und zukünftige Königin.
Damiya; Harumiyas Neffe.
Je; Begründerin des Königreichs Ryoza.
Der Aruhan; ihm unterstehen die mithilfe der Toudas kämp-

fenden Soldaten. Wichtiger Staatsmann, der für die Landesverteidigung des heiligen Reichs Ryoza verantwortlich ist.
Shunan; der älteste Sohn des Aruhan.
Nugan; der zweitälteste Sohn des Aruhan.
Iaru; ein Soldat aus der Leibgarde der Yoje.
Kairu; ein weiterer Soldat aus der Leibgarde der Yoje.
Yantoku; Iarus alter Freund aus Kindertagen.

Schautafel: Die Abstammung der königlichen Familie des heiligen Reichs Ryoza

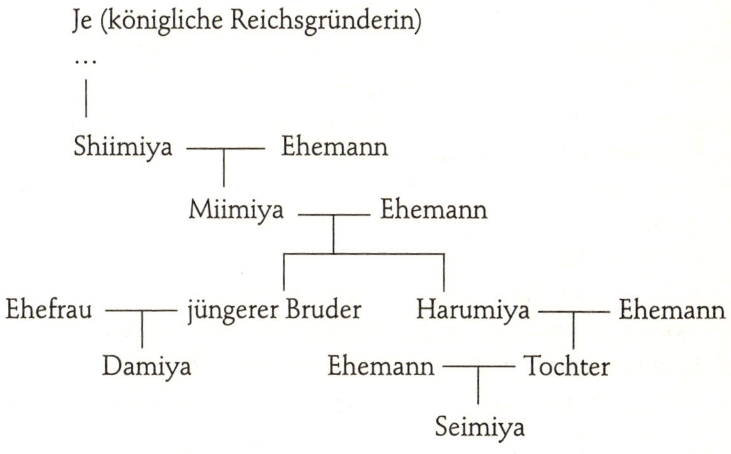

Prolog: Der Pfiff der Mutter

Erin erwachte, als sie hörte, wie die Tür sich öffnete.

Die Nacht war schon lange hereingebrochen, und der Klang der Regentropfen, die auf das dünne Schindeldach prasselten, hallte unaufhörlich durch die Dunkelheit.

Verschlafen sah sie ihrer Mutter dabei zu, wie sie sich an der Wasserstelle auf dem Boden die Hände wusch. Als sie schließlich leise in Erins Schlafkammer stieg und unter die Bettdecke glitt, stieg plötzlich der Duft des Regens und der Geruch der Toudas in Erins Nase.

Die Schuppen der gewaltigen Schlangen waren von einem Sekret umhüllt, das einen speziellen, süßlichen Duft ausströmte, der an Moschus erinnerte. Die Männer, die auf ihrem Rücken in die Schlacht zogen, erkannte man immer und überall an diesem Geruch.

Und auch Erins Mutter, deren Aufgabe es war, sich um die Toudas zu kümmern, roch immer nach ihnen. Erin war von klein auf damit vertraut – daran erkannte sie ihre Mutter blind.

»Mama, hat es vorhin gedonnert?«

»In der Ferne, ja. Aber die Gewitterwolken sind auf der anderen Seite der Berge, also hab keine Angst und schlafe jetzt.«

Erin seufzte und schloss die Lider.

Vor ihrem inneren Auge tauchte die schneeweiße Hand ihrer Mutter auf, wie sie sanft über den großen Körper eines der Tiere fuhr. Erin liebte diesen friedvollen Anblick, wenn sie ihre Mutter mit den Toudas beobachtete. Sie hatte die stärksten unter ihnen, die sogenannten »Kibas«, zu versorgen. Diese wurden vor allem für die Vorhut eingesetzt und dazu, die feindlichen Stellungen zu zerstören. Nicht einmal die Väter ihrer Freundinnen Saju und Choku hatten die Gehege der Kibas in ihre Verantwortung nehmen dürfen. Wenn Erin daran dachte, dass das Touda-Volk, das sich eigentlich um die Toudas zu kümmern hatte, die Heilkräfte ihrer Mutter so hoch schätzte, zersprang ihr fast die Brust vor Stolz.

Immer wenn ihre Mutter ging, um die Tiere zu versorgen, ließ Erin alles stehen und liegen und folgte ihr, egal ob sie eigentlich gerade Wasser holte oder nähte. Sie konnte ihr Verlangen, den Riesenschlangen einmal genau wie ihre Mutter über die Schuppen zu streichen, kaum im Zaum halten, aber ihre Mutter hatte es ihr strikt verboten.

»Die Toudas sind furchterregende Lebewesen. Wenn du in ihre Nähe kämst, würden sie deine Anwesenheit sofort spüren und sich aufrichten, um dich mit einem einzigen Biss durchzubeißen und zu verschlingen«, hatte sie mit Blick auf die riesigen Schlangen, die sich an der Oberfläche des pechschwarzen Wasserbeckens in ihrem Gehege durch die Wellen schlängelten, ganz trocken und beiläufig gesagt.

»Du bist es gewohnt, mich dabei zu sehen, wie ich sie berühre und bist deshalb wohl schon zu leichtfertig, aber diesen Fehler darfst du niemals begehen. Die Toudas sind nicht zu bändigen. Und es ist verboten, sie zu zähmen. Wenn einer von den Touda-Leuten oder ein Krieger sie berühren kann, so nur, weil wir mit der tonlosen Flöte ihre Empfindungen lähmen.«

Sie zeigte Erin eine kleine Flöte.

Erin hatte ihre Mutter mit dieser Flöte an den Lippen natürlich schon oft gesehen, auch wie die Krieger beim Exerzieren alle gleichzeitig hineinbliesen, um den dann wie zu einer Salzsäule erstarrten Toudas rasch die Sättel aufzulegen, auf ihre

Rücken zu klettern und darauf Platz zu nehmen, während sie sich an den beiden langen Hörnern festhielten, die ihnen aus dem Kopf wuchsen.

Wenn die Krieger erst einmal auf den Kampfschlangen saßen und die Hörner fassten, ließen die Toudas sich von ihren Reitern lenken. Zwang man sie durch Zurückziehen der Hörner dazu, ihr Haupt anzuheben, konnten sie auch nicht mehr im Wasser untertauchen und die Reiter mit sich in die Tiefe ziehen.

Die Tiere besaßen scharfe Krallen an Vorder- und Hinterläufen, außerdem waren sie schneller als jedes Pferd, sobald sie auf dem Erdboden zu laufen begannen. Dann sahen sie weniger Schlangen, sondern vielmehr Drachen ähnlich. Doch ihr Rückzugsgebiet befand sich unter Wasser, und wenn sie, die Beine eng an den Rumpf gedrückt, durch die Fluten glitten, wurden sie zu leibhaftigen Schlangen. Ihre harten Schuppen hielten jedem Pfeil stand. Brutalen Ungeheuern gleich flogen sie mit den Kriegern auf dem Rücken in die feindlichen Stellungen und töteten Menschen wie Pferde mit ihren scharfen Zähnen.

Die Touda-Leute schlichen sich in der Jahreszeit, in der die wilden Toudas ihre Eier legten, vorsichtig an deren Nester, sodass die Elterntiere sie nicht bemerkten, und wählten aus den zahlreichen Eiern dort ein oder zwei aus, die sie mit sich nahmen.

Waren die Eier ausgebrütet und die Jungtiere noch klein, schnitten sie ihnen diejenigen Teile der Schuppen ab, welche den Bereich um die Ohren wie Deckel abdeckten.

Erin hatte ihrer Mutter dabei schon einmal zugesehen. Sie hatte ihr erklärt, dass die Toudas ihr Gehör ohne diesen Ohrenschutz nicht mehr verschließen konnten und sich so durch den Klang der tonlosen Flöte lenken ließen. Die Krieger verwendeten einen dem Original nachempfundenen Ohrenschutz, um die Toudas zu schützen, wenn sie auf ihrem Rücken saßen, damit der Feind sie nicht verwirren konnte.

Während Erins Mutter die Flöte auf ihrer Handfläche hin und her rollen ließ, wirkte ihre Miene düster und traurig. Erin konnte sich den Grund dafür nicht erklären.

»Wenn du erst mal größer bist und erwachsen, mit fünfzehn vielleicht, dann denken wir noch mal drüber nach.«

Die Stimme ihrer Mutter klang so tönern, dass Erin wie gelähmt war und nichts dazu sagen konnte. Fünf Jahre sollten noch vergehen. Würde sie noch so lange warten können? Wo sie doch den ganzen Tag über nichts anderes nachdachte als darüber, wie sich die Schuppen, die in allen Regenbogenfarben schillerten, wohl anfühlen mochten, wenn man mit den Fingern darüberstrich.

Als Erin Saju und Choku davon erzählte, erklärten diese sie prompt für verrückt. Offensichtlich hatten die beiden Angst vor den Toudas. Sie wollten sich nicht einmal in deren Nähe wagen.

Auch wenn sie selbst nicht sagen konnte, warum das so war – jedes Mal, wenn Erin die Toudas betrachtete, vergaß sie völlig die Zeit. Wenn sie den Tieren zusah, wie sie nach einem Tauchgang wieder emporstiegen und das schwarze Wasser an ihnen abperlte, während sie durch die Wogen glitten, konnte sie die Augen nicht abwenden, so sehr sie der Anblick auch schaudern ließ.

Am liebsten hätte sie die Toudas den ganzen Tag lang beobachtet.

Ob sie nachts wohl auch schliefen? Erin hatte ihre Mutter schon einmal bei ihrem mitternächtlichen Kontrollgang begleiten wollen, aber sie hatte es nie geschafft, wach zu bleiben. Jedes Mal, wenn sie aufwachte und bemerkte, dass ihre Mutter sich bereit machte, wollte auch sie aufstehen, doch ihre Lider waren vor Müdigkeit so schwer, dass es ihr nicht gelang, die Augen auch nur geöffnet zu halten. Und kurz darauf war Erin erneut von tiefem Schlaf übermannt.

Wie lange hatte sie geschlafen?

Erin fuhr erschrocken auf, als plötzlich der schrille und ohrenbetäubende Ton einer Flöte zu ihr drang.

Sie sah, wie ihre Mutter neben ihr sich die Decke von den Beinen strampelte und horchte. Es musste schon tiefe Nacht sein, denn Erin konnte die Gestalt ihrer Mutter in der Dunkelheit kaum ausmachen.

Die Flöte gellte immer noch. Es klang, als würde jemand mit aller Kraft in ein rissiges, eisernes Rohr blasen. Der Klang ließ einem beinahe das Blut in den Adern gefrieren. Erin hielt sich die Ohren zu.

»Mama! Was ist das für ein Ton?«

Ihre Mutter antwortete nicht. Während sie sich rasch anzog, sagte sie nur: »Bleib hier!«

Dann sprang sie aus dem Bett, schlüpfte in ihre Sandalen und rannte nach draußen.

Der Flötenton, der sich flehentlich und verzweifelt anhörte, drang jetzt von allen Seiten herein und wurde immer lauter. Was war da nur los?

Erin warf sich einen Umhang über und rannte ihrer Mutter nach, so schnell sie konnte.

Draußen regnete es, und der Boden war rutschig, und Erin musste aufpassen, dass sie nicht ausrutschte und stürzte.

Die Türen der anderen Häuser wurden aufgerissen. Überall kamen nun Touda-Leute herausgestürmt. Hinter Erin liefen sie aufgeregt in Richtung des östlichen Steilhangs. In einer

Felsenhöhle dort befanden sich mehrere Gehege, in denen die Toudas gehalten wurden. Von dort war auch der Flötenton gekommen.

Der Eingang zu der Felsenhöhle sah aus, als hätte ein Riese Hand an den grauen Steilhang gelegt und eine Spalte in den Fels gerissen. Die Öffnung reichte bis weit in die Felswand hinauf und bildete an der Stelle, wo er auf die Erdoberfläche traf, einen breiten Durchgang, der so viel Platz bot, dass mehrere Erwachsene dort nebeneinander laufen konnten.

Am Eingang der Höhle hatten Soldaten Nachtwache gehalten, damit niemand aus dem feindlichen Lager sich hineinschleichen konnte. Durch den unheimlichen Laut der Flöte aufgeschreckt spähten sie suchend in das Innere der Felsgrotte. Als die Touda-Leute mit Erins Mutter an der Spitze zum Eingang gelangten, traten die Wächter erleichtert beiseite, um sie durchzulassen.

Nachdem sie einige Schritte in den Stollen hineingelaufen waren, wurden Fackeln entzündet, deren Schein sich an den feuchten, glänzenden Felsenwänden widerspiegelte.

Gleich hinter dem Eingang öffnete sich der Tunnel zu einem großen Raum, der als »Saal« bezeichnet wurde. An der Rückwand war dieser Höhlenraum in mehrere kleine Nischen unterteilt, die jeweils zu voneinander abgetrennten, riesigen Kavernen mit Wasserreservoirs führten: »Teiche«, die als Gehege für die Toudas dienten.

Die Teiche, die von den Vorfahren der Touda-Leute mehr als dreihundert Jahre zuvor angelegt worden waren, waren überraschend groß, sodass man sich fragte, wie tief sie wohl in den Steinboden reichen mochten. Trotzdem konnte man nicht mehr als zehn Toudas auf einmal in einem solchen Teich halten, da die Toudas ein starkes Revierverhalten zeigten und sich bis aufs Blut bekämpften, wenn es ihnen zu eng wurde. Deshalb hatte man unzählige solcher Teiche angelegt.

Die einzelnen Teiche waren durch Wasserstraßen miteinander verbunden, die man »Touda-Straßen« nannte. Normalerweise waren diese Wasserstraßen durch mächtige Schleusentore aus Eichenbrettern abgesperrt und wurden nur geöffnet, wenn die Toudas zum Exerzieren oder für einen Kriegseinsatz gebraucht wurden.

In diesem Augenblick drang ein wahrer Schwall schrecklicher Geräusche aus dem Grund des Erdbodens. Aus den unzähligen Teichen hallte der schrille Ton der Flöten und wurde von den Höhlenwänden doppelt so laut zurückgeworfen. Alle, die in die Höhle gelaufen waren, hielten sich unwillkürlich die Ohren zu.

Zu beiden Seiten der »Touda-Straßen« befanden sich begehbare Durchgänge. Erins Mutter lief furchtlos in einen davon und betrat das Gehege der Kibas.

Als Erin endlich zu dem Pferch gelangte, in den ihre Mutter gelaufen war, hatten sich bereits fast alle Leute aus dem Touda-Volk dort eingefunden, die wie zu Stein erstarrt waren.

Sie drängte sich zwischen den Erwachsenen nach vorn und traf auf ein eigenartiges Schauspiel: An der Wasseroberfläche des dunklen Teichs trieben mehrere riesige, matt schimmernde Körper. Erins Mutter stand bis zur Brust im Wasser und hatte ihre Hände auf einen der Körper gelegt.

Dann begriff Erin endlich, was das für Körper waren, und hielt die Luft an.

»Die Kibas…!« Als Erin gerade zu ihrer Mutter laufen wollte, wurde sie von jemandem an der Schulter gepackt. Sie drehte sich um und erkannte ihren Großvater.

»Sind sie tot?«, fragte er zum Wasser hin.

Erins Mutter antwortete ihm mit einem Nicken.

»Alle fünf?«

Erins Mutter nickte erneut.

Plötzlich verstummte der Klang der seltsamen Flöte. Durch die Stille drang das Geräusch von Schritten, und drei der Leute vom Touda-Volk traten in das Gehege. »Im Teich nebenan sind auch alle Kibas tot!«

Die Touda-Leute gerieten in Aufruhr. Erin spürte, wie ihr Großvater ihre Schulter so fest drückte, dass es wehtat.

»Was ist mit den anderen Toudas?«

»Die ›Dou‹ und die ›Oh‹ sind alle am Leben. Sie schwimmen zwar immer noch aufgeregt im Teich herum, aber sie leben.«

Den Blick auf die Touda-Leute gerichtet, sagte Erins Großvater in strengem Ton: »Jeder geht zu den Gehegen, für die er zuständig ist. Wenn die Toudas weitertoben, ritzt ihr ihnen die Haut mit Felsbrocken auf. Wir dürfen keinen einzigen mehr verlieren!«

Die Touda-Leute nickten. Erins Großvater sah ihnen nach, als sie das Gehege verließen, und trat dann an das Wasser heran.

»Wie konnte das passieren?

Erins Mutter starrte auf die Schuppen des leblos im Wasser treibenden Toudas, als wollte sie ihn mit ihren Blicken sezieren, und antwortete: »Das weiß ich noch nicht.«

»Haben sie keine Luft mehr bekommen, weil zu viele Washu hier herumschwirren?«

»Nein. Die Kiemen sind intakt. Die Glühwürmchen sind vermutlich erst gekommen, als sie schon tot waren.«

»Das Wasser mit den Heilkräutern hast du ihnen doch gegeben, oder? Bei deinem mitternächtlichen Kontrollgang ist dir nichts aufgefallen?«

Erins Mutter schüttelte wortlos den Kopf.

Der Großvater starrte Erins Mutter an und sagte endlich mit eisiger Stimme: »Alle Kibas sterben zu lassen … Das ist ein unerhörtes Schwerverbrechen! Der Inspektor wird dich ins Kreuzverhör nehmen und verurteilen!«

Erins Mutter hob langsam den Kopf und sah ihn an. Dann flüsterte sie: »Darauf bin ich vorbereitet.«

Erins Großvater ballte wütend die Hände zu Fäusten.

»Du bist darauf vorbereitet?! Soyon! Weißt du, auf was ich mich dann gefasst machen muss? Mich als Oberhaupt der Touda-Leute und als deinen Schwiegervater wird der Inspektor ebenfalls in die Zange nehmen! Sie werden wissen wollen, warum einer aus dem Volk der Aaryo das wertvollste Gut von Aruhan, die Kibas, anvertraut wurden!«

Die Stimme des Großvaters bebte vor Wut: »Wenn der letzte Wille von Asson nicht wäre … wenn du nicht ein Kind von Asson hättest …« Der Großvater schüttelte den Kopf. »Nein, nicht allein deshalb habe ich es getan. Sondern weil deine Heilkräfte bei den Tieren herausragend sind. Deshalb habe ich den letzten Willen meines Sohnes gegen die Einwände aller anderen erfüllt. Aber dass es einmal so weit kommen würde …« Damit wandte er ihr den Rücken zu und verließ das Gehege.

Erin kauerte sich am Boden zusammen.

»Mama … Mama …«, flüsterte sie.

Ihre Mutter hob den Kopf und sah Erin eine Weile mit leerem Gesichtsausdruck an; schließlich kehrte Leben in ihre Augen zurück, und mit dem Anflug eines Lächelns sagte sie: »Keine Angst.«

»Aber er hat doch von einem Schwerverbrechen gesprochen …«

»Mach dir keine Sorgen.«

Erins Mutter streichelte sanft den Körper des erstarrten Toudas vor ihr im Wasser.

»Dein Großvater hat das deshalb gesagt, weil in der Zeit, in der sein eigener Vater lebte, genau dasselbe passiert ist – alle Kibas sind gestorben. Weißt du, die Kibas sind viel größer als die anderen Toudas und viel stärker. Aber sie sind auch anfälliger für Krankheiten als die anderen. Und das wissen sie alle.«

Erins Mutter betrachtete noch immer das tote Tier und schien selbst die Kälte des Wassers nicht wahrzunehmen. Es war nicht nur Traurigkeit, die in ihrem Blick lag. Es schwang auch etwas von einem unterdrückten Kummer mit.

Während Erin dem Klang der Stimmen der Touda-Leute aus den hinteren Gehegen lauschte, die von den Felsen widerhallten, ließ sie ihren Blick lange auf ihrer Mutter und dem toten Touda ruhen.

Dort, wo das Licht der Fackeln auf die Felsenwand traf, hatten sich unzählige Florfliegen versammelt und tanzten durch die Luft. Zahlreiche dieser Insekten bevölkerten auch die leblosen Leiber der Toudas.

»Mama, verändern die Toudas ihren Geruch, wenn sie sterben? Oder riechen sie anders, weil sie krank waren?«

Erin erschrak, als ihre Mutter ruckartig den Kopf hob, als wäre sie von einem Peitschenhieb getroffen worden.

Sie sah Erin eindringlich an und fragte: »Wie kommst du darauf?«

Erin blinzelte. »Äh … na, weil der Geruch, den sie jetzt ausströmen, ein anderer ist als sonst. Und ich dachte, dass vielleicht deshalb … all diese komischen Fliegen davon angezogen werden …«

Angesichts Mutter, die sie fassungslos anstarrte, verstummte Erin.

»Und weiter?«, fragte Soyon leise.

»Die Washu kommen häufig im Wasser vor, aber solche Florfliegen hab ich in den Gehegen noch nie gesehen«, sagte Erin. »Das hast du mir doch mal erklärt. Jede Blume sendet einen anderen Duft aus und lockt dementsprechend unterschiedliche Insekten an. Da dachte ich, vielleicht werden diese Florfliegen jetzt deshalb angezogen, weil die Toudas anders riechen als sonst.«

Die Augen ihrer Mutter bekamen einen Ausdruck, den Erin noch nie an ihnen gesehen hatte.

»Du …«

Erins Mutter hatte in bewunderndem Tonfall angesetzt, aber dann schloss sie den Mund wieder, schüttelte den Kopf und sagte: »Erin, davon darfst du niemandem etwas sagen.«

»Warum nicht?«

Ihre Mutter lächelte. »Es gibt Menschen, die von einem dummen Argwohn besessen sind. Es gibt auch solche, die dich bestrafen würden, wenn du so etwas erzählst. Sie würden behaupten, du wolltest mir mit einer erfundenen Geschichte aus der Klemme helfen.«

Erin runzelte die Stirn. Sie verstand nicht, was ihre Mutter damit sagen wollte, sosehr sie sich auch bemühte. Sie hatte irgendwie das Gefühl, ihre Mutter wollte ihr ausweichen, konnte aber nicht begreifen, weshalb.

Erins Mutter griff mühsam nach dem Felsgestein am Rand des Teichs und kletterte aus dem Wasser. Erin eilte zu ihr und half ihr aus dem Wasser. Der Körper ihrer Mutter war völlig ausgekühlt und starr wie Eis.

»Danke«, murmelte Soyon und strich Erin plötzlich zärtlich über das Haar.

Dann wandte sie sich noch einmal dem Teich zu, in dem die Leichen der Toudas schwammen, sank auf die Knie und berührte mit der Stirn den Steinboden. In dieser Stellung verharrte sie lange. Das Wasser, das aus ihrer durchnässten Kleidung sickerte, breitete sich in einer tiefschwarzen Pfütze um ihren Körper herum aus.

Die Aaryo

Als sie aus dem Warmwasserbecken stieg, sah Erin, wie die untergehende Sonne die kahle Felswand rot färbte.

Es war ein langer Tag geworden.

Nachdem sie die Leichen der Toudas aus den Gehegen geholt und im »Saal« auf Strohmatten nebeneinander aufgebahrt hatten, damit sie der Inspektor, der sich für den folgenden Tag angekündigt hatte, einfacher begutachten konnte, war Erins Mutter lange Zeit mit den anderen Touda-Leuten in der Versammlungshütte verschwunden.

Erin hatte es vor Sorge kaum ausgehalten. Als ihre Mutter und die anderen auch zur Mittagessenszeit noch nicht wiedergekommen waren, hatte Sajus Mutter ihr etwas zu essen gemacht.

Erst in den Abendstunden kamen ihre Mutter und die anderen Touda-Leute mit erschöpften Mienen heraus. Soyon nahm Erin, die vor der Tür gewartet hatte, an der Hand und ging mit ihr nach Hause, um sich dort umzuziehen. Dann gingen sie wie jeden Abend zum Warmwasserbecken.

In der Siedlung der Touda-Leute, die den ganzen Tag in den kalten Teichen zu tun hatten, war das Warmwasserbecken eine wichtige Einrichtung. Da eine Menge Brennholz benötigt wurde, um das Feuer am Leben zu halten, und dadurch immer die Gefahr eines Brandes bestand, befand sich das Becken etwas außerhalb, westlich der Siedlung.

Erins Mutter stieg immer als Letzte in das Becken, wenn die anderen Touda-Leute und die Frauen alle schon gebadet hatten.

Das war schon immer so gewesen, seit Erin denken konnte, deshalb hatte sie auch nie darüber nachgedacht, warum das so war. An diesem Abend war keine Menschenseele am Badeplatz zu sehen, und während sie ganz alleine mit ihrer Mutter das Bad genoss, schoss ihr plötzlich die Frage durch den Kopf, weshalb sie immer nur dann hierherkamen, wenn niemand mehr hier war.

Erin wusste, dass es immer eine gewisse Distanz zwischen ihnen und den anderen Bewohnern der Siedlung gegeben hatte.

Es hatte nie jemand direkt angesprochen, aber hin und wieder hatte sie tief in ihrem Inneren etwas davon wahrgenommen. Diese Augenblicke hatten sich mit der Zeit wie Puzzlestücke zu einem großen Ganzen zusammengefügt.

Zum Beispiel gingen Sajus Großeltern immer sehr liebevoll mit ihrer Enkelin um. Und vor allem lebten sie mit der ganzen Familie unter einem Dach, und auch die entfernten Verwandten gingen im Haus aus und ein.

Erin hatte nie mit ihren Großeltern zusammengewohnt. Ihr Großvater, der das Oberhaupt der Touda-Leute war, war für Erin immer ein irgendwie Furcht einflößender Mann gewesen. Auch von ihrer Großmutter, die ihr zwar stets etwas von den Festgerichten abgegeben hatte, wenn sie zu ihr gekommen war, um ihr zu Neujahr oder zu einem Festtag ihre guten Wünsche zu überbringen, hatte Erin noch nie ein Lächeln zu sehen bekommen.

Zu ihren Onkeln und Tanten väterlicherseits und auch zu deren Kindern hatte sie keinen engen Kontakt. Jedes Mal, wenn sie diese unbeschwert mit ihren Großeltern plaudern sah, fragte Erin sich, warum die Großeltern mit ihr und ihrer Mutter nie so sprachen. Da sie jedoch immer das Gefühl hatte, dieses Thema sei besser nicht anzusprechen, hatte sie nicht einmal ihre Mutter danach gefragt.

Erins Mutter war größer gewachsen als alle anderen Frauen der Siedlung.

Erin fragte sich, wann es ihr zum ersten Mal aufgefallen war, dass ihre Mutter sich in der Gesichtsform und in der Augenfarbe ziemlich von den restlichen Touda-Leuten unterschied. Das war wahrscheinlich damals gewesen, als Saju gesagt hatte: »Du hast dieselben grünen Augen wie deine Mutter. Haben alle aus dem Volk der Aaryo diese Augenfarbe?«

Saju hatte diese Frage nur leise und voller Furcht geäußert.

»Sag, Erin, hast du etwa auch magische Kräfte? Normalerweise darf ein Mann aus dem Dorf kein Kind mit einer von den Aaryo bekommen. Ein solches Kind wird als Kind des Teufels bezeichnet. Bist du von Dämonen besessen, Erin?«

Als Saju das gesagt hatte, hatte Erin nur unbestimmt gelächelt und nichts darauf gesagt. Sie hatte irgendwie so ein vages Gefühl gehabt, diese Frage besser zu ignorieren.

Während sie den Wolken nachsann, die von der untergehenden Sonne beschienen wurden, betrachtete Erin heimlich das Profil ihrer Mutter.

Ist meine Mama eine Aaryo?, fragte sie sich. Was für ein Mensch war mein Vater wohl? Bin ich ein Kind des Teufels? – Doch sie wagte es nicht, diese Frage laut auszusprechen.

Erins Mutter hatte den Blick ihrer Tochter wohl gespürt, denn obgleich sie bis dahin in Gedanken versunken die rot gefärbten Wolken beobachtet hatte, hob sie nun den Kopf und sah Erin an.

»Du bist müde, nicht wahr?«, fragte sie leise und lächelte. »Lass uns heute zum Nachtmahl Reh essen.«

Erin war überrascht. In Misopaste eingelegtes Rehfleisch war eine Köstlichkeit, die es normalerweise nur an Feiertagen und zu hohen Festen gab.

»Wirklich? Darf ich wirklich Rehfleisch essen?«

»Ja. Wir sind beide erschöpft und müssen Kraft für den morgigen Tag sammeln. Also lass uns heute so viel von dem leckeren Fleisch essen, wie wir wollen.«

Als sie nach Hause kamen, wies ihre Mutter Erin an, an der Herdstelle Feuer zu machen, und ging in den hinteren Teil der Hütte. Als sie wieder zurückkam, hatte sie ein Päckchen in der Hand.

»Was ist das?«

Soyon antwortete nicht, sondern sagte: »Der Reis ist schon gewaschen, du kannst ihn aufsetzen. Ich bin zurück, wenn er fertig ist.«

Daraufhin ging ihre Mutter in das Nachbarhaus, wo Saju wohnte. Sie blieb lange weg, und Erin fragte sich, was sie wohl zu besprechen hatten.

Als der Duft des garen Reises aus dem Topf stieg, kam Erins Mutter endlich zurück. Sie kniete sich vor den Herd und überprüfte, ob das Feuer schwach genug war.

»Das riecht gut, nicht wahr? Du hast sicher Hunger. Ich werde das Rehfleisch gleich anrichten.«

Entgegen ihrer Worte machte Erins Mutter aber keine Anstalten aufzustehen, sondern starrte gedankenvoll in die Flammen. Dann zog sie plötzlich eine Flöte aus ihrer Tasche und warf sie unvermittelt in das Feuer.

»Mama!«, schrie Erin erschocken auf. Ihre Mutter erhob sich und nahm Erins Gesicht in ihre Hände.

»Es tut mir leid«, sagte sie mit rauer Stimme. »Ich habe etwas getan, das dir furchtbar erscheinen muss. Aber ich möchte diese Flöte ganz ehrlich kein einziges Mal mehr benutzen. Für mich ist es eine Erleichterung.«

Erin war schockiert. »Warum? Kümmerst du dich denn nicht gern um die Toudas?«

Ihre Mutter schüttelte den Kopf. »Ich habe mich immer gerne um die Toudas gekümmert. Diese Flöte aber habe ich immer gehasst.« Während sie Erin zärtlich über das Haar strich, fuhr sie mit tiefer Stimme fort: »Ich habe es gehasst zu sehen, wie die Toudas erstarren, sobald diese Flöte geblasen wird. Wilde Tiere, die von den Menschen gezwungen werden zu gehorchen, sind etwas Trauriges. In der Wildnis sind das stolze Wesen, im Leben wie im Tod. Aber wenn sie von Menschen in Gefangenschaft gehalten werden, werden sie immer schwächer. Das mit anzusehen war hart für mich …« Ihre Worte klangen wie ein Selbstgespräch.

»Die Toudas werden schwächer, wenn sie von Menschen gehalten werden?«, wollte Erin wissen. »Ich dachte, das Heilwasser macht sie stark?«

»Wenn man ihnen Heilwasser gibt, werden die Kibas härter und auch stämmiger als wild lebende Toudas. Aber in einem Punkt verlieren sie an Kraft.«

»Und in welchem?«

Ihre Mutter legte Erin eine Hand auf den Kopf und dachte eine Weile nach. Endlich sagte sie in reuevollem Tonfall: »Ich habe dir schon mehr erzählt, als ich sollte. Bitte vergiss, was ich dir gesagt habe. Die anderen Touda-Leute wissen nichts davon, deshalb wäre es eine Katastrophe, wenn du etwas darüber verrätst. Du musst mir schwören, dass du niemals mit jemandem darüber sprechen wirst!«

Erin runzelte die Stirn. So etwas hatte ihre Mutter schon öfter gesagt.

»Ich schwöre es, aber dafür musst du mir sagen, worin die Toudas durch das Heilwasser geschwächt werden, Mama!«

Ein Lächeln glitt über das Gesicht ihrer Mutter.

»Überleg mal. Es gibt etwas, das die wilden Toudas ganz selbstverständlich beherrschen. Die in den Teichen gehaltenen zahmen Toudas aber nicht mehr… Ich bin sicher, du kommst selbst auf die Antwort. Aber auch wenn dir die Lösung einfällt, darfst du auf keinen Fall jemandem etwas davon erzählen! Jedenfalls nicht, bis du verstanden hast, warum du mit niemandem darüber sprechen darfst.«

Ihre Mutter ließ Erins Haare sanft durch ihre Finger gleiten.

»So, jetzt geh und hol das Rehfleisch aus dem Krug.«

Erin tat, wie ihr geheißen, und während sie das Fleisch von der Misopaste befreite, teilte ihre Mutter die Asche der Herdstelle und streute große Blätter des Rakos-Baums hinein.

Erin betrachtete die Blätter mit großen Augen. »Was machst du da?«

Ihre Mutter lachte. »Na, sieh doch selbst.«

Soyon nahm die Fleischstücke, legte sie nebeneinander auf die Rakos-Blätter, und darauf wiederum gab sie etwas von dem süßen Fruchtfleisch der Rakos-Früchte.

Dann bestrich sie die Fleischstücke mit Toi, einer scharf gewürzten Misopaste, schloss die Blätter mit flinken Händen um das Fleisch und die Fruchtstücke und bedeckte sie mit der heißen Asche.

Gerade, als Erin glaubte, es vor Hunger nicht mehr auszuhalten, holte ihre Mutter die Blätterpäckchen aus der Asche und legte sie auf unglasierte Keramikteller.

Als sie die Blätter öffnete, stieg Erin ein süßer, aromatischer Duft entgegen.

»Mmh…!«

Das gedämpfte Rehfleisch war butterweich und vom Aroma

der süßen, gedünsteten Rakos-Früchte und dem scharfen Geschmack der Toi-Paste durchdrungen. Als sie hineinbiss, breitete sich der intensive Geschmack in ihrem Mund aus.

»Und, schmeckt es?«

Erin nickte, während sie sich begeistert Rehfleisch in den Mund schob, und ihre Mutter lächelte glücklich.

»Gib die Soße auf den Reis.«

Erin stopfte sich den Reis mit der Fleischsoße, die sich in den Blättern angesammelt hatte, in den Mund. Was für ein köstlicher Geschmack!

»Rakos-Blätter gibt es sogar im Winter noch an den Bäumen. Wenn du an einem sonnigen Hang suchst, findest du ausreichend davon. Als ich die Berge überquert habe, habe ich sie oft als Ersatz für Kochgeschirr verwendet. Wenn man aber auch noch das Fleisch damit aromatisiert, bekommt es ein wundervolles Aroma.«

Erin hielt inne. Ihre Mutter hatte einen so friedlichen Gesichtsausdruck. Es war das erste Mal, dass sie sie in dieser Art über ihre Vergangenheit sprechen hörte.

»Mama …« Erin hatte das Gefühl, dass jetzt der richtige Zeitpunkt wäre zu fragen. »Mama, als du noch klein warst, warst du da nicht hier im Dorf? Wo warst du?«

Ihr Herz begann zu rasen, als sie es endlich ausgesprochen hatte.

Ihre Mutter blickte ihr ins Gesicht und erwiderte: »Ich habe mein Leben damit verbracht, von hier nach da zu wandern. Ich habe dir nie davon erzählt, nicht wahr? Du hast aber auch nie gefragt … Hattest du das Gefühl, dass du nicht danach fragen darfst?«

Erin nickte, und ihre Mutter tat es ihr gleich.

»Du bist jetzt in einem Alter, in dem du vieles verstehen kannst, also werde ich dir heute Abend alles über mich und deinen Vater erzählen«, sagte sie und nahm den Teller von ihren Knien.

»Du hast ja gehört, wie dein Großvater mich heute als Aaryo bezeichnet hat, nicht wahr? Wie fühlt es sich für dich an, wenn du Aaryo hörst? Die Dorfmenschen stellen sich unter den Aaryo mysteriöse, groß gewachsene Menschen vor, die aus dem tiefen Nebel auftauchen und wieder dorthin verschwinden. Und sie halten sie für hervorragende Heiler, die gut wirkende Medizin verkaufen, aber sie finden sie auch unheimlich, weil sie an seltsame Götter glauben, stimmt's?«

Erin nickte vorsichtig. Ihre Mutter schenkte ihr ein Lächeln.

»So sehen die anderen Menschen die Leute vom Aaryo-Volk, denke ich. Und tatsächlich werden wir normalerweise nicht sesshaft und bewahren uns unsere eigentümliche Lebensweise. Aber weißt du, dass die Leute uns Aaryo nennen, ist eigentlich ein Missverständnis. Die Bezeichnung, die wir selbst für unser Volk verwenden, wurde von irgendjemandem einmal falsch verstanden. Das Wort ›aa‹ für Nebel und ›ryo‹ für Volk fanden sie wohl passend für uns, und so hat sich die Bezeichnung eingebürgert und verbreitet, aber in Wirklichkeit bezeichnen wir selbst uns als ›Aoo Rou‹ – ›aoo‹ bedeutet ›Tabu‹ und ›rou‹ bedeutet ›Hüter‹. Wir sind also die ›Hüter des Tabus‹ …«

»Tabu?«

»Wir passen darauf auf, dass ein Fehler, der vor sehr, sehr langer Zeit einmal geschehen ist, nicht ein zweites Mal wiederholt wird. Dieses Tabu vor dem Bruch zu bewahren, ist uns wichtiger als unser eigenes Leben – sogar wichtiger als das Leben unserer Familien. So wurde es mir beigebracht, und so lebe ich. Und da wir unser Leben dem Schutz dieses Geheimnisses widmen, nennen wir uns selbst die ›Aoo Rou‹.«

»Was ist das für ein Fehler, der vor langer Zeit geschehen ist?«

Erins Mutter schwieg eine Weile und suchte nach Worten.

»Ein schrecklicher Fehltritt, der die Ausrottung von Mensch und Tier zur Folge hätte. Weißt du, meine Vorfahren haben geschworen, das Tabu zu schützen, damit die Gefahr der vollständigen Vernichtung aller Lebewesen nie wieder heraufbeschworen wird. Sie waren Menschen, die sich weder Yoje noch Aruhan unterworfen hatten und ihr Leben wild in den Steppen und in den Bergen führten. Die Menschen dieses Volkes werden von Geburt an streng darin unterwiesen, dieses Gebot zu befolgen, und sie haben das auch über Generationen geschafft. Die Frauen dürfen auf keinen Fall von einem Mann außerhalb des Volkes ein Kind bekommen. Und sie dürfen nicht sesshaft werden, so lautet das Gebot.«

Ein trauriges Lächeln glitt über Soyons Gesicht.

»Deine Mama hat dieses Gebot gebrochen. Seit ich deinem Vater begegnet bin und mich hier in diesem Dorf niedergelassen habe, bin ich keine Aoo Rou mehr.«

Erin blinzelte verwirrt.

»Aber… aber was ist mit deiner Mutter und deinem Vater? Wo sind sie jetzt?«

»Mein Vater ist früh gestorben… Und meine Mutter führt wohl immer noch ihr Nomadenleben.«

Erin sah ihre Mutter verwirrt an. Sie wusste nicht, was sie dazu sagen sollte.

Ein Tabu… ein Gebot… Sie verstand das alles nicht so recht. Und warum bedeutete es ein solches Verbrechen, dass ihre Mutter Erins Vater begegnet und in dieses Dorf gezogen war? Warum durfte ihre Mutter ihre Familie nur wegen dieser Sache nicht mehr sehen?

Ihre Mutter sah, wie Erin die Stirn runzelte und angestrengt nachdachte, und sagte dann: »Ist es zu kompliziert, was ich erzählt habe?«

»Ja …«

»Das kann ich verstehen. Warte ein bisschen, bis du erst einmal erwachsen bist. Ich bin sicher, dann wirst du es besser verstehen als jetzt.«

Nun gab sie Erin ein Zeichen, zu ihr zu kommen.

Erin stellte ihren Teller ab, stand auf und trat neben sie, woraufhin Soyon sie auf den Schoß nahm, wie sie es immer gemacht hatte, als Erin noch ganz klein war, und schloss die Arme fest um sie.

»Ich bin deinem Vater in einer Felswand namens Samokku begegnet. Ich habe dort nach blühendem Chachimo gesucht, einer Pflanze mit violetten Blüten, die als Medizin bei Magenerkrankungen verwendet wird, und dabei bin ich auf einen jungen Mann gestoßen, der in eine Felsspalte gestürzt war.«

»Und das war mein Vater?«

»Ja. Er hatte ein Reh gejagt und war dabei ausgerutscht und abgestürzt.«

»War er verletzt?«

»Ja. Er hatte einen schweren Schlag auf den Kopf bekommen, und seine Beine waren gebrochen.«

»Aber du hast ihm geholfen, nicht wahr?«

Erins Mutter lächelte und drückte sie an sich.

»Ja, das habe ich. Und so habe ich deinen Vater kennengelernt. Asson … dein Vater war ein freundlicher Mann, ganz anders als dein Großvater und deine Großmutter. Er hat nicht viel geredet, aber wenn er gelacht hat, waren alle um ihn herum fröhlich. Es war, als würde die liebe Sonne persönlich zwischen den Wolken herausblinzeln. Du bist deinem Vater wie aus dem Gesicht geschnitten. … Allein, dich in der Nähe zu haben, schenkt einem schon Wärme.«

Erin hatte sich unter die Frauen gemischt und betrachtete gebannt die aufgebahrten Kibas, die die Dorfstraße säumten, streng bewacht von Kriegern mit aufgerichteten Lanzen.

Fast alle Dorfbewohner hatten sich auf dem Platz vor der Versammlungshütte eingefunden und empfingen die Gruppe um den Inspektor mit angespannten Mienen. Inmitten der Touda-Leute befand sich auch Soyon.

Der Inspektor in seinem roten Gewand mit dem breiten Ziergürtel und der schwarzen Krone auf dem Kopf stieg nicht von seinem Pferd, sondern musterte die Reihe der Touda-Leute scharf.

»Ist es wahr, dass ihr alle zehn Kibas, die kostbarsten Schätze von Aruhan, habt sterben lassen?«

Erins Großvater trat einen Schritt nach vorn und verbeugte sich tief.

»Es ist wahr. Es gibt keine Entschuldigung dafür.«

Die Augenwinkel des Inspektors begannen heftig zu zucken. Unvermittelt brüllte er los.

»Derjenige, der für die Betreuung der Kibas verantwortlich war, trete vor!«

Erin sprang erschrocken auf.

Sie sah, wie ihre Mutter nach vorn trat. Sie hatte ihre Hände vor der Brust gefaltet und erwies dem Inspektor mit einer tiefen Verbeugung den nötigen Respekt.

»Ich bin das.«

Der Inspektor riss überrascht die Augen auf.

»Was denn … Das kann doch nicht wahr sein, bist du etwa eine Aaryo?!«

Der Inspektor wandte sich zu Erins Großvater und schrie

diesen mit furchterregender Stimme an: »Was hast du dir dabei gedacht! Wie konntest du einer Aaryo die größten Schätze von Aruhan anvertrauen!?«

»Ich bitte um Verzeihung«, erwiderte Erins Großvater mit starrem Gesichtsausdruck. »Aber diese Frau ist eine hervorragende Heilerin ...«

Der Inspektor schwang unvermittelt seine Pferdepeitsche und schlug den Großvater damit ins Gesicht. Blut spritzte von seiner Stirn.

»Eine hervorragende Heilerin sagst du? Das mag schon sein! Die Aaryo sind bekannt als ein Gesindel, das solche mysteriösen Künste beherrscht. Aber ich bitte dich, Oberhaupt der Touda-Leute! Hör mir jetzt gut zu! Wenn es um die Betreuung der Toudas geht, reicht es keineswegs aus, nur ein guter Heiler zu sein! Viel wichtiger ist, dass er Aruhan gegenüber unbedingt loyal ist! Darüber müsste ein Oberhaupt der Touda-Leute sich doch im Klaren sein!«

Erins Großvater hob den Kopf.

»Entschuldigt, bei aller Ehrerbietung. Diese Frau wurde vor über zehn Jahren von den Aaryo verstoßen. Sie war mit meinem Sohn verheiratet und wurde zu einer von uns Dorfbewohnern. Sie folgt den Geboten der Aaryo nicht mehr und hat Aruhan die Treue geschworen.«

Der Inspektor lachte auf.

»Weißt du es denn nicht? Für die Aaryo haben ihre Gebote oberste Priorität. Sie würden sogar ihre eigenen Kinder töten, wenn diese dagegen verstoßen würden!« Der Inspektor fasste Erins Mutter ins Auge und fuhr fort: »Warum sind nur die Kibas verendet, die unter deiner Obhut standen? Wenn du eine so herausragende Heilerin bist, dann kannst du mir sicher auch den Grund ihres Todes erläutern. Antworte!«

Erins Mutter erwiderte mit fester Stimme: »Ich bitte vielmals um Verzeihung … Die Kibas sind an einer Vergiftung gestorben.«

Jetzt herrschte Totenstille.

Der Inspektor kniff die Augen zusammen. »Was sagst du da? Vergiftet? Was hat das zu bedeuten? Willst du damit sagen, du hast den Kibas etwas Giftiges gegeben?«

Erins Mutter schüttelte den Kopf. »Nein. Unter den Touda-Leuten gibt es niemanden, der nicht darüber Bescheid weiß – das Heilwasser, das wir den Kibas geben, besteht aus ziemlich starken Zutaten. Aber da der Schleim, mit dem der Körper der Toudas überzogen ist, eine schützende Kraft besitzt, kann das Heilwasser ihnen keinen gesundheitlichen Schaden zufügen, wenn es mit dem Schleim vermischt in ihre Körper gelangt. Nur die guten Inhaltsstoffe werden aufgenommen. Am gestrigen Morgen allerdings war die Schleimschicht, die den Körper der Toudas bedeckt, stellenweise dünner als sonst. Bei meinem mitternächtlichen Kontrollgang schien aber alles wieder in Ordnung, deshalb habe ich ihnen auch das Heilwasser gegeben wie immer …«

»Willst du damit sagen, dass diese Veränderung nicht zum ersten Mal aufgetreten ist? Aus welchem Grund?«

Erins Mutter sah den Inspektor an und schüttelte den Kopf. »Das weiß ich nicht.«

Eine bedrückende Stille senkte sich über den Versammlungsplatz.

Plötzlich wandte der Inspektor sich zu den hinter ihm stehenden Kriegern um.

»Nehmt diese Frau fest! Sie wird nach dem Verhör ihrer Strafe zugeführt!«

Erin erbebte am ganzen Körper. Sie spürte einen stechenden Schmerz in ihrem Herzen, wie wenn ihr jemand ein Messer hineingejagt hätte.

»Mama!«

Erin wollte losrennen, aber Sajus Mutter packte sie von hinten und hielt sie fest.

»Du darfst auf keinen Fall zu ihr!«

Erin schluchzte auf, doch Sajus Mutter hielt ihr den Mund zu, sodass kein Ton aus ihrer Kehle dringen konnte.

Sajus Mutter war groß und kräftig. Sosehr Erin sich auch wand und strampelte, sie konnte sich nicht aus dem Griff der Frau befreien.

Mit Tränen in den Augen musste sie mit ansehen, wie ihre Mutter mit einem Seil gefesselt und abgeführt wurde.

An die drei darauffolgenden Tage konnte Erin sich später fast gar nicht mehr erinnern.

Wie es aussah, hatte ihre Mutter den Eltern von Saju im Voraus schon einen großen Teil ihres gesparten Geldes übergeben und sie gebeten, sich um Erin zu kümmern; und so nahmen Sajus Eltern Erin mit in ihr Haus und kümmerten sich fürsorglich und rücksichtsvoll um sie.

Es wäre eigentlich naheliegender gewesen, sie in die Obhut ihrer Großeltern zu geben, doch Erins Mutter konnte sich nicht sicher sein, mit welchen Gefühlen die Großeltern Erin gegenübertreten würden. Dies hatten auch Sajus Eltern verstanden.

Saju und ihre Eltern versuchten, Erin zu trösten, aber Erin nahm ihre Worte und jedes andere Geräusch nur noch wie aus weiter Ferne wahr und konnte nichts anderes fühlen als Trauer und Angst.

Drei Tage, nachdem Erins Mutter festgenommen worden war, war Erin spätnachts auf dem Weg von der Toilette weit hinten im Garten zurück in den Schlafraum gekommen, als sie unvermittelt stehen blieb. Aus dem Schlafraum von Sajus Eltern hörte sie die aufgeregte Stimme von Sajus Mutter.

»Also wird morgen bei Tagesanbruch das Touda-Gericht vollzogen?«

»Scht, nicht so laut! Was, wenn die Kinder aufwachen?«

Von ihrem Mann zurechtgewiesen, senkte Sajus Mutter ihre Stimme etwas, aber da sie von Natur aus ein kräftiges Organ hatte, konnte Erin sie im Garten auch weiterhin hören.

»Aber ist das nicht viel zu hart? Egal, was sie getan hat, sie können sie doch nicht mit dieser grausamen Todesstrafe belegen…!«

Sajus Vater murmelte irgendetwas, dann war wieder die Stimme seiner Frau zu hören.

»Ja… da hast du wohl recht. Der Inspektor wird sicher eine Rüge vom Aruhan bekommen, wenn herauskommt, dass die Kibas alle tot sind und niemand weiß, warum. Sie werden Soyon die ganze Schuld daran geben. Aber die Strafe ist zu grausam! Sie den wilden Toudas zum Fraß vorzuwerfen…!«

Erin hatte genug gehört und schlich aus dem Garten. Im Licht des Mondes lief sie zur Rückseite von Sajus Haus, an dem kleinen Laubwald vorbei und zur Hütte ihrer Mutter.

Ihr Atem ging schwer, als würde ihr eine kalte Hand den Hals zuschnüren.

Sie musste ihre Mutter retten. Sonst würde sie morgen früh den Toudas zum Fraß vorgeworfen und einen grausamen Tod sterben!

Das sogenannte »Touda-Gericht« musste jene schreckliche Form der Todesstrafe sein, von der sie die Erwachsenen schon hatte reden hören. Sie wurde über Leute verhängt, die mit dem Feind kooperiert oder gegen den Aruhan rebelliert hatten. Dabei wurden Arme und Beine des Verurteilten gefesselt, Steine an seine Füße gebunden, und so wurde er in den See Ragou geworfen, in dem es von wilden Toudas wimmelte.

Erin zitterte, als sie so auf dem ausgekühlten Boden stand.

Sie musste die Hütte verlassen, bevor Sajus Eltern ihre Abwesenheit bemerkten und nach ihr suchten. Wenn sie Erin entdeckten und wieder mitnahmen, würde es ihr sicher nicht mehr gelingen, nach draußen zu kommen, bis das Todesurteil an ihrer Mutter vollstreckt wäre.

Erin kannte die Lage des Sees Ragou. Es war sehr weit vom Dorf entfernt. Aber bis zum Tagesanbruch war noch Zeit, und wenn sie rannte, würde sie es rechtzeitig schaffen.

Erin nahm den Dolch, der an der Wand der Hütte hing. Er war schwerer als erwartet und wäre ihr beinahe aus der Hand gerutscht. Dieser Dolch war besonders scharf, er diente dazu, die Schuppenhaut der Toudas für eine Behandlung anzuritzen, also würde er die Fesseln der Mutter sicher ohne Weiteres durchtrennen können.

Erin dachte, wenn sie sich am Ufer des Sees versteckt hielte und zu ihrer Mutter schwamm, wenn diese hineingeworfen worden war, würde sie sie mit dem Schwert von den Fesseln befreien und damit sicher retten können.

Sie steckte den Dolch in einen Beutel und nahm eine Fackel vom Regal. Die Herdstelle war völlig ausgekühlt und die Glut erloschen, deshalb schlug Erin in großer Eile Feuersteine aneinander und entzündete die Fackel mit den Funken. Dann schlüpfte sie aus ihren Strohsandalen, zog die Lederstiefel an und lief nach draußen.

Der Frühlingsmond ließ den Nachthimmel tiefblau strahlen. Bäume und Pflanzen hatten sich in dunkle Schatten verwandelt und schliefen friedlich.

Erin biss sich auf die Lippen und lief los.

Es war eine lange Nacht. Erin lief und lief, aber der Bergweg wollte nicht enden. Hin und wieder hörte sie aus dem Gebüsch die Geräusche von unbekannten Tieren.

Ich muss Mama retten...!, sagte sie sich, während sie all ihre Kräfte mobilisierte. Insgeheim machte sie sich Gedanken darüber, wie es danach weitergehen sollte. Am besten verlassen wir das Dorf und führen ein Nomadenleben zu zweit. Schließlich hat Mama ihr Leben seit ihrer Kindheit so verbracht.

Und während sie sich schon ausmalte, wie sie mit ihrer Mutter durch die Berge lief und ein Wanderleben auf fernen Pfaden führte, kehrte auch die Erinnerung an das wohlschmeckende Rehfleisch und an die Wärme ihrer Mutter wieder, und der finstere Bergweg wurde etwas weniger Furcht einflößend.

Als sie das Ende des Waldes erreicht hatte und sich das Schilfgefilde vor ihr ausbreitete, wurde es bereits hell. Der Himmel färbte sich zusehends rötlich.

Erin wollte gerade in das Schilf vordringen, als sie plötzlich den Klang einer großen Trommel vernahm, der die Luft erbeben ließ. Dhomm, dhomm! Die dumpfen Schläge hallten in ihrem Magen wider.

Eine Schar aufgeschreckter Wasservögel flog durch das Schilf und stieg in den Himmel hinauf.

Das Trommeln nahm kein Ende.

Die Schilfhalme, die am Rand des Sees dicht an dicht wuchsen, überragten Erin um ein Vielfaches, deshalb konnte sie nicht ausmachen, wo die Trommel sich befand, aber sie war sich sicher, dass ihre Mutter in deren Nähe sein musste.

Plötzlich kam ein schrecklicher Gedanke in ihr auf. Möglicherweise zeigte das Trommeln den Beginn der Hinrichtung an und sollte den Vorgang begleiten, in dem ihre Mutter in den See geworfen wurde!

Das Trommeln wurde schneller, und Erin schnürte es die Brust zu. Sie wollte in die Richtung laufen, aus der das Trommeln zu vernehmen war, aber das Schilfgefilde war so sumpfig und schlammig, dass ihre Füße stecken blieben und sie kaum vorwärtskam. Sie strauchelte und hielt sich an den Schilfhalmen fest, die ihr tief in die Haut schnitten. Doch sie lief unbeirrt weiter. Sie musste bei ihrer Mutter sein, bevor die Trommel verstummte …!

Die Sonne ging auf. Inzwischen war es taghell geworden.

Als Erin das Schilf hinter sich gelassen hatte, konnte sie mit einem Mal alles sehen. Vor ihr erstreckte sich eine stahlblaue Wasserfläche bis in weite Ferne.

Dieser See war durch Flüsse mit unzähligen Seen und Teichen verbunden, und Erin erinnerte sich, dass ihre Mutter ihr erzählt hatte, dass sein westliches Ende an das Nachbarland Yoje grenzte.

Direkt gegenüber am Seeufer waren Felder und Äcker angelegt. Dort waren Trommeln aufgestellt und wurden von Kriegern mit großen Klöppeln geschlagen. Andere Krieger fuhren mit kleinen Booten auf den See hinaus. Die ganze Szenerie wurde von mehreren Männern beobachtet. Einer von ihnen saß auf einem Pferd – das musste der Inspektor sein.

Am Seeufer standen nicht nur Krieger, auch alle hochrangigen Vertreter der Touda-Leute waren versammelt, angefangen mit Erins Großvater.

Erin hielt die Luft an. Ihre Mutter wurde aus einem Zelt gezerrt.

Es lief ihr eiskalt den Rücken hinunter, als sie sah, in welchem Zustand ihre Mutter sich befand. Ihr Körper war blutüberströmt. Die Hände waren auf dem Rücken gefesselt, und die Krieger hatten sie an beiden Seiten gepackt und schleiften sie vorwärts.

Erin biss die Zähne zusammen und unterdrückte einen Aufschrei. Ihr Herz war nicht nur mit Traurigkeit zum Bersten gefüllt, sondern auch voller Wut.

Die Beine ihrer Mutter waren mit dicken Seilen gefesselt, an den Enden dieser Seile hingen schwere Felsbrocken. Als die Krieger Soyon in eins der Boote zerrten, holte Erin den Dolch aus dem Beutel und warf die Schwertscheide weg.

Das Boot mit ihrer Mutter darin wurde in den See geschoben.

Würde es ihr gelingen, bis dorthin zu schwimmen?

Es war ziemlich weit, aber sie konnte es schaffen. Erin kauerte sich in das Schilfgefilde, zog ihre Stiefel aus und wollte losschwimmen. Da bemerkte sie, dass sie nicht schwimmen konnte, wenn sie den Dolch mit beiden Händen hielt.

Während sie panisch überlegte, trieb das Boot immer weiter auf den See hinaus.

Erin blieb nichts anderes übrig, als den Dolch zwischen die Zähne zu nehmen. Als sie so in den See stieg, wurde ihr Körper von eiskaltem Wasser umschlossen.

Mit dem Dolch zwischen den Zähnen konnte sie nicht mehr richtig Atem holen. Erin versuchte, das Gesicht über Wasser zu halten und seitlich durch den Mund und durch die Nase zu atmen, aber der Dolch war schwer, und ihr Kinn begann zu zittern.

In diesem Moment ertönte ein besonders lautes »Ddhomm«. Erin sah, wie der Körper ihrer Mutter aus dem Boot ins Wasser gestoßen wurde. Die Gischt spritzte auf, und während sie zusehen musste, wie ihre Mutter untertauchte, drehte das Boot rasch ab und steuerte wieder auf das Ufer zu.

Der Körper ihrer Mutter ging sofort unter. Erin konnte sie kaum mehr erkennen, aber noch war ihr Gesicht an der Wasseroberfläche zu sehen. Erin schwamm weiter auf ihre Mutter zu, während sie krampfhaft gegen das Gewicht des Dolches zwischen ihren Zähnen ankämpfte.

»Was ist denn das? – Ein kleiner Hund?«, rief einer der Krieger am Seeufer verwundert aus.

»Nein … das ist kein Hund! Das ist ein Kind!«

Die Krieger gerieten in Aufruhr.

»Es hat irgendetwas im Mund!«

»Sieht aus wie ein Messer! Will es die Verurteilte etwa befreien?«

Einer der Krieger hob seinen Bogen und sah den Inspektor fragend an.

»Soll ich schießen?«

Der Inspektor auf seinem Pferd legte eine Hand an die Stirn und verfolgte die kleine Gestalt mit den Augen, aber dann lachte er auf.

»Das wird nicht nötig sein … Seht doch!«

Rund um die Verurteilte herum bildeten sich eigenartige Wellenringe an der Wasseroberfläche. Irgendetwas Großes kam schlängelnd herangeschwommen.

»Die von den Trommelschlägen erwachten Toudas haben das lebende Futter wohl bemerkt, das wir ihnen hineingeworfen haben.«

Erins Großvater beobachtete die Szenerie mit leicht offen stehendem Mund.

Zu sehen, wie seine gerade mal zehn Jahre alte Enkeltochter hilflos im Wasser strampelte und versuchte, ihre Mutter zu retten, war zu viel der Dramatik.

Aber es ist bestimmt besser so, dachte er. Dieses Mädchen ist ja sowieso ein Kind des Teufels. Es ist sicher ein Glück für sie, wenn sie mit ihrer Mutter in den Tod gehen kann.

Ein unreines Kind, ein Mischling zweier sich fremder Völker. Ihre Geburt war ein Fehler. Und dieser Fehler würde auf diese Weise wiedergutgemacht. So war der Lauf des Schicksals.

Trotzdem bekam der alte Mann eine Gänsehaut, als er sah, wie sich hinter seiner Enkelin langsam der schwarze Rücken eines Toudas der Wasseroberfläche näherte.

Soyon versuchte mit aller Kraft, ihr Gesicht an der Wasseroberfläche zu halten.

Der See war an dieser Stelle nicht tief, aber sie konnte nicht mehr stehen. Nur die Steine, die an ihren Beinen festgebunden waren, schienen am Seeboden angekommen zu sein, denn sie spürte das schwere Gewicht nicht mehr. Aus der tiefen Schnittwunde, die man ihr am Bauch zugefügt hatte, um die Toudas anzulocken, sickerte unaufhörlich Blut. Soyon hatte das Gefühl, dass gleichzeitig mit dem Blut auch das Leben aus ihr wich.

Als sie es irgendwie schaffte, ihre von den Schlägen dick geschwollenen Augenlider zu öffnen, geriet sie angesichts der Szenerie, die sich ihr bot, völlig aus der Fassung.

Erin schwamm dort im Wasser. Sie kam direkt auf sie zu …

Und was hatte sie da im Mund?

Mein Dolch!

Als Soyon begriff, was ihre Tochter vorhatte, spürte Erins Mutter einen heißen Klumpen in ihrem Hals, und ihr Blick wurde von Tränen verschleiert.

»Erin …!«

Mit ihren gefesselten Beinen strampelte Soyon im Wasser und versuchte krampfhaft, näher an ihre Tochter heranzukommen.

Erin war kurz davor zu ertrinken. Der Dolch war einfach zu schwer. Der Speichel, der sich in ihrem Mund angesammelt hatte, ließ sie immer wieder gurgelnde Laute ausstoßen.

Endlich nahm sie den Dolch mit der rechten Hand aus ihrem Mund und schwamm nur noch mit dem anderen Arm weiter.

»Erin, halt dich an mir fest! Halt dich an meiner Schulter fest …!«

Als Erin sich unsicher an ihrer Schulter festklammerte, sah Soyon, was hinter ihrer Tochter aus dem Wasser aufstieg.

Die Toudas!

Unzählige Touda-Köpfe trieben um die beiden herum. Sie bereiteten sich auf das »Kräftemessen« vor, ein Ritual, das sie pflegten, sobald sie eine große Beute gefunden hatten. Sie umkreisten das erspähte Opfer in weiten Kreisen, und wenn zwei Toudas sich begegneten, maßen sie ihre Kräfte miteinander, bevor der stärkste Touda sich schließlich auf die Beute stürzte.

»M … Mama!«, stieß Erin keuchend hervor. »Die Fesseln … an deinen Händen …«

Soyon warf sich herum und streckte ihrer Tochter unter Wasser die Handgelenke hin, so gut es ging, damit diese die Fesseln durchschneiden konnte. Erin holte tief Luft und tauchte unter Wasser.

Die Fesseln waren dick – und da sie mit Wasser vollgesogen waren auch hart – aber Erins Mutter dehnte sie mit aller Kraft ihrer Arme auseinander, sodass die Klinge sie leicht durchtrennen konnte. Der für die Touda-Haut gefertigte Dolch war sehr scharf, und obwohl Erin nicht viel Kraft besaß, konnte sie die Fesseln Stück für Stück durchtrennen, indem sie wieder und wieder hineinschnitt.

Als Soyon spürte, wie die Fesseln sich allmählich lösten, biss sie die Zähne zusammen und zerrte das Seil auseinander.

Schließlich schlang sie die Arme um ihre Tochter, und diese klammerte sich an sie.

Hustend und röchelnd kam sie wieder an die Wasseroberfläche.

Soyon umklammerte ihre Tochter fest und drückte ihre Wange an die ihrige.

»Ma … ma … die Fesseln an den Beinen auch …«

»Schon gut, die kann ich selbst durchschneiden. Gib mir den Dolch.«

Als Erin ihr die Klinge in die Hand drückte, spürte Soyon, dass die Bewegungen der Toudas, die sie umkreisten, sich veränderten. Das »Kräftemessen« war vorüber.

Ihr blieb keine Zeit mehr, sich von den Fußfesseln zu befreien. Schon im nächsten Augenblick würde der erste Touda angreifen.

Soyon hatte von Anfang an keine Hoffnung auf Rettung gehabt, denn es blieb noch die klaffende Wunde am Bauch. Aber um Erin zu retten, gab es noch einen Weg. Allerdings war es ihr streng verboten, diese Möglichkeit auch nur in Betracht zu ziehen, selbst wenn es um das Leben des eigenen Kindes ging.

Seit ihrer Geburt war ihr dieses Verbot eingeimpft worden.

Soyon war sich bewusst darüber, was für eine furchtbare Katastrophe hereinbrechen würde, wenn sie dieses Tabu jetzt vor den Augen derer brechen würde, die am Ufer standen. Nicht nur sie allein würde es mit dem Leben büßen.

Soyon betrachtete das Gesicht ihrer Tochter. Dieses von Tränen und Seewasser verschmierte Gesicht. Im selben Augenblick waren alle Zweifel, die ihr das Herz schwer machten, verflogen.

Soyon hielt ihre Tochter umklammert und flüsterte: »Erin, versprich mir, dass du nie nachmachen wirst, was ich jetzt tun werde. Denn das, was du jetzt sehen wirst, ist ein schlimmes Verbrechen.«

Erin sah ihre Mutter an, ohne zu verstehen, wovon sie sprach.

Ihre Mutter lächelte.

»Du musst weiterleben und glücklich werden, versprich mir das.«

Dann warf sie den Dolch weg, steckte die Finger in den Mund und ließ einen lauten Pfiff ertönen.

In dem Moment, in dem der Pfiff schrill über den See hallte, erstarrten die Toudas, und das aufgewühlte Wasser beruhigte sich.

Aber die Toudas waren nicht gelähmt. Sie bewegten sich jetzt nur viel ruhiger und hoben ihre Köpfe aufmerksam.

Erin sah ihre Mutter an.

»Was war das? Was tut sie da?«, fragte der Inspektor Erins Großvater.

»Ich weiß es nicht. Wie es aussieht, hat sie auf den Fingern gepfiffen, aber …«

»Aber die Toudas bewegen sich doch kaum! Hat dieses Pfeifen eine solch starke Wirkung auf sie?«

Erins Großvater murmelte mit finsterer Miene: »Nein, das ist unmöglich … Wilde Toudas lassen sich doch selbst durch die tonlose Flöte nicht besänftigen!«

Der Pfiff trillerte mal hoch, mal tief, und zum Schluss stieß Erins Mutter noch einmal einen besonders lauten Ton mit einer seltsamen Artikulation aus.

Wie Hunde, die von einer Hundepfeife gelenkt werden, begannen die Toudas, sich um Soyon herum zu versammeln.

Erin stieß einen Schrei aus, denn der Kopf eines riesigen Toudas kam direkt auf sie zu. Die Mähne des Tiers berührte ihre Wange, und der nach Fisch riechende Atem und der süßliche Geruch des Schuppenschleims streifte ihre Nase.

Erin spürte, wie ihr Körper mit einem Ruck hochgehoben wurde. Ihre Mutter hatte die Hände unter ihre Achseln geschoben und stemmte sie aus dem Wasser.

»Halt dich an den Hörnern fest! Steig auf den Rücken des Toudas!«

Wie in Trance streckte Erin die Hände aus, griff nach den Hörnern und kletterte auf den schleimbedeckten Rücken des gewaltigen Tiers.

»Klammere dich mit beiden Beinen an seinem Rumpf fest! Und lass auf gar keinen Fall los!«

Dann ließ Erins Mutter wieder einen Pfiff ertönen.

Sofort schwamm der Touda mit Erin auf dem Rücken los. Die Geschwindigkeit raubte ihr fast den Atem. Erin klammerte sich mit beiden Händen an die Hörner und mit den Beinen an den Körper des Toudas und drehte sich gehetzt nach ihrer Mutter um.

»Mama! Mama!«

Sie hörte die Stimme ihrer Mutter noch rufen: »Geh! Dreh dich nicht mehr um! Du musst hier weg!«

Innerhalb von Sekunden war die Gestalt ihrer Mutter von Touda-Leibern umgeben und verschwand unter ihnen.

»Mama! Maamaaaa!«

Ihr Schreien und Weinen wurde von der Gischt des Wassers verschluckt. Erin versuchte, von dem Touda herunterzuklettern, aber der Schleim haftete wie Leim an ihrer Kleidung, und sie konnte sich nicht von der Stelle rühren.

Der Touda schlängelte durch den See, während sich das Wasser schäumend vor seiner breiten Brust teilte. Nach Westen, immer nach Westen, in unglaublichem Tempo.

Ihre Mutter und die Heimat, in der sie aufgewachsen war, verschwanden innerhalb von Sekunden hinter ihr in der Ferne, und vor Erins Augen breitete sich bald eine endlose, feuerrote Wasserfläche aus.

Am Abendhimmel, der vom feinen Schatten der Äste gesäumt war, begannen die ersten Sterne zu leuchten.

Das junge Mädchen nahm die Reisigzweige, die es für das abendliche Feuer gesammelt hatte, auf den Arm und lief zwischen den Bäumen hindurch. Es hatte einen roten, leicht grünlich schimmernden Mantel übergeworfen, die Kapuze tief ins Gesicht gezogen und glitt mit der Behändigkeit eines Tieres durch den Wald, ohne auch nur ein bisschen aufzufallen.

Pling… Von irgendwoher hörte es einen Ton, der wie ein leises Glöckchen klang.

Das Mädchen blieb sofort stehen. Am Himmel vor ihm war ein Leuchten zu sehen wie das Licht von Glühwürmchen. Als sich dieser blinkende gelbe Lichtschein näherte, erkannte es die Gestalt eines Vogels.

Ein Seelenvogel!

Der Seelenvogel tanzte zwischen den Bäumen hin und her. Als sein Licht an der Schulter des Mädchens verweilte, wurde aus dem schwarzen Etwas, das bisher nur im Schatten der Bäume zu sehen gewesen war, schemenhaft eine menschliche Gestalt.

Der wie die Glühwürmchen glimmende Seelenvogel verwandelte sich nach und nach in unzählige kleine Lichter, die hin und her hüpften wie Reiskäfer, als wollten sie die Umgebung um die Gestalt herum beleuchten. Als die Lichter wieder näher kamen, verweilte der Seelenvogel diesmal in der Kopfgegend der Gestalt, zwischen den beiden Hörnern, die wie zwei Äste aussahen, und verschmolz mit ihr.

Im selben Augenblick begann auch das Wesen zu leuchten.

Auch wenn es einer menschlichen Gestalt sehr ähnlich sah,

war es ganz eindeutig kein Mensch, sondern ein Tier auf zwei Beinen, das jetzt die Augen öffnete. Unverwandt starrte es das Mädchen an.

Das Mädchen warf zitternd das Reisig zu Boden und fiel auf die Knie. Es schloss die Augen, hielt den Atem an und spitzte die Ohren.

Als das Tier sein Maul öffnete, wurden das Tschilpen und der Glockenklang immer höher. Unzählige Töne kamen dazu und vereinten sich im Chor. Das Ganze erinnerte an menschliche Worte, und das Mädchen hielt den Atem an und lauschte angestrengt.

Endlich verhallte das Klingen, und der Kopf der Tiergestalt schien sich in unzähligen Lichtern aufzulösen, bevor das Wesen schließlich innerhalb eines Wimpernschlags in der Dunkelheit des Waldes verschwand.

Dem Mädchen standen feine Schweißtropfen auf der Stirn, und seine Lippen bewegten sich unablässig, wobei es die von dem Seelenvogel empfangenen Worte wiederholte. Dann rannte es los, ohne die Reisigzweige wieder aufzusammeln.

Tief im Wald, wo sich nicht einmal ein Jäger hin verirrte, mitten im Steilhang einer Schlucht, gab es eine Felsenhöhle.

Der Eingang war schmal und hinter einem dicht wuchernden Dickicht aus Farnkraut und Sträuchern verborgen, sodass er unerkannt blieb, selbst wenn jemand in die Nähe kommen sollte. Trat man durch diesen schmalen Eingang, öffnete sich dahinter eine überraschend weiträumige Felsbehausung.

Die Höhle ähnelte den Gehegen der Toudas stark, aber sie war, anders als bei den Toudas, ganz trocken.

Siebzehn tiefe Aussparungen mit Felsmauern, jeweils in der Größe eines ganzen Hauses, waren durch dicke Wolltücher voneinander abgetrennt. Hinter jedem dieser Tücher lagen auf dem Boden sorgfältig gewebte Teppiche, die weitgehend wasserdicht waren. Kerzen brannten in Leuchtern und verbreiteten eine behagliche Atmosphäre.

Das Mädchen hastete durch den Eingang, trat in den weiträumigen Höhlenbereich und ließ einen Pfiff ertönen, der dem Zwitschern eines Vogels glich.

Der Pfiff hallte durch den Raum. Die siebzehn Wolltücher wurden angehoben, und Menschen drängten dahinter hervor. Es waren greise Leute darunter, Männer im besten Alter und Kinder. Sie alle waren schlank und hatten grüne Augen.

Ein Mann und eine Frau mit weißen Haaren traten zu dem Mädchen.

»Was gibt es?«, wollte die alte Frau in ruhigem Ton wissen.

»I… ich bin einem Seelenvogel begegnet… glaube ich«, haspelte das Mädchen. »Der Seelenvogel wohnte in einem gehörnten Tier und hat zu mir gesprochen!«

Aus der Menge war ein leises Raunen zu hören. Jemand flüsterte: »Was denn… es gibt in dieser Waldgegend wirklich noch einen Seelenvogel? Ist er nicht längst ausgestorben…?«

Die alte Frau drehte sich um und bedeutete dem Sprecher zu schweigen. Dann wandte sie sich wieder dem Mädchen zu und sagte mit scharfer Stimme: »Was hat der Seelenvogel dir gesagt?«

Das Mädchen ballte die Hände zu Fäusten und öffnete sie dann wieder: »Ich bin noch unerfahren«, erwiderte es endlich. »Ich bin nicht sicher, ob ich alles genau gehört habe, ich bitte um Verzeihung. Aber der Seelenvogel hat in etwa Folgendes gesagt: ›Die Kunst der Tierbeschwörung wurde angewendet. Jemand hat den Pfiff der Toudas ertönen lassen.‹«

Die Miene der alten Frau erstarrte augenblicklich. Als sie

sich zu dem greisen Mann an ihrer Seite drehte, bedeutete dieser den hinter ihnen stehenden Alten, zu ihnen zu kommen.

Die Alten bildeten einen Kreis um das Mädchen, das vor Aufregung ganz blass geworden war.

»War das alles, was der Seelenvogel verkündet hat?«

»Ja. Das war alles.«

Die alte Frau nickte. »Das hast du gut gemacht … Du kannst jetzt nach Hause gehen.« Dann wandte sie sich an die anderen. »Wir berufen sofort den Ältestenrat ein. Wir werden später bekannt geben, über was wir gesprochen haben, also kehrt jetzt bitte alle in eure Wohnbereiche zurück.«

Die Leute verneigten sich einer nach dem anderen und zogen sich zurück.

Die Alten, die in dem weitläufigen Höhlenraum zurückblieben, ließen sich im Kreis auf dem Teppich nieder.

»Es muss Soyon gewesen sein, die den Touda-Pfiff benutzt hat, sie hat schon einmal die Gebote verletzt«, sagte die alte Frau, woraufhin das Gesicht einer der anderen älteren Frauen erstarrte. Sie neigte ihren Kopf zu Boden, sodass die Stirn den Boden berührte.

»Es tut mir leid. Ich bin schuld daran, dass sie so geworden ist, denn ich habe sie aufgezogen.«

Die Alten starrten auf die gebeugte Frau.

Die weißhaarige Frau, die von Anfang an das Wort geführt hatte, sagte mit ruhiger Stimme: »Sie war doch so ein kluges und herzensgutes … und starkes Mädchen. Wie konnte sie sich nur hinreißen lassen, die Kunst der Tierbeschwörung anzuwenden?«

Einer der Alten erhob die Stimme: »Lasst uns zuerst einmal durch die Späher herausfinden, was genau geschehen ist und wie es dazu kam.«

Die anderen nickten.

Einer von ihnen sagte: »Wir müssen uns beeilen. Sollte sie den Pfiff vor anderen Menschen ausgestoßen und damit bekannt gemacht haben, wie wir die Toudas lenken, wird das irgendwann ganz sicher an die Ohren des Aruhan dringen. Und wenn das geschieht, wird er sein wahres Gesicht zeigen, er wird uns suchen lassen und ohne Zweifel aus uns herauspressen wollen, wie wir die Toudas kontrollieren.«

Die Alten nickten erneut.

Die weißhaarige Frau sagte: »Wir werden dem gesamten Volk davon berichten und allen mitteilen, dass sie sich versteckt halten müssen. Bis klar ist, was genau passiert ist, muss äußerste Vorsicht walten. Keiner darf das Dorf verlassen!«

Vier Tage nachdem der Seelenvogel erschienen war, kamen die jungen Kundschafter aus der Siedlung der Touda-Leute, in der Soyon gelebt hatte, zurück ins Dorf.

Nachdem die Alten ihren Bericht gehört hatten, saßen sie schweigend und mit nachdenklichen Mienen da.

»Soyon ist also bereits hingerichtet worden?«, murmelte die Älteste unter ihnen.

Der junge Mann, der Bericht erstattete, blickte zu Boden und presste zwischen den zusammengebissenen Zähnen hervor: »Wie furchtbar… sie auf diese Weise sterben zu lassen! Der Inspektor hat, ohne in Frage zu stellen, ob wir unsere Aufsichtspflicht verletzt haben, den Tod der Toudas einfach als Folge einer geplanten Tat von Soyon abgetan und sie zum Tode verurteilt. Nur…«, der junge Mann hob den Kopf, »…ironischerweise kann man wahrscheinlich wirklich sagen, dass Soyon sehr viel mit dem Tod der Toudas zu tun hatte. Ich habe die Leichen der Toudas heimlich untersucht und ganz eindeutig eine Veränderung der Schleimhäute festgestellt. Es sieht so aus, als wären sie gerade in die Brutzeit gekommen.«

Die Mitglieder des Ältestenrats zogen die Augenbrauen zusammen, wussten sie doch nur zu gut, was das zu bedeuten hatte.

Eine der Alten nickte traurig.

»Es ist unvorstellbar, dass Soyon mit ihrem Scharfsinn die Veränderung der Schleimhäute nicht bemerkt hat. Sie wusste genau, was da vor sich geht, und hat den Toudas trotzdem das Heilwasser gegeben. Im Wissen darüber, dass es für die Kibas mit veränderter Schleimschicht giftig ist …«

Die Älteste murmelte: »Soyon hat damit das Tabu geschützt.«

Dann sah sie Soyons Mutter an, die leise weinte.

»Deine Tochter hat die Seele unseres Volks nicht verraten. Im Wissen, dass sie damit wahrscheinlich ihr eigenes Todesurteil fällt, hat sie sich dafür entschieden, die Toudas sterben zu lassen, damit das Geheimnis um ihre Veränderung nicht aufgedeckt wird.«

Soyons Mutter erwiderte nichts, nur ein tiefes Schluchzen drang aus ihrer Kehle.

»Aber sie konnte es nicht ertragen, dass ihre Tochter ebenfalls von den Toudas gefressen werden sollte … deshalb hat sie kurz vor dem Ende ihren Gefühlen nachgegeben.«

Die Alten saßen mit finsteren Mienen da und schwiegen lange.

Schließlich erhob die Älteste das Wort: »Was ist aus Soyons Tochter geworden?«

Der junge Mann schüttelte den Kopf.

»Nason hat ihre Spur verfolgt, aber in dieser Gegend kreuzen sich die Flusswege ungünstig, und es ist äußerst schwierig herauszufinden, welchen Weg der Touda genommen hat.

Außerdem ist anzunehmen, dass ein gerade mal zehn Jahre altes Kind sich nicht ewig auf dem Rücken eines Toudas halten kann…«

Sowohl die Alten als auch die jungen Männer senkten die Köpfe und schlossen die Augen.

Aus der Ferne war das lange Echo des Schreis eines Nachtvogels zu hören, der seine melancholische Stimme erklingen ließ. Erst als der Vogelgesang in der Stille der Nacht verhallt war, ergriff der junge Mann wieder das Wort.

»Soyon und ihre Tochter hatten wirklich ein trauriges Schicksal, aber es scheint unsere einzige Rettung zu sein, dass dieser Inspektor ein so kleinmütiger Mann ist…«

Die Ältesten bedeuteten dem jungen Mann mit einem Zwinkern fortzufahren.

»Der Inspektor wurde getadelt, weil er seine Kontrollpflicht vernachlässigt hat, und er fürchtet jetzt wohl, das könne seiner Karriere schaden. Er hat den Touda-Leuten streng verboten, nach außen dringen zu lassen, dass Soyon eine Aaryo war, und er lässt die Dorfbewohner belauschen, was sie über Soyon reden.«

Als sie das hörten, entspannten sich die Mienen der Ältesten merklich.

»So ist das also. Das ist gut«, murmelte die älteste unter den Frauen. »Dann besteht also nicht die Gefahr, dass die Geschichte von Soyon, wie sie die Gabe der Tierbeschwörung angewendet hat, die Runde macht.«

Der junge Mann nickte. »Ich denke, das ist noch mal gut gegangen.«

»Gut gemacht. Behalte den Inspektor im Auge und sei nach wie vor auf der Hut. Die Verletzung des Tabus, aus welchen Gründen es geschehen mag, beinhaltet auch immer die Gefahr, dass eine Katastrophe geschieht. Wir dürfen die Welt nicht noch einmal durch unsere Kunst ins Unglück stürzen. Unsere Ahnen, die sich in der Gestalt des Seelenvogels gezeigt haben… Sie haben uns das mitgeteilt, damit nicht eine Familie nach der anderen zerstört wird, weil das Tabu verletzt und dadurch ein Faden des Teppichs aufgetrennt wurde.«

Dann fügte die alte Frau in ruhigem Ton hinzu: »Selbst wenn der Aruhan nicht von der Sache erfährt, darf er durch unser Auftreten nicht erinnert werden, was durch uns geschehen ist. Wir müssen dieses Land auf jeden Fall für eine Weile verlassen und uns in den Bergen verstecken, bis Gras über die Sache gewachsen ist.«

Die Alten nickten vielsagend.

Der Bienenzüchter

Die großen Sarou-Bäume am Seeufer standen beinahe schon in voller Pracht. An den Zweigen, die bis ins Wasser herabhingen, erstrahlten weiße, flaumige Blüten, die in der Morgensonne wie Edelsteine funkelten.

Kleine Bienen schwirrten wie von Sinnen um sie herum. Joun beobachtete sie, strich durch seinen Bart, der mit ersten weißen Härchen durchzogen war, und lächelte. Dieses Jahr versprach gut zu werden. Er konnte sich auf eine wohlschmeckende Honigernte freuen.

Als der Wind über die Wasserfläche streifte, erhoben sich sanfte kleine Wellen. Süßer Blütenduft stieg ihm in die Nase.

Joun stand auf, um entlang des Seeufers den Blütenstand der anderen Bäume zu überprüfen. Plötzlich hielt er inne, weil er etwas Ungewohntes bemerkt hatte.

Vögel mit gelben Schnäbeln tänzelten hektisch am Ufer auf und ab und pickten an einem großen, schmutzigen Haufen auf dem Ufergras herum.

Was ist das denn …?, fragte er sich.

Als ihm klar wurde, was sich unter der dicken Schlammschicht verbarg, erstarrte Joun vor Schreck.

Eine Leiche …! Der Körper dieses Ertrunkenen musste hier angespült worden sein!

Es war ein kleiner Körper, wohl der eines Kindes.

So eine schreckliche Entdeckung schon am frühen Morgen … Was ist da bloß geschehen …?

Die nächste Siedlung war weit entfernt, doch er konnte die Leiche unmöglich einfach so hier liegen lassen. Schon gar nicht die eines Kindes.

Joun fasste sich ein Herz und näherte sich seinem Fund entschlossen, da stieg ihm schlagartig ein unverkennbarer, süßlicher Duft in die Nase, der an Moschus erinnerte.

Joun blickte nervös am Ufer entlang. Waren etwa Toudas in der Nähe? Doch die Seeoberfläche war ganz ruhig. Von den Kampfschlangen war weit und breit nichts zu sehen.

Der Geruch der Toudas musste also vom Körper des toten Kindes ausgehen. Vorsichtig beugte Joun sich über den leblosen Körper und betrachtete ihn aus der Nähe.

Der Schmutz haftete wie Leim an ihm, doch das Antlitz des Kindes war verhältnismäßig sauber. Während er das leichenblasse kleine Gesicht musterte, verzog sich seine Miene.

Das arme Ding … Noch so jung …

Die Augen des Mädchens waren geschlossen, der Mund leicht geöffnet. An seinen Lippen hafteten Grashalme. Joun hielt erschrocken inne … Die Halme zitterten leicht! Er näherte sich dem Mund. Atem streifte sanft seine Wange.

»Sie lebt!«, rief er aus. Hastig klopfte er mit der Hand auf ihre Wangen und rüttelte an ihren Schultern. »Hey! Hey! Mach die Augen auf! Kannst du mich hören? Spürst du das?«

Das Mädchen stöhnte mit heller Stimme auf und öffnete die Augen einen Spalt, schloss sie aber sofort wieder.

»Was für ein Schlamassel …!« Joun packte das Mädchen und nahm es vorsichtig hoch. Der schlaffe Körper wog federleicht in seinen Armen.

Erins Lebensgeister wurden durch das warme Wasser, das ihren Leib umgab, wieder erweckt. Ihr ganzer Körper brannte, als wäre sie von Kopf bis Fuß mit Wunden übersät.

Irgendjemand hielt ihren Kopf und wusch ihr die Haare. Offenbar war sie mitsamt ihrer Kleidung in die Badewanne gelegt worden. Eine eigenartige Wanne war das. In ihrem Rücken spürte sie etwas Hartes.

»Na, bist du aufgewacht?«

Sie öffnete die Augen und erkannte direkt vor sich das Gesicht eines fremden Mannes. Sie blinzelte und betastete, was da an ihren Rücken drückte. Offenbar handelte es sich um eine Art Mast.

Der Mann lachte. »Tut es dir im Rücken weh? Das hilft jetzt nichts. Ich habe keine Badewanne, in die ich dich hätte stecken können, deshalb hab ich meinen kleinen Kahn mit Wasser gefüllt. Mit all dem Schmutz an dir kann ich nicht mal sehen, wie schwer du verletzt bist.«

Erin war so benommen, dass sie nichts erwidern konnte. Sie schloss die Augen und glitt wieder in tiefen Schlaf zurück.

Als sie die Augen abermals öffnete, war es bereits Abend. Sie lag alleine in einem Zimmer, und kein Laut war zu hören. Noch ganz schläfrig starrte sie an die Zimmerdecke, die eigentümlich wirkte. … Sie sah aus wie gewobenes Tuch, nur dass sie aus lauter kleinen Ästen zusammengefügt war. Der rote Schein der untergehenden Sonne brachte die Zimmerwand zum Leuchten. In den Sonnenstrahlen tanzte gemächlich der Staub durch die Luft.

Erins ganzer Körper fühlte sich heiß an.

Sie schloss die Augen erneut und wurde sogleich vom Schlaf hinweggetragen.

Diesmal wurde sie von einem schrecklichen Albtraum gefangen genommen. Nicht einer, unendlich viele Träume, die sich aneinanderreihten und sie in Todesangst versetzten.

Die Gischt spritzte ihr ins Gesicht. Sie hatte das Gefühl, dass sich der Leib des Toudas immer noch zwischen ihren Beinen befand. Am ganzen Körper verspürte sie brennende Schmerzen. Es tat so weh, und sie fühlte sich so niedergeschlagen.

Die letzten Worte ihrer Mutter hallten in ihrem Ohr wider, und der Anblick, wie sie zwischen all den Touda-Leibern verschwand, wiederholte sich im Traum wieder und wieder. Jedes Mal, wenn sie das mit ansehen musste, verspürte sie vom Bauch bis zur Brust einen tiefen Schmerz, als würde ihr der Leib aufgeschlitzt.

Sie konnte nicht einmal weinen. Der Schmerz saß so tief, dass er sie von innen aufzufressen drohte. Vor Pein konnte sie kaum atmen.

Plötzlich fühlte sie, wie sich etwas Kühles auf ihre Wange legte. Eine große Hand strich beruhigend über ihren Körper. Sachte, ganz sacht.

»Hab keine Angst, du träumst nur. Es ist nur ein Traum. Hier musst du dich vor nichts fürchten.«

Die tiefe, ruhige Stimme befreite Erin behutsam von ihrem Albdruck.

Joun wischte mit einem feuchten Lappen über das schweißnasse Gesicht des Mädchens und betrachtete dabei das schlafende Antlitz. Seine Wangen waren rot wie Äpfelchen, und zwischen den leicht geöffneten Lippen atmete es hektisch.

Bis eben hatte es im Traum gestöhnt und geweint, doch jetzt war es ruhig geworden.

Einen ganzen Tag und eine Nacht lang war es nur für kurze Augenblicke aus dem Schlaf erwacht und dann sofort wieder ins Reich der Träume gesunken.

Joun hatte versucht, ihm gegen das Fieber einen Sud aus fiebersenkenden Rau-Blättern einzuflößen, doch es hatte nicht viel von der bitteren Medizin getrunken.

Was es hingegen zu sich genommen hatte, war der saure Karimu-Saft mit Honig und Tabu Chimu gemischt und mit kühlem Wasser verdünnt, doch es schwitzte so stark, dass es unbedingt noch mehr zu sich nehmen musste.

Es schien um die zehn Jahre alt zu sein. Bei einem so kleinen Kind bestand die Gefahr, dass es einem derart hohen Fieber nicht standhielt. Doch das Gelee Royale verfügte über eine enorme Kraft, die sogar gewöhnliche Bienen zu Königinnen werden ließ. Er konnte nur beten, dass der Honig und das Tabu Chimu das Kind am Leben erhalten würden.

Seit er sein verzweifeltes Weinen gehört hatte, war er umso entschlossener, alles zu tun, um das Mädchen gesund zu pflegen. Ihm musste etwas Schreckliches widerfahren sein. Es trauerte nicht einfach wie ein Kind, das nach seinen Eltern sucht. Sein Weinen schnürte einem beim bloßen Zuhören die Kehle zu, so ergreifend war es.

Was mag nur geschehen sein …?

Die Kleider des Mädchens hatten einen anderen Schnitt als die, welche die Kinder dieser Gegend trugen. Sie ähnelten eher denen der Wajaku weit im Osten.

Doch auch der am nächsten gelegene Ausläufer des Gebiets des Aruhan war mit dem Pferd drei Tagesmärsche entfernt.

Wie sollte ein so junges Ding diese Strecke alleine hinter sich gebracht haben? Wo waren seine Eltern? Und wie kam es, dass es über und über mit dem klebrigen Sekret der Toudas behaftet gewesen war? Seine ungeschützten Arme und Hände sowie die Beine unterhalb der Knie waren mit Schnittwunden nur so übersät.

Dann gab es da noch etwas, das Joun keine Ruhe ließ. Die Augen des Mädchens … Auch wenn es sie immer nur für einen kurzen Moment geöffnet hatte, hatte er doch sofort bemerkt, dass sie grün waren.

Fließt in ihren Adern etwa das Blut der Aaryo?

Was hatte er da nur aufgelesen? Möglicherweise hatte er sich damit eine schwere Last aufgeladen…

Joun seufzte.

Doch selbst wenn es so ist, jetzt, wo ich das Kind schon mal mitgenommen habe, will ich doch, dass es überlebt.

Seine größte Sorge galt dem Wundbrand. Die Schnittverletzungen an Händen und Füßen waren völlig verunreinigt und inzwischen angeschwollen. Gegen die Vereiterung hatte er ja noch die geeignete Medizin da, aber würde der Wundbrand sich ausbreiten, konnte er nichts mehr tun.

Doch alles Kopfzerbrechen half nichts. Er konnte nicht mehr tun, als die eiternden Wunden zu versorgen, so gut es ging.

Joun legte die Hand an sein Kinn und verfiel ins Grübeln.

Oder soll ich *es* einfach mal ausprobieren? Es hat große Wirkung auf eiternde Wunden, ist aber auch ein starkes Gift. Selbst Erwachsene haben schon mit schweren allergischen Reaktionen darauf reagiert und sind erstickt… Soll ich es wirklich bei einem Kind anwenden?

Im selben Moment öffnete das Mädchen die Augen ein wenig. Wahrscheinlich hatte es Durst. Es bewegte die Lippen.

»Hey…«, murmelte Joun und schob eine Hand unter ihren Kopf, um ihn leicht anzuheben. Dann hob er die mit Saft gefüllte Schale an den Mund des Mädchens und ließ es langsam trinken. Geräuschvoll schluckte es.

»Schmeckt dir das?«

Sie deutete ein Nicken an. Offenbar war sie wieder etwas zu Bewusstsein gekommen. Möglicherweise konnte sie nun auf einige Fragen antworten.

»Bist du schon mal von einer Biene gestochen worden?«

Das Mädchen sah ihn mit vom Fieber glasigen Augen an und schüttelte kaum merklich den Kopf.

»Nein? Wirklich nicht? Bist du dir sicher?«

Das Mädchen nickte und schloss die Augen wieder.

Während er sie erneut zur Ruhe bettete, fasste Joun einen Entschluss. Er erhob sich, nahm aus dem Regal an der Wand ein hohles Bambusrohr sowie eine Bienenwachskerze, zündete sie an und ging nach draußen.

In der angenehm kühlen Nachtluft zog er ein Bündel getrockneten, ölhaltigen Hasaku-Krauts unter dem Vordach heraus und entzündete es an der Spitze. Mit dem qualmenden Kräuterbündel begab er sich auf die Rückseite des Hauses zu dem Bienenstock, der sich in einiger Entfernung unter einem Laubbaum befand, stellte sich daneben und klopfte auf den Deckel. Dann hob er den Deckel an und schwenkte das Bündel, sodass der Rauch die Waben mit Qualm umgab.

Sobald er sah, dass die Bienen ruhiger wurden, griff er erst eine, dann eine zweite und steckte sie in das Bambusrohr.

»Entschuldigt die Störung. Bin schon wieder weg«, murmelte er, schloss den Deckel und kehrte mit dem Rohr ins Haus zurück.

Joun hielt die mitgebrachten Bienen ins Licht und zog ihnen mit einer Bambuspinzette den Stachel heraus. Dann legte er die Stachel auf ein Stück Stoff, steckte die Bienen wieder in das Bambusrohr zurück und faltete die Hände.

Bienen sterben, wenn sie den Stachel verlieren. Es waren nur kleine Insekten, doch für Joun war jede einzelne von ihnen wertvoll wie der teuerste Schatz. Es tat ihm leid um sie, doch er hatte keine andere Wahl.

»Nun denn …«, sagte er und hob die Decke an, um die Wunden an den Füßen des Mädchens zu untersuchen. Die am schlimmsten entzündeten Stellen befanden sich an den Innenseiten der Knie.

Er zog die Augenbrauen zusammen. Verletzungen an diesen Stellen entstanden eigentlich durch Reibung an einem Pferdesattel, doch diese Wunden waren eher Schnitt- als Schürfwunden.

Vorsichtig stach er die Bienenstacheln neben die eiternden Wundöffnungen in die Haut. Er achtete darauf, nicht zu tief zu stechen, damit nicht zu viel Gift entladen wurde, und zog die Stacheln sofort wieder heraus. Auch an den anderen entzündeten Wunden verfuhr er auf dieselbe Weise.

Jedes Mal, wenn er zustach, verzog Erin leicht das Gesicht und öffnete die Augen, schloss sie aber unmittelbar darauf wieder fest.

Joun wischte sich den Schweiß von der Stirn.

»Das wäre geschafft. Jetzt kann ich nur noch hoffen, dass es wirkt.«

In einer Hand hielt er als Gegengift den abgekochten Sud aus Farankraut bereit, um ihn ihr im Notfall sofort einflößen zu können. Er würde die ganze Nacht an ihrem Bett Wache halten. Sank das Fieber bis morgen früh, war das Schlimmste überstanden.

Erin wurde vom Zwitschern der Vögel geweckt. Eine sanfte Brise wehte von irgendwoher und trug den Geruch von feuchter Erde und taubenetztem Gras ins Zimmer.

Die Erinnerung an ihre Albträume verschwand ganz und gar, und sie begann jetzt, klarer zu sehen. Nach und nach erkannte sie, dass neben ihrer Schlafstätte ein großer alter Mann saß. Er hockte mit verschränkten Armen im Schneidersitz auf dem Boden, ließ den Kopf herabhängen und schlief tief und fest.

Sobald er jedoch vornüberzukippen drohte, schreckte er mit fest geschlossenen Augen wieder hoch, und das Schauspiel begann erneut. Erin beobachtete das Ganze schlaftrunken.

Der Mann musste ziemlich erschöpft sein, denn als sein Kopf ihn diesmal erneut in Richtung Boden zog, kippte der gesamte Körper plötzlich hinterher. Der laute Aufprall entlockte dem alten Mann ein Stöhnen, und er öffnete die Augen. Mit verwirrtem Gesichtsausdruck richtete er sich auf und sah sich um.

Erin hielt sich die Hand vor den Mund, um ein Lachen zu unterdrücken, doch es gelang ihr nicht. Der alte Mann blinzelte und musterte Erin eingehend.

»Also hör mal … Lachst du etwa über mich?«

Dann musste er selbst schmunzeln.

Der Mann war groß wie ein Bär, ein zottiger Bart bedeckte sein Gesicht, doch auch wenn er für Erin ein völlig Fremder war, verspürte sie keinerlei Angst vor ihm. Vielleicht lag es an seinem herzlichen Lachen.

»Das Fieber scheint überstanden«, sagte er nun. »Du siehst erholt aus. Tut dir noch irgendetwas weh?«

Erin nickte vorsichtig.

»Ja? Dann lass mich mal die Wunden an deinen Knien ansehen.«

Er hob die Bettdecke an, und erst da wurde Erin bewusst, dass sie in eine große Jacke eingewickelt war. Wahrscheinlich die Schlafkleidung des alten Mannes. Die Ärmel waren mehrfach umgeschlagen, und ihre Hände ragten ein Stück heraus. Ein Gürtel hielt die Jacke zusammen, sodass sie ein hervorragendes Nachtkleid für Erin abgab.

Der Alte untersuchte die Verletzungen an den Beinen mit erleichtertem Gesichtsausdruck.

»Schon viel besser als gestern! Kaum noch vereitert. Das wird bald wieder gut sein.« Schließlich deckte er Erin wieder zu. »Da bin ich aber froh. Du hast wirklich Glück gehabt, Mädchen. Bist dem Tod gerade noch mal von der Schippe gesprungen.«

Diese Worte riefen in Erin die Erinnerung an ihre Mutter und was mit ihr geschehen war wieder zurück. Vor ihrem inneren Auge sah sie noch einmal deutlich die Szene, wie Soyon unter all den Touda-Leibern verschwand. Ein stechender Schmerz bahnte sich seinen Weg vom Bauch über die Brust, bis sie einen heißen Kloß in ihrer Kehle verspürte. Tränen stiegen ihr in die Augen.

Mutter …!

Sie sehnte sich so sehr danach, ihre Mutter zu sehen.

Mutter … Mutter … Mutter …!

Erin rollte sich zusammen, schlang die Arme um ihren Leib und begann zu weinen.

Der Alte streckte die Hand aus und streichelte sanft über die Bettdecke. Auf dieselbe Weise hatte er sie auch im Schlaf getröstet.

»Weine ruhig, so viel du willst«, sprach er. »Dies ist das Wasser der Trauer. Nur wenn du die Tränen herauslässt, können sie die Trauer hinfortspülen. Wie groß dein Kummer auch sei, irgendwann wirst du darüber hinwegkommen.«

Diese Worte bewegten Erin tief in ihrem Herzen. Würde er recht behalten? Würde der Schmerz irgendwann weniger werden, wenn sie nur genug geweint hätte? Würde sie ihre Mutter nach und nach vergessen?

Sie kniff die Augen zusammen. Niemals wollte sie ihre Mutter vergessen!

Sie konnte die Tränen nicht aufhalten. Erneut schluchzte sie, sog die Luft tief ein und presste die Zähne zusammen, um das Weinen zu unterdrücken. Doch es blieb ihr im Halse stecken, und sie musste heftig husten.

Der Alte klopfte beruhigend auf die Bettdecke.

»Na, na! Lass es raus, Mädchen! Weine ruhig!«

Erin schüttelte den Kopf und vergrub das Gesicht im Kissen, drückte es fest hinein, um die Tränen aufzuhalten.

»Was ist denn mit dir?«

Er hatte die Hand auf ihren Rücken gelegt und klang besorgt. Mit erstickter Stimme stieß Erin Silbe um Silbe hervor: »Ich will … nicht … weinen!«

»Was? Aber wieso denn nicht?«, fragte der Alte verwundert. Doch Erin antwortete nicht, sondern presste ihr Gesicht nur noch fester ins Kissen.

Der Alte betrachtete sie eine Weile mit zusammengezogenen Augenbrauen. Dann erhob er sich und murmelte: »Wie du meinst.«

Während Erin lauschte, wie er geräuschvoll mit irgendwas auf dem Boden hantierte, brachte sie ihre Tränen allmählich unter Kontrolle.

Sie wollte sich gerade aufrichten, da wurde sie von Schwindel übermannt. Rasch ließ sie den Kopf wieder sinken.

Ihr Körper fühlte sich an, als wäre er nur eine leblose Hülle, sie hatte grässliche Kopfschmerzen, und ihre Finger zitterten. Sie wischte sich die Tränen mit den Händen ab und blickte zu der Stelle, von wo die Geräusche kamen. Sie sah den alten Mann an der Kochstelle kauern und irgendetwas mit metallenen Essstäbchen im Feuer rösten. Vom Eingang der Hütte her stachen die weißen Strahlen der Morgensonne herein, und der Wind trug einen sanften Duft an Erins Nase.

Kaum hatte Erin diesen Duft wahrgenommen, begann ihr Magen zu knurren, und ein gewaltiges Hungergefühl ließ ihr das Wasser im Mund zusammenlaufen.

Seit wann mochte sie wohl nichts mehr gegessen haben…? Erin erschrak, als ihr bewusst wurde, dass sie seit dem Abendessen im Haus von Sajus Mutter nichts mehr zu sich genommen hatte. Kein Wunder, dass ihr Magen grollte.

Der Alte, der eben noch so eifrig an der Feuerstelle beschäftigt gewesen war, erhob sich nun schwungvoll und kam mit zwei Holzschälchen an Erins Schlafstätte zurück.

»Hier hast du dein Frühstück.«

Er schob die Hand unter Erins Kopf und richtete sie auf.

»Glaubst du, du kannst dich aufsetzen?«

Erin nickte. Diesmal wurde ihr nicht schwarz vor Augen.

»Gut. Dann probier doch mal, ob du alleine essen kannst. Hier, bitte.«

Als Erin den Inhalt des warmen Schälchens erblickte, war sie überrascht. Das war keine Reismahlzeit, die sie kannte. Es ähnelte einem getrockneten und über dem Feuer aromatisch gerösteten Reiskuchen, über den Milch gegossen worden war. Darüber hatte der Alte noch reichlich goldgelben Honig gegeben. Als sie das mit Milch und Honig vollgesogene Gebäck in den Mund stopfte und zu kauen begann, breitete sich ein süßer, aromatischer Geschmack an ihrem Gaumen aus.

»Schmeckt es dir?«

Mit großen Augen nickte Erin, und der Alte strahlte über das ganze Gesicht.

»Das ist auch etwas Gutes, nicht wahr? Meine lieben Bienen haben fleißig dafür gearbeitet. Etwas Besseres findest du im ganzen Land nicht!«

Da Honig ein Luxusgut war, hatte Erin noch nie eine solch große Menge auf einmal verspeist. Noch dazu roch und schmeckte dieser Honig besser als der, den sie kannte.

Gierig aß sie weiter, und mit einem Mal wurde ihr ganz warm.

»Was ist das denn …?«, fragte sie schließlich.

Sie deutete auf die Gebäckstücke, woraufhin der Alte erstaunt das Gesicht verzog. Dann nickte er und antwortete: »Das ist Fako. Wir hier essen das jeden Tag. Man mahlt dafür Getreide zu Mehl, vermengt es mit Wasser und backt es in der Glut. Duftet gut und ist lecker, nicht wahr?«

Erin nickte erneut, und der alte Mann fragte vorsichtig: »Was isst du denn normalerweise zum Frühstück?«

»Reis mit Suppe.«

»Ach so? Dann kommst du also tatsächlich aus Wajaku. Das Gebiet des Aruhan ist viel größer als das der Yoje, in dem wir leben, und mit Feldern und Wasserquellen gesegnet, deshalb könnt ihr Reis anbauen.«

Erin erschrak.

»D … dann ist hier nicht mehr das Land des Aruhan?«

»Nein. Wir sind hier am östlichsten Ende der Ländereien der Yoje, in Sannoru. Hier ist es sehr gebirgig, daher gedeiht Getreide bei uns besser als Reis. Und deshalb essen wir Fako.« Er lächelte Erin an. »Du hattest also keine Ahnung, wo du bist? Wo sind denn deine Eltern überhaupt?«

Erins Gesichtszüge erstarrten. Sie biss sich auf die Unterlippe, um nicht wieder in Tränen auszubrechen, hielt den Atem an und schüttelte den Kopf. Jeder Versuch zu sprechen hätte in einem Meer von Tränen geendet.

»Du hast also keine Eltern mehr? Keine Familie?«, fragte der Alte mit ruhiger Stimme.

Erin nickte und senkte den Kopf.

Das Gesicht des Alten verdüsterte sich, als er weiter nachbohrte. »Was ist denn passiert? Warum hast du da bewusstlos am Seeufer gelegen, über und über bedeckt mit Schlamm?«

Erin blickte immer noch zu Boden und konnte nicht antworten. Sie fürchtete sich aus irgendeinem Grund davor, in

Worte zu fassen, dass ihre Mutter zum Tode verurteilt und hingerichtet worden war, dass sie selbst einen ganzen Tag und eine Nacht auf dem Rücken eines Toudas übers Wasser geschleppt worden und irgendwann schließlich herabgestürzt und in den Fluss gefallen war.

Der Alte musterte das Mädchen und seufzte.

»Nun gut. Wenn du es mir nicht erzählen möchtest, musst du das nicht. Aber willst du mir nicht wenigstens deinen Namen verraten? Ich bin Joun. Und wie heißt du?«

Erin errötete unvermittelt. Hastig legte sie das Stück Fako, das sie noch in der Hand hielt, in die Holzschüssel zurück und richtete sich auf. Ihre Knie schmerzten zwar dabei, doch sie biss die Zähne zusammen.

Die Vorstellung, dass sie sich bei dem Mann, der ihr das Leben gerettet, sie gepflegt und ihr ein köstliches Frühstück zubereitet hatte, noch nicht einmal bedankt oder ihm gar ihren Namen genannt hatte, beschämte sie so sehr, dass ihr Gesicht wie Feuer zu glühen schien.

Sie faltete die Hände vor der Brust und verneigte sich in aller Form so tief, dass ihre Stirn den Boden berührte.

»Mein Name ist Erin. Vielen Dank, dass du mich gerettet hast!«

Der Alte lächelte.

»Erin? ›Wildapfel, der in den Bergen wächst‹? Ein schöner Name!«

Joun ließ seinen Blick auf dem Mädchen ruhen und fühlte, wie die letzten Zweifel aus seinem Herzen wichen.

Dieses Mädchen war keine Tochter von Vagabunden und Landstreichern. Sie stammte aus einem Volk von arbeitenden Menschen, im Rang vielleicht sogar noch darüber. Die Kleider, die sie am Leib getragen hatte, waren, obwohl nicht von höchster Qualität und recht abgenutzt, ordentlich und aus gutem Stoff gewesen. Auch wenn das Gebiet des Aruhan reich war, musste jemand, der sich jeden Tag Reis zum Frühstück leisten konnte, zumindest einer gesellschaftlichen Schicht angehören, die nicht von geringem Stand war.

Dazu ihre Erscheinung, ihr Auftreten, ihre Wortwahl ... Sie war von ihren Eltern gut erzogen worden. Sowohl bei den Wajaku als auch bei den Horon, seinen eigenen Landsleuten, waren die Teile der Bevölkerung, die ihr Brot mit handwerklicher Arbeit verdienten, mit Stolz auf die eigenen Fähigkeiten erfüllt und führten ein schlichtes, aber solides Leben. Doch wenn sie aus einer solchen Familie stammte, wie kam es dann ...

Ihre grünen Augen fielen ihm noch stärker auf, als er sie so im Morgenlicht betrachtete. Die schmal geschnittene Form entsprach denen der Wajaku, doch die Iris war ohne Zweifel grün.

Die arbeitende Bevölkerungsschicht hasste das wandernde Volk. Würde einer von ihnen sein Blut mit einer Aaryo mischen? Auch hatte er gehört, die Aaryo ließen sich nur mit ihresgleichen ein. Welche Wurzeln hatte das Mädchen also ...?

Je mehr Joun darüber nachdachte, desto größer wurde seine Verwirrung.

Hm ..., dachte er. Aber das wird sich alles im Lauf der Zeit klären.

Er wandte sich wieder an das Mädchen: »Richte dich doch bitte wieder auf. Entschuldige, dass ich dich mit meinen Fragen schon beim Frühstück belästigt habe. Du musst noch etwas essen, damit du zu Kräften kommst!«

Erin hob den Kopf und nickte noch einmal höflich, bevor sie schüchtern die Hand nach dem Fako ausstreckte. Die unbestimmte Benommenheit, die sie die ganze Zeit über verspürt hatte, war mit einem Mal aus ihrem Körper gewichen.

Auch der Alte nahm seine Schüssel zur Hand und verspeiste sein Fako genüsslich.

Es war ganz still um sie herum. Kein menschlicher Laut drang von draußen herein, nur die Kaugeräusche der beiden und das Zwitschern der Vögel erfüllten den Raum.

Als das Frühstück beendet war, räumte der Alte geschwind das Geschirr weg und breitete neben Erins Schlafplatz eine dünne Wolldecke aus.

»Ich habe die ganze Nacht kaum geschlafen. Ich lege mich jetzt ein bisschen hin. Du solltest dich heute auch noch schonen. Wenn du zur Toilette musst, findest du sie rechts vor dem Haus.«

Nach diesen knappen Worten wickelte er sich in die Decke, und nach kürzester Zeit war nur noch sein leises Schnarchen zu hören.

Erin lag da und lauschte seinen Atemzügen.

Von irgendwo hinter dem Haus wurde das verschlafene Meckern einer Ziege laut. Auch das Gackern von Hühnern drang an ihr Ohr.

Sie hörte weder etwas von der Glocke, die zur Versammlung der Touda-Leute rief, noch das Weinen von Sajus kleiner Schwester. Nicht mal das Bellen eines Hundes. Die Geräusche, die Gerüche, alles war anders, als sie es aus den frühen Stunden des Tages in ihrem Heimatdorf kannte.

Mutter…! Erin seufzte aus tiefstem Herzen. Was soll ich denn jetzt nur tun?

Sie hatte keine Ahnung, was nun aus ihr werden sollte. Ihre Mutter war nicht mehr da. Es gab niemanden mehr, der ihr sagen konnte, was sie tun sollte. Selbst wenn sie nach Hause zurückkehrte, würde sie ihre Mutter dort nicht mehr vorfinden…

Dieser Gedanke versetzte sie in so große Furcht, dass es ihr die Kehle zuschnürte.

Sollte sie sich von dem Alten Geld leihen und in ihr Dorf zurückkehren? Dort war immerhin Sajus Mutter, die ihr vielleicht dabei helfen konnte, allein in der Hütte ihrer Mutter zurechtzukommen.

Erin runzelte die Stirn.

Allein der Gedanke an ein solches Leben ließ ein bitteres Gefühl tief in ihr aufsteigen. Sie sah die Gesichter ihrer Großeltern vor sich, die vom Rand des Sumpfes aus zusahen, wie ihre blutüberströmte Mutter in den See geworfen wurde.

Meine Großeltern sind gemeine und verlogene Menschen! Sie haben keinen Finger gerührt, um Mutter zu helfen, obwohl sie doch eine Familie waren, dachte sie. Allein die Vorstellung, ihrem Großvater auch nur noch ein einziges Mal wieder in die Augen blicken zu müssen, verursachte Erin Übelkeit. Sie wollte nie wieder hören, wie er in unfreundlichem Tonfall und mit harter Miene zu ihr sprach.

In jenem Dorf lebten die Menschen, die tatenlos zugesehen hatten, wie ihre Mutter getötet wurde. In diesem Dorf gab es ihre Mutter nicht mehr.

Sie vergrub den Kopf in ihren Armen.

Der Flug der Königin

»Du siehst schon viel besser aus heute. Gestern hast du mich an einen verschrumpelten Apfel erinnert, der in den Teich gefallen ist. Aber heute hast du richtig schöne rote Bäckchen!«

Der Alte, zurückgekehrt von seinen morgendlichen Aufgaben außer Haus, strahlte Erin an.

»Kinder fiebern gern mal hoch, werden aber genauso schnell wieder gesund. Willst du heute mal rausgehen?«

Erin nickte. Sie hatte es mittlerweile gründlich satt zu liegen.

»Deine Kleider sind inzwischen auch getrocknet, du kannst dich also umziehen. In meinem Schlafanzug lachen dich Totchi und Noro sonst noch aus!«

Erin erschrak. Lebten in diesem winzigen Haus etwa noch andere Leute?

»Totchi und Noro …?«

»Mein Pferd und meine Ziege!«

Er reichte ihr ihre Kleidung, die er an der Wandleiste aufgehängt hatte.

Erin nahm sie ihm aus der Hand und errötete. Es handelte sich dabei nämlich nicht um ihre Alltagsbekleidung, sondern ebenfalls nur um ein Schlafgewand. Erst jetzt wurde ihr bewusst, dass sie die ganze Zeit in ihrer Schlafkleidung herumgelaufen war, seit sie bei dem Toilettengang mitten in der Nacht im Garten von Sajus Eltern jenes verhängnisvolle Gespräch belauscht hatte. Erin wäre am liebsten vor Scham im Boden versunken.

»Was hast du?«

Der Alte hatte offenbar keine Ahnung, dass es sich bei ihren Kleidern um Nachtkleidung handelte. Mit gesenktem Blick zog Erin die kurze Hose an, schlüpfte in die Jacke und schnürte sie mit dem Gürtel zu.

Sie nahm den aus dem Stoff aufsteigenden Touda-Geruch zwar wahr, bemühte sich aber mit zusammengekniffenen Lippen, ihn zu ignorieren.

»Hier, nimm das!«

Der Alte reichte Erin eine Art Binsenhut. An der Unterseite war ein dünnes Netz befestigt.

Erin betrachtete den Hut eingehend, und der Alte hob zwei große Handschuhe vom Boden auf und gab sie ihr ebenfalls.

»Wir gehen nach hinten in den Garten, also setze ihn bitte auf und zieh die Handschuhe an. Dürften dir zwar viel zu groß sein, aber besser als zu klein.«

»Was ist das …?«

»Schutzkleidung, die dich vor meinen Schätzchen beschützen soll. Wart's ab! Ich bin schon gespannt, was du dazu sagst!«

Joun zwinkerte Erin unbeholfen zu und stapfte dann in den Garten voraus.

Erin beeilte sich, den Hut mit dem Netz und die Handschuhe mitzunehmen, und hastete dem Alten hinterher.

Als sie nach draußen trat, verschlug es ihr den Atem. Vor ihr ragten riesige Berge in den Himmel, als wollten sie die Wolken berühren. Ihr wurde von diesem Anblick fast schwindlig. Das Panorama war so außerordentlich eindrucksvoll, dass es schon beinahe unwirklich schien. Diese felsigen Gipfel waren eine vollkommen andere Umgebung als die sanften grünen Hügel, die sie von zu Hause her kannte.

Die Kronen der Berge waren mit Schnee bedeckt und stachen in deutlichem Kontrast vom Blau des Himmels ab. Wolken wie aus Schneestaub trieben zwischen den Gipfeln hindurch und schienen diese zu berühren.

»Siehst du das Afon Noa zum ersten Mal?«

Erin nickte

»Es bildet die Grenzmauer zwischen der Welt der Menschen und der Welt der Götter. Man sagt, die Vorfahren Yojes haben früher einmal in jenem Land der Götter gelebt.«

Erin konnte den Blick nicht von den Bergen abwenden.

Das ist also das Afon Noa …, dachte sie.

Die furchterregenden Götter in den Geschichten ihrer Mutter über das Afon-Noa-Gebirge hatten diese Bergkette errichtet, um eine Grenze zwischen ihrer Welt und den Menschen zu ziehen. Es jetzt ganz real vor Augen zu haben, kam für Erin einem Wunder gleich.

»Wenn du die Augen noch weiter aufreißt, fallen sie dir noch aus dem Kopf!«, sagte der Alte, lachte und klopfte Erin auf die Schulter. »Das Afon Noa existiert bereits seit Anbeginn unserer Welt. Es wird schon nicht einfach verschwinden, wenn du die Augen mal kurz davon abwendest. Du kannst es nachher noch in Ruhe bestaunen. Jetzt komm erst mal mit und sieh dir meinen Schatz an.«

Sie folgte ihm auf die Rückseite des Hauses, zwischen Bäumen und Sträuchern hindurch, und vor ihr breitete sich ein sonniger, weitläufiger Garten aus. Unter einem Laubbaum waren einige Kisten auf einem Gestell aus Ziegeln aufgereiht und mit Stroh bedeckt.

Bei den Kisten, die weiter hinten aufgestellt waren, summten unzählige Bienchen umher, doch jener Behälter, der direkt in der Sonne stand, war beinahe verwaist.

Als der Alte dies bemerkte, verdüsterte sich sein Blick, und er blieb stehen. Er legte seine Hand auf Erins Schulter.

»Warte mal...«

Genau in diesem Augenblick geschah es. Aus der merkwürdig stillen Kiste stieg schwarzer Rauch auf. Doch nein, es war gar kein Rauch!

Es war ein riesiger Schwarm von Bienen!

Der Schwarm erhob sich tanzend in die Luft und formte eine runde schwarze Wolke, die sich wirbelnd zu drehen begann. Was für ein Anblick! Ssssssumm... Das Surren der Flügel brachte die Luft zum Vibrieren.

»O nein! Das ist nicht gut...! Haben sie ihre Königin verloren?«, stieß der Alte hervor.

Summ, summ, schwirrten die Insekten weiter im Kreis herum. Dann änderten sie plötzlich die Richtung und kamen auf Erin und den Alten zugeflogen. Erin schlug vor Furcht die Arme um den Kopf und wollte sich schon zu Boden werfen, doch Joun packte sie am Ellbogen und hinderte sie daran.

»Keine hektischen Bewegungen! Setz ganz langsam den Hut auf!«

Ängstlich tat sie, was er ihr sagte, und streifte vorsichtig den Hut über. Doch der Gedanke daran, dass die Bienen sie trotzdem angreifen konnten, ließ ihren Magen sich vor Furcht verkrampfen, und der kalte Schweiß brach ihr aus.

»Wenn du stillhältst, tun sie dir nichts. Keine Sorge!«, flüsterte Joun ihr zu.

Über ihren erstarrten Körpern verdichtete sich der Bienenschwarm weiter zu einem schwarzen Klumpen, und als die Vorhut des Schwarms an einem dicken Ast eines Baums innehielt, versammelten sich nach und nach auch die restlichen Bienen dort und bildeten in Sekundenschnelle ein gelbschwarzes, wimmelndes Geschwür.

Der Alte ließ den angehaltenen Atem entweichen.

»Jetzt sind wir in Sicherheit. Du darfst dich wieder bewegen. Aber vorsichtig!«

Erin seufzte auf.

»Sobald sie sich einmal so um einen Ast geschart haben, bleiben sie etwa für einen halben Tag dort. Zumindest solange man keine hektischen Bewegungen in ihrer Nähe macht.«

Erin lauschte seinen Worten, während ihr Blick noch immer von dem Schwarm gefesselt war. Nach und nach schwand ihre Angst, gestochen zu werden, und die Schönheit dieses riesigen, wuselnden Gebildes wurde ihr immer deutlicher.

»Warum haben sie sich auf diesem Ast niedergelassen?«, flüsterte sie. »Finden sie dort den Honig?«

Der Alte unterdrückte sein Lachen.

»Nein. Sie haben sich nicht versammelt, um Honig zu sammeln. Ihre Königin hat sie auf der Suche nach einem neuen Nest dorthin geführt, weil sie das alte aufgegeben haben.«

Erin sah ihn verwundert an.

»Sie haben eine Königin?«

»Ja. Die große Biene, die den Schwarm angeführt hat, ist ihre Königin. Wenn ein Schwarm zu groß wird und sich nicht mehr wohlfühlt, überlässt die Königin die Larven, die zu neuen Königinnen werden, einem Teil ihres Schwarms und nimmt etwa die Hälfte ihrer Arbeiterinnen mit, um ein neues Revier zu suchen.«

Der aufgeregte Flug des Schwarms hatte Erin zwar in Angst und Schrecken versetzt, doch hatte der Anblick sie gleichzeitig auch sehr beeindruckt.

»Dann begibt sich der Schwarm jetzt also auf große Reise?«

Darauf lächelte Joun gequält.

»Das wäre ja mein Ruin! Nein, damit das nicht passiert, habe ich die Flügel der Königin vorsichtshalber ein Stückchen gestutzt. Auch wenn das nicht gerade nett von mir ist, kann ich damit doch verhindern, dass die Bienen sich auf und davon machen. So, und jetzt hilf mir mal! Wir müssen einen neuen Bienenstock herrichten!«

Auf der Westseite des Hauses, zu der Erin Joun folgte, befanden sich der Pferdestall und das Ziegengehege. Als sie sich näherten, wurden sie von dem Pferd und der Ziege neugierig beäugt. Das mussten also Totchi und Noro sein.

Sie gingen ums Haus herum auf die Nordseite, wo sich ein Lagerschuppen befand.

Die Wände des Schuppens waren dick mit Lehm bestrichen, allerdings wenig gewissenhaft, sodass die Oberfläche ziemlich uneben geblieben war. Im Schuppen befanden sich die verschiedensten Werkzeuge sowie ein Bienenstock. In einem Regal waren Tontöpfe in einer Reihe aufgestellt.

Die Fensterluke war winzig und ließ nur wenig Licht ins Innere des Schuppens fallen. Es war angenehm kühl.

Der Alte hob den leeren Bienenstock mit düsterem Blick an. »Hm, das ist also der letzte …«

Er deutete mit dem Kinn in Richtung des Schuppeninneren.

»Ich bring den Stock nach draußen. Nimmst du bitte den schwarzen Behälter?«

Erin folgte seinem Blick und entdeckte den kleinen schwarzen Topf, der anstelle eines Deckels eine Art Henkel hatte.

»Ist das ein Zerstäuber?«

Der Alte sah sie überrascht an.

»Ja, genau. Das ist ein Zerstäuber. Woher weißt du das?«

Erins Mutter hatte oft einen ganz ähnlichen Zerstäuber benutzt, um die Verletzungen der Toudas mit einer Medizin zu besprühen. Vor Erins innerem Auge erschien die Hand ihrer Mutter, wie sie den Zerstäuber hielt.

Erin trat wortlos ins Innere des Schuppens, hob den Zerstäuber mit beiden Händen an und folgte dem Alten nach draußen.

Joun hatte den Bienenstock an einem sonnigen Platz auf der Wiese abgestellt, öffnete den Deckel und zog daraus einige Holzbretter mit seltsamer Musterung heraus. »Das sind die Bienenwaben«, erklärte er, »die Behausungen der Bienen. Gib mir bitte den Zerstäuber.«

Sie reichte ihm das Gerät, und Joun besprühte die Waben und den Bienenstock mit etwas, das einen Duft verströmte wie süßer Wein. Erin hatte eigentlich einen medizinischen Geruch erwartet, und sie sah den Alten erstaunt an.

»Das duftet aber gut!«

Der Alte lachte. »Nicht wahr? Das finden die Bienen auch!«

»Ach so! Dann soll der Duft die Bienen also in den Stock locken, so wie sie auch von Blütenduft angelockt werden?«

Joun musterte Erin eindringlich. »Wie alt bist du eigentlich?«

»Ich? Zehn …«

Joun brummte nachdenklich. »Du drückst dich überhaupt nicht aus wie ein Kind.«

Erin blinzelte. Sie erinnerte sich daran, was Saju einmal zu ihr gesagt hatte. »Du redest wie eine Erwachsene, Erin!« Der Gedanke ließ Erin erröten.

Der Alte registrierte ihren Gesichtsausdruck und sagte: »Das sollte nicht heißen, dass du vorlaut bist oder etwas in der Art. Keine Sorge. Ich war einfach nur erstaunt.« Bei diesen Worten lächelte Joun und schwenkte dann den Zerstäuber hin und her. »Aber leider lagst du mit deiner Vermutung falsch. Die Bienen werden nicht hierdurch in den Stock gelockt, sondern durch das Zuckerwasser, das ich jetzt noch hineingebe. Diese Flüssigkeit sprühe ich aus einem anderen Grund darauf. Was glaubst du wohl, weshalb?« Er lächelte mit skeptischem Blick. »Na, das dürfte dann doch zu schwierig für dich sein …«

Erin stand neben dem Alten, der Wabenbrett um Wabenbrett mit der Flüssigkeit besprühte, und ging ihm dabei zur Hand. Sie dachte angestrengt nach. Wenn er die Bienen mit dem Duft nicht anlocken wollte, wozu sollte ein Geruchsstoff von solcher Stärke dann dienen? In dieser Intensität würde er die Bienchen ja fast betrunken machen …

Während sie so vor sich hin grübelte, stieg plötzlich eine ganz bestimmte Szene vor ihrem inneren Auge auf. Ihre Mutter hatte die jungen Toudas stets mit dem klebrigen Sekret der Alten bestrichen, bevor sie sie in einen durch den Tod der alten Toudas frei gewordenen Teich umsiedelte.

»Joun …«, sagte Erin leise.

»Ja?«

»Haben in diesem Stock vorher schon mal andere Bienen gewohnt?«

Der Alte hielt in seiner Bewegung inne und sah sie an. »Wie kommst du darauf?«

Erin erwiderte schüchtern: »Ich dachte, vielleicht soll dieser Duftstoff ja den Geruch der anderen Bienen überdecken ...«

Der Alte brummte überrascht. »Jetzt erstaunst du mich aber wirklich! Du hast recht! Damit soll der alte Geruch überdeckt werden.«

Ein freudiges Strahlen überzog Erins Gesicht.

»Oh ... du lachst ja! Das steht dir gut!«, sagte Joun und fuhr mit der Hand über den Rahmen der Waben.

»Du musst wissen, jeder Schwarm hat seinen eigenen Geruch, der es den Bienen ermöglicht, Freund von Feind zu unterscheiden. Aber der Duft, den ich hier auslöschen will, stammt von etwas noch Schlimmerem – dem Erzfeind der Bienen. Hier hatte sich ein Gosu hineinverirrt, ein kleiner Frosch mit starkem Eigengeruch. Ich habe es erst gemerkt, als die Bienen sich bereits auf und davon gemacht hatten. Ich hab den Stock zwar schon ausgewaschen und trocknen lassen, aber Bienen sind sehr empfindlich, was Gerüche angeht.«

Er hielt die Spitze des Zerstäubers unter Erins Nase und ließ sie daran riechen.

»Diese Essenz wurde aus der Nafaran-Blume gewonnen. Die Bienen lieben diese Blume. Sie hat die unerklärliche Macht, aufgeregte Bienchen zu beruhigen. Deshalb will ich ausprobieren, ob ich den Gosu-Geruch damit überdecken kann. Ich kann immer noch nicht fassen, dass du von ganz allein darauf gekommen bist. Hattet ihr etwa selbst Bienen zu Hause?«

Erin schüttelte den Kopf. Als Joun sah, wie betroffen sie plötzlich dreinblickte, bereute er, was er gesagt hatte.

Oje, das wollte ich nicht. Ihr Gesicht hatte doch gerade erst wieder ein bisschen zu strahlen begonnen, und jetzt beschwöre ich schon wieder neue Wolken herauf ...

Das Thema »Familie« schien für das Mädchen wie eine offene Wunde zu sein, die schmerzte, sobald man sie berührte. Obwohl er das schnell begriffen hatte, hatte die Neugier ihn doch dazu getrieben, weitere Fragen zu stellen.

Das war nicht gut von mir... Ich bin einfach zu ungeduldig...

Die Kleine war erschreckend scharfsinnig. Selbstverständlich fiel sie nicht auf seine ungeschickten Versuche herein, mehr über sie zu erfahren. Er sollte sie in Zukunft lieber mit so etwas in Ruhe lassen, sonst würden ihre Wunden niemals heilen.

»Also gut. Stecken wir die Waben in den Stock zurück. Hilfst du mir?«

Erin nickte.

Tabu Chimu – Die Milch der Königin

Wie würde der Schwarm nun wohl in den Bienenstock kommen?

Unter Erins aufmerksamen Blicken streifte Joun Handschuhe über und setzte den mit Netz bespannten Binsenhut auf. Dann brachte er die Kiste, die er zuvor mit Zuckerwasser besprüht und mit etwas Honig befüllt hatte, unter den Ast, auf dem sich der Bienenschwarm als pechrabenschwarze Wolke niedergelassen hatte.

Anschließend ging er wieder zum Schuppen und kehrte mit einem großen Sack, einer Krummhacke sowie einem Fußschemel zurück.

»Du kannst gern zusehen, aber bleib, wo du bist. Komm auf keinen Fall näher!«, sagte er und begab sich mitsamt dem Schemel zum Bienenast. Er platzierte ihn unterhalb des Astes und stellte sich darauf. Dann begann er behutsam, den großen Sack in Richtung des schwarzen, wimmelnden Bienenvolks zu bewegen.

Er will sie in den Sack packen? Erin zog unwillkürlich den Kopf ein. *Das wird die Bienen doch sicher wütend und angriffslustig machen!*

Der Stoff stülpte sich sachte über die Wolke aus Bienen. Da der Ast, auf dem die Bienen sich niedergelassen hatten, jedoch ziemlich hoch gelegen war, gelang es dem Alten nicht, den Sack vollständig über den Schwarm zu ziehen.

Das schien ihn allerdings nicht zu beunruhigen. Als er etwa die Hälfte des Schwarms eingehüllt hatte, zog er den Sack ruckartig zu, holte mit der Hacke aus und durchtrennte den Ast ein Stückchen oberhalb der gefangenen Bienen. Mit einem Mal plumpste das Aststück in den Sack.

Die Bienen, die noch auf dem Ast gesessen hatten, erhoben sich und schwirrten aufgeregt umher, doch der Alte behielt die Ruhe und ließ die Hacke zu Boden fallen. Er stieg mitsamt dem Sack vom Schemel und hielt die Sacköffnung an den kleinen Schlitz unterhalb des Bienenstocks.

Von da aus, wo sie stand, konnte Erin nicht gut erkennen, was nun geschah. Es schien, als würden die Bienen aus dem Sack heraus- und in den Bienenstock hineinkrabbeln.

Doch immer noch summten zahllose der Insekten durch die Luft.

Joun hatte seinen Blick die ganze Zeit auf den Eingang des Bienenstocks gerichtet, doch nun legte er den Sack ab und erhob sich. Dann kehrte er gemächlich zu ihr zurück.

»Geschafft. Lass uns zu Mittag essen!«

»Was …?«

Erin konnte es nicht glauben. Wollte er den Eingang des Bienenstocks etwa einfach offen lassen?

»Aber fliegen sie denn nicht wieder weg?«

Der Alte lachte. »Keine Sorge. Lass uns nach dem Essen noch einmal nachsehen. Dann werden sich auch die Bienchen, die jetzt noch aufgeregt umherfliegen, ganz brav in den Stock begeben haben.«

Erin betrachtete den Bienenstock. Immer noch krochen die Insekten scharenweise hinein und wieder heraus, während viele andere unruhig umherschwirrten.

Ob sie wirklich nicht auf und davon fliegen würden, wo sie doch eigentlich aufgebrochen waren, um eine neue Heimat zu finden? Würden sie sich damit zufriedengeben, ganz in der Nähe in eine weitere Kiste gesperrt zu werden? Im Moment lenkte das Zuckerwasser sie wahrscheinlich ab, aber sobald sie es vertilgt hatten, würden sie sich doch sicher wieder auf und davon machen?

Der Alte legte die Hand auf Erins Schulter. »Wenn es dich so sehr beschäftigt, bleib meinetwegen hier, bis du genug gesehen hast. Ich bin dann schon mal im Haus und rufe dich, wenn das Essen fertig ist. Du kommst dann nach, hörst du? Und halte dich auf jeden Fall vom Stock fern!«

Erin nickte.

Als der Alte im Haus verschwunden war, hatte Erin den Eindruck, als wäre es um sie herum schlagartig still geworden. Nur noch der Wind, der durch die Äste pfiff, und das Summen der Bienen drangen an ihr Ohr.

Sie beobachtete die Insekten aufmerksam. Schon bald entfuhr ihr ein erstauntes »Ah …!«, denn aus der Mitte der ruhelos umherschwirrenden Bienen begab sich plötzlich die erste surrend in Richtung des Stocks. Dieser folgte eine weitere und noch eine, als würden sie von einem Magneten angezogen. Immer mehr Bienen flogen an die Kiste heran, landeten an der Öffnung und falteten die Flügel zusammen, fast als wollten sie »Guten Tag!« sagen. Eine nach der anderen verschwand nun im Inneren des Stocks, und ehe sie sich's versah, war kein einziges Insekt mehr zu sehen.

Erin starrte ungläubig und wie gebannt auf den Bienenstock. Sie fühlte sich fast, als wäre sie auf einen Zaubertrick hereingefallen. Was mochten die Bienen jetzt wohl da drin machen? Ob sie gerade darüber beratschlagten, dass sie doch eigentlich eine neue Heimat hatten suchen wollen, sich jetzt aber mit dieser Kiste zufriedengeben sollten?

Sie wollte doch zu gerne sehen, wie der riesige Klumpen überhaupt in diese Kiste passte. Nur ein kurzer Blick …

Der Alte hatte sie zwar gewarnt, sich dem Bienenstock nicht zu nähern, doch wenn sie nur mal kurz in den Eingang spähte, ohne etwas zu berühren, konnte sie vielleicht etwas erkennen, ohne die Bienen aufzuschrecken.

Erin sah sich kurz um und schlich dann vorsichtig näher.

Im Bienenstock herrschte Totenstille. Sie ging davor in die Hocke und versuchte, durch den schmalen Schlitz an der Seite hineinzulinsen. Doch es war so dunkel, dass sie nichts erkennen konnte.

Obwohl … Bewegte sich da nicht etwas? Waren das die Bienen?

Das Summen der Bienenflügel drang an ihr Ohr. Was machten sie denn nur da drin?

Sie hielt den Kopf schief und starrte wie gebannt ins Dunkle, als sich plötzlich eine Hand auf ihre Schulter legte. Sie wollte schon erschrocken aufschreien, doch eine weitere große Hand erstickte den Schrei. Flugs wurde sie gepackt und vom Bienenstock weggetragen.

Als sie den Eingang des Hauses erreicht hatten, setzte der Alte sie auf dem Boden ab.

»Ich hab dir doch gesagt, geh nicht zum Bienenstock!«, schimpfte er.

Erin zog kleinlaut den Kopf ein. »Entschuldigung …«

»Auch wenn die Bienen nur selten stechen, können sie ganz schön gefährlich werden, wenn sie sich bedrängt fühlen und einen Eindringling vermuten!«

»Ja …«

Der Alte betrachtete Erin, die bedrückt wirkte, und entspannte sich schließlich.

»Du hast mir einen ganz schönen Schrecken eingejagt!« Seine Stimme war nun wieder sanft.

»Die Neugier, ob alle Bienen wohlbehalten ins Nest zurückgekehrt sind, hat dir also keine Ruhe gelassen?«

Erin nickte und antwortete leise: »Ja. Ich konnte gar nicht glauben, dass sie alle bis auf die letzte in dieser Kiste verschwunden sind, als wäre es ihr Zuhause, wo sie doch eigentlich losgeflogen waren, weil sie es in ihrer alten Kiste nicht mehr ausgehalten haben.«

Der Alte lächelte. »Das liegt daran, dass dieser Bienenstock tatsächlich ihr neues Zuhause ist. Wo auch immer ihre Königin sich niederlässt, werden die restlichen Bienen auch bleiben.«

»Hm …« Erin hob den Kopf. »Dann wusstest du also, dass sie die Kiste akzeptieren werden, weil du ihre Königin hineingesetzt hast?«

»Genau. Sobald ich die Königin im Bienenstock wusste, war mir klar, dass auch die anderen folgen werden. Bienen sind viel loyaler als wir Menschen. Niemals würden sie einen Aufstand wagen. Aber mir selbst wird manchmal auch unheimlich zumute, wenn ich die Tiere so beobachte. Es scheint fast, als würden sie von einem unsichtbaren Faden in den Stock gezogen, nicht?«

Erin nickte. Wie sich die unzähligen Insekten mit einem Mal in die Luft erhoben hatten. Als sie daran dachte, wie sie gleichsam wie durch Magie eins nach dem anderen in den Stock eingekehrt waren, in dem die Königin wartete, murmelte sie: »Hat die Königin etwa magische Kräfte?«

Der Alte lachte verschmitzt. »Gut möglich. Jede Mutter beherrscht diese Art von Magie.«

»Mutter? Ist die Königin eine Mutter?«

»Ja. Die Mutter aller Bienen ihres Volks.«

»Wirklich?!«

Erin riss die Augen erstaunt auf.

»Von allen?! Sie hat all diese Bienen zur Welt gebracht?«

»Unglaublich, nicht wahr? Aber es stimmt. All die Zehntausenden von Arbeiterbienen sind ihre Töchter. Die Arbeiterinnen sind alles Weibchen, doch sie können keine Eier legen. Sie sind nur dazu da, um fleißig Honig zu sammeln und zu arbeiten. Nur die Königin allein legt unzählige Eier.«

Erin starrte ihn mit offenem Mund an. Sie spürte, wie sie eine Gänsehaut an den Armen bekam.

Zehntausende von Eiern, von einer einzigen Königin gelegt. Ihre Töchter, allesamt Arbeiterinnen, die nichts taten außer ihr zu dienen … Was für eine eigenartige Vorstellung!

Wie groß war doch der Unterschied im Verhältnis zwischen Mutter und Tochter bei den Bienen und bei ihr selbst und ihrer Mutter.

Während Erin sich vorstellte, wie die Bienenkönigin unzählige Eier legte und wie aus diesen Eiern ihre Töchter schlüpften, wurde sie plötzlich auf etwas Eigenartiges aufmerksam.

»Nanu?«, murmelte sie mit schräg gelegtem Kopf.

Der Alte hob die Augenbrauen. »Was ist?«

Erin blickte ihn an. »Wenn die Arbeiterinnen die Töchter der Königin sind, tragen sie doch ihr Blut in sich, nicht wahr? Warum werden sie dann nicht selbst auch zu Königinnen?«

»Hm …«, machte Joun und sah Erin für einen Moment an. Dann nahm er sie plötzlich an der Schulter. »Komm mit, ich zeig dir was.«

Er führte sie in den Schuppen, aus dem sie zuvor den Bienenstock und den Zerstäuber geholt hatten. Dort hob er einen Lattenrost vom Boden, stellte ihn aufrecht zur Seite und hob die Bretterklappe an, die sich darunter verborgen hatte.

Unter der Klappe klaffte ein tiefes Loch. Er legte sich auf den Boden und streckte den Arm hinein, um einen kleinen Topf herauszuziehen.

Nachdem er den Deckel abgenommen hatte, winkte er sie heran.

»Komm her! Sieh dir das mal an!«

Als sie näher trat, erkannte Erin, dass sich in dem Topf etwas Gelbliches, Dickflüssiges befand. Der Alte rührte es mit einem kleinen Löffel um.

»Versuch mal!«

Erin zögerte keinen Augenblick und kostete von dem Löffel. Zuerst schmeckte es süß, doch im nächsten Augenblick so furchtbar sauer, dass es sich anfühlte, als würde ihr jemand mit einem scharfen Messer von der Zunge bis in den Rachen fahren.

»Bäääh!«

Erin streckte die Zunge heraus und verzog unwillkürlich das Gesicht. Ein unbeschreiblich widerwärtiger Geschmack breitete sich vom Mund bis in die Nase hinauf aus.

Der Alte brach in schallendes Gelächter aus.

»Entschuldige bitte. Ich dachte nicht, dass du es so furchtbar finden würdest. Hier, damit der Geschmack überdeckt wird!«

Er zog einen Honigtopf aus dem Regal und ließ sie etwas Honig schlecken.

Der saure Geschmack verschwand zwar, doch das eigenartige Aroma klebte noch immer an ihrem Gaumen.

»Das ist Tabu Chimu, die Milch der Königin. Nur die Larven, die sie erhalten, werden später selbst zu Königinnen«, sagte Joun, während er den Topf sorgfältig wieder verschloss.

»Wenn es an der Zeit ist, dass eine neue Königin geboren wird, bauen die Arbeiterinnen spezielle Königinnenwaben. Diese werden zur Wiege der neuen Königin. Die Königin legt ein Ei in diese Wabe, und wenn die Larve ausgebrütet ist, wechseln sich die jungen Arbeiterinnen damit ab, sie mit Tabu Chimu zu füttern, das sie in ihren Körpern produzieren. So wächst eine neue Königin heran.«

Nachdem er den Topf wieder im Erdloch verstaut und die Luke im Boden verschlossen hatte, sah er sie an und grinste. »Jetzt verrate ich dir etwas Spannendes. Ich kann Königinnen erschaffen!«

Erin verstand nicht, was er damit meinte, und guckte ihn fragend an. Sein Grinsen wurde immer breiter.

»Pass auf. Zuerst forme ich aus Bienenwachs eine Königinnenwabe. Dann stecke ich ein Brett zwischen den Teil des Nests, in dem die Königin sich aufhält, und den Teil, in dem die Arbeiterbienen leben, und grenze sie voneinander ab. Somit fehlt im oberen Teil des Nests eine Königin.

Die Arbeiterinnen in diesem Teil werden dann ganz aufgeregt. Sie haben ein so starkes Bedürfnis nach einer Königin, dass sie es kaum aushalten. Wenn ich beobachte, dass es so weit ist…«, er stand auf und nahm aus dem Regal einen winzigen Löffel, den er Erin zeigte, »…hole ich hiermit eine gewöhnliche Arbeiterlarve aus ihrer Wabe und setze sie in die von mir selbst gebaute Königinnenwabe. Sofort eilen dann die jungen Arbeiterinnen herbei und versorgen die aus diesem Ei gebrütete Larve mit Tabu Chimu. Dadurch wird diese Larve zu einer richtigen Königin.«

Erin kniff die Augenbrauen zusammen.

»W … Was? Heißt das, Königinnen und Arbeiterinnen entstehen aus denselben Eiern?«

»Genau. Der einzige Unterschied ist, ob sie mit Tabu Chimu gefüttert werden oder nicht. Es verfügt über die mysteriöse Zauberkraft, ganz gewöhnliche Arbeiterbienen in Königinnen zu verwandeln.«

Der Nachgeschmack auf ihrer Zunge wurde Erin jetzt noch stärker bewusst, und das flößte ihr irgendwie Angst ein. Gedankenverloren streckte Erin die Zunge heraus und berührte sie mit den Fingern.

»Ist mit meiner Zunge alles in Ordnung? Sie verwandelt sich jetzt doch nicht, oder?«, fragte sie.

Joun lachte laut auf.

»Nein, nein. Deine Zunge wird jetzt keine Bienenkönigin, keine Angst! Aber du hast es diesem Wundermittel zu verdanken, dass du wieder gesund bist. Als du mit hohem Fieber im Bett lagst, habe ich dir eine Mischung aus Tabu Chimu, Honig und Saft zu trinken gegeben.« Er wedelte mit dem Löffelchen, von dem er sie zuvor hatte kosten lassen, in der Luft herum. »Sei ihm also dankbar! Tabu Chimu ist ein Wundermittel für langes Leben und sehr wertvoll. Was glaubst du wohl, wie viel das Stückchen kosten würde, das du vorhin probiert hast?«

Erin blickte ihn mit angehaltenem Atem an. Er flüsterte ihr zu: »Ein ganzes Silberstück!«

»Was?!« Erin riss die Augen vor Überraschung auf. »Ein Silberstück?!«

Mit einem Silberstück konnte man drei Erwachsenenhände voll erstklassigem Rindfleisch kaufen. Eine Spitze ihres kleinen

Fingers voll mit der Milch der Bienenkönigin war so teuer …? Der Alte hatte also Tabu Chimu im Wert eines Vermögens geopfert, um sie wieder gesund zu machen!

Erin wurde blass. Ein kalter Schauer durchlief ihren Körper. So viel Geld würde sie niemals aufbringen können …

»Väterchen …«

»Ja? Was ist? Ist dir nicht gut?«

Erin schüttelte den Kopf und flüsterte: »I … Ich habe aber kein Geld, Väterchen.«

Der Alte sah sie erschrocken an. Dann streckte er die Hand aus und legte sie schwer auf Erins Schulter. »Entschuldige, das wollte ich nicht. Das war gedankenlos von mir.« Er blickte ihr fest in die Augen und betonte jedes einzelne Wort, als er weitersprach: »Ich möchte kein Geld von dir. Mach dir keine Sorgen, solch schmutzige Hintergedanken hatte ich nie. Ich bin zwar nicht reich, aber auch nicht arm. Ich muss keine Familie ernähren. Der finanzielle Aufwand, um ein kleines Mädchen wie dich zu verköstigen und mit Medizin zu versorgen, ist ein Klacks für mich. Also glaub mir, das ist schon in Ordnung!«

Doch auch diese Worte ließen Erins sorgenvolle Gedanken nicht verfliegen. Ihre Mutter hatte ihren Nachbarn, Sajus Eltern, sehr viel Geld dafür gezahlt, damit sie sich um Erin kümmerten. Es konnte doch nicht sein, dass sich jemand Fremdes ihrer einfach so annahm. Doch sie hatte keinen Ort, an den sie gehen konnte. Was hätte sie essen, wo hätte sie schlafen sollen, wenn der Alte sie nicht aufgenommen hätte?

Die Unsicherheit ließ ihr die Tränen in die Augen steigen, ihre Mundwinkel zogen sich nach unten. Erin senkte den Blick und legte beide Hände auf den Boden.

»Väterchen, ich … habe kein Zuhause mehr. Und ich habe

auch kein Geld.« Sie nahm ihre eigene Stimme wie aus weiter Ferne wahr. »Aber ich kann kochen und Kleider flicken. Ich kann mich um die Ziege und das Pferd kümmern. Ich werde arbeiten wie verrückt, also bitte … darf ich hierbleiben?«

Joun war für einen Augenblick sprachlos. Er starrte das zitternde Mädchen, das die Hände auf den Boden gelegt hatte, einfach nur an.

Es erschreckte ihn, dass ein so junges Kind offenbar davon ausging, dass man sich seiner nur gegen Bezahlung annehmen würde. Dort, wo er herkam, waren die Kinder ganz anders. Er kannte mehr als genug Zehnjährige, und sie alle waren unbedarft, kannten das Leid der Welt noch nicht und wurden von den Erwachsenen grenzenlos verwöhnt.

Ob wohl alle Kinder aus dem arbeitenden Volk so waren?

Das hieße, dass Kinder der einfachen Arbeiter um einiges reifer waren als solche aus den höheren Berufsschichten oder gar den adeligen Klassen.

Doch dieses Mädchen war offenbar noch nicht ganz in der Lage, sich in die Gefühle der Erwachsenen hineinzudenken. Erin hatte noch nicht realisiert, dass Joun schon längst beschlossen hatte, sie bei sich aufzunehmen.

Beinahe sechs Jahre war es nun her, dass er aufgrund jenes unerträglichen Vorfalls seiner Familie den Rücken gekehrt und mit der Bienenzucht begonnen hatte. Manches Mal hatte er sich einsam gefühlt.

Er hatte keine Erfahrung, wie man Mädchen großzog, doch Erin schien ausgeglichener zu sein als ein Junge und dazu ziemlich schlau. Joun dachte, dass er das eigentlich hinbekommen müsste. Selbstverständlich zog er dies nur in Betracht, wenn sie tatsächlich keine Familie mehr hätte und mutterseelenallein auf der Welt wäre.

Aber kein Zweifel, das Mädchen war in einer außergewöhnlichen Situation. Möglicherweise würde es ihm Schwierigkeiten einbringen, es aufzunehmen. Dies musste er bedenken, ohne auf sein Mitgefühl Rücksicht zu nehmen.

Und doch – obwohl sie erst drei Tage zusammen verbracht hatten, war sie ihm bereits so ans Herz gewachsen, dass er sich nicht mehr vorstellen konnte, sie wieder gehen zu lassen. Sollten ihre Eltern plötzlich doch noch auftauchen und sie wieder mitnehmen wollen, wäre er ohne Zweifel sehr traurig.

Erin ahnte nichts von seinen Gefühlen. Für sie war er einfach ein Fremder, in dessen Schuld sie sich fühlte, weil er sie so fürsorglich aufgenommen hatte. Es würde nicht genügen, ihr einfach nur sanft über den Kopf zu streicheln, um ihr diese Gefühle zu nehmen.

»Wenn man verreist …«

Als Joun zu sprechen begann, hob Erin den Kopf.

»Weißt du, wie viel es kostet, wenn man in einer Herberge übernachtet?«

Erin schüttelte mit angespannter Miene den Kopf.

»Etwa ein Silberstück. Und weißt du, wie viel ein Kind pro Tag verdient, das bei Adel und Geschäftsleuten niedere Dienste verrichtet?«

Sie schüttelte wieder den Kopf.

»Ungefähr fünfzig Kupferstücke. Das ist die Hälfte eines Silberstücks. Nehmen wir also an, du leistest den Gegenwert von fünfzig Kupferstücken an einem Tag, den du mir hier im Haushalt zur Hand gehst.

Der Preis für die Herberge, den ich dir vorhin genannt habe, ist die Gebühr für Erwachsene. Für Kinder wird die Hälfte verlangt. Das entspricht genau dem, was du verdienen würdest. Nun, was hältst du von diesem Geschäft?«

Als er sah, wie sich Erins Gesicht augenblicklich erhellte, grinste er breit.

»Gut. Dann sind wir also im Geschäft. Sobald du wieder vollständig genesen bist, wirst du für mich arbeiten.«

Erin nickte energisch.

Das Tier am Himmel

Der Sommer war für die Imker die arbeitsreichste Jahreszeit.

Doch so anstrengend diese Saison war, ließ sie das Herz auch höher schlagen. Blume um Blume erblühte, die Bienen schwirrten tagtäglich munter aus und ein und sammelten den Nektar. Da der Schwarm nun besonders lebendig war, musste man vorsichtiger damit umgehen, doch wenn man dafür sorgte, dass er wuchs und gedieh, konnte man auf einen guten Ertrag hoffen.

Hauptaufgabe war natürlich die Honiggewinnung. Bei strahlend klarem Himmel standen Joun und Erin in aller Frühe auf und machten sich voller Eifer an die Ernte.

Der Honig wurde von den Bienen in den sechseckigen Waben gespeichert. Ließ man die Feuchtigkeit daraus verdampfen, bildeten sich weiße Deckelchen aus Wachs. Jedes Mal, wenn Erin zusah, wie Joun sorgfältig mit einem Honigmesser von unten nach oben über die Waben strich, um das Wachs zu entfernen, wurde sie ganz aufgeregt und wollte es selbst einmal versuchen.

Nachdem Joun das Wachs abgenommen hatte, steckte er die mit Honig reich befüllten Wabenbretter in ein Gerät, das aussah wie eine große Tonne. Dann fasste er einen am oberen Rand angebrachten Griff und drehte diesen rundherum, bis unten aus dem Fass der gelbe Honig floss.

Es war nun Erins Aufgabe, ihn durch ein feines Tuch zu filtern, in saubere Tontöpfe zu füllen und diese mit Deckeln zu verschließen. Sie war glücklich, dass sie für ihre sorgfältige Arbeit so viel Honig naschen durfte, wie sie wollte.

Doch mehr als von der köstlichen Süße des fertig verarbeiteten Honigs war sie vom Geschmack des Blütenpollens fasziniert.

Die Bienen sammelten nicht nur Honig, sondern auch eine große Menge an Blütenpollen, von dem sie in ihren Waben Vorräte anlegten. Es war nett anzusehen, wie sie den Pollen in ihren prallen Höschen nach Hause transportierten, doch Erin hatte niemals gedacht, dass man ihn auch essen konnte. Als Joun sie davon kosten ließ, war sie über den süßen, leckeren Geschmack verblüfft.

Joun beobachtete, wie sich ihre Augen vor Erstaunen rundeten, und erklärte ihr nicht ohne Stolz: »In zwei Tagen wird er vergoren sein und säuerlicher schmecken. Nur echte Imker wissen, wie köstlich Blütenstaub mundet!«

Von früh bis spät schufteten sie ohne Pause. Eine Arbeit nach der anderen wollte erledigt sein, und jede einzelne war für Erin so neu und spannend, dass sie ihre Begeisterung nicht zu bremsen vermochte.

Wenn sie abends in ihr Bett schlüpfte, war sie im Handumdrehen eingeschlafen und erwachte erst wieder am nächsten Morgen, der einen neuen Tag voller Arbeit für sie bereithielt. Und während so Tag für Tag verging, verblasste nach und nach der heftige Schmerz über den Verlust ihrer Mutter in ihrem Herzen.

Nur an Regentagen wurde sie von Traurigkeit übermannt. Selbst wenn Joun an ihrer Seite war, fühlte sie sich dann schrecklich einsam. Die Leere, die der Tod der Mutter hinterlassen hatte, war durch nichts und niemanden zu lindern.

Wenn die Tränen kamen, ging Erin in den Pferdestall, kauerte sich neben der Stute zusammen, die gutmütig ihr Futter malmte, und weinte dort.

Möglicherweise wusste Joun, dass sie ihrem Schmerz auf diese Weise heimlich Ausdruck gab, doch er erwähnte es nicht und ließ sie in Ruhe.

Während der Frühling langsam in den Sommer überging, war Joun allmählich zu der Überzeugung gelangt, dass Erin tatsächlich kein Zuhause mehr hatte, zu dem sie zurückkehren konnte, wie sie ihm gesagt hatte. Es war nicht zu übersehen. Sie musste ihre Eltern auf grausame Weise verloren haben, und offenbar suchte wirklich niemand nach ihr.

Am Markttag, der einmal in der Woche stattfand, stieg Joun die große Kojon-Überlandstraße in das mit dem Pferd etwa eine Stunde entfernte Ichinotsuji hinab. Dort kaufte er, was er zum Leben benötigte, und bot seinen Honig feil. Erin war fast außer sich vor Freude, als er sie fragte, ob sie ihn begleiten wolle.

Dieses wortkarge Mädchen blieb auch auf dem Markt dicht an seiner Seite. Es betrachtete die Auslagen und Aushängeschilder der Marktstände mit leuchtenden Augen und sagte kein Wort. Offensichtlich hatte Erin keine Scheu davor, dass jemand sie entdecken könnte.

Als die Händler, mit denen Joun bekannt war, sahen, dass er mit einem Mädchen unterwegs war, das ohne Zweifel Aaryo-Blut in sich trug, begannen sie, Fragen zu stellen. Die Neugier stand ihnen ins Gesicht geschrieben, doch Joun hielt es für besser, nur zu antworten, er habe die Tochter von Freunden bei sich aufgenommen.

Als er ein Kleid kaufte, dessen Kragen nach der hiesigen Art mit Blumen bestickt war, wie es die Mädchen gern trugen, bedankte Erin sich zwar freudig, doch sie strahlte nicht annähernd so begeistert wie in dem Moment, als sie zufällig auf dem Rückweg vom Markt auf einem Bergpfad ein Bienennest entdeckten, das von einem Hoaku-Baum herabhing und beinahe aussah wie die schmalen Blätter selbst. Da leuchtete ihr Gesicht vor Freude auf.

Das Herz dieses Mädchens schien weitaus mehr für Lebewesen als für Kleider und Schmuck zu schlagen.

Oft vergaß Erin die Zeit, wenn sie die Bienen an ihren Stöcken beobachtete. Als sie das helle Summen einer frisch geschlüpften Königin hörte, war sie so ergriffen, dass ihr die Tränen in die Augen stiegen und sie einen entrückten Gesichtsausdruck bekam.

Sie folgte den Bienen ins Feld, wanderte mit ihnen umher und war begeistert davon, wie unterschiedlich die wilden Bienenarten waren und wie sehr sich ihre Nester und Nahrungsgewohnheiten voneinander unterschieden.

Doch sie erzählte nie atemlos und hektisch von ihren Entdeckungen, wie es andere Kinder taten, wenn sie nach Hause kamen. Zuerst dachte Joun, sie habe sich vielleicht noch nicht an ihn gewöhnt und sei deshalb so zurückhaltend. Nach einer Weile bemerkte er jedoch, dass es einfach ihrem Wesen entsprach, neu Entdecktes erst mal ganz für sich zu überdenken.

Auch wenn sie die Kochstelle von alter Asche säuberte und das Ziegengehege ausmistete, waren die Fragen und Gedankengänge in ihrem Kopf niemals still, wie es schien. Oft ertappte er sie dabei, wie sie etwas vor sich hin murmelte.

Es war interessant, ihr dabei zuzuhören.

Als sie ihm zum Beispiel dabei half, den Honig zu filtern, betrachtete sie den Sirup, der aus dem Tuch tropfte, und nuschelte dabei: »Das sieht anders aus. Das ist kein Blütenhonig.«

Joun war gerade dabei, die Honigschleuder zu drehen, und spitzte die Ohren, um herauszufinden, was sie da sagte. Erin war sich offenbar gar nicht bewusst, dass sie Selbstgespräche führte. Sie starrte weiterhin auf den Honig und fuhr in ihren Gedanken fort.

»Aber der Honig der Sarou-Blume sieht ja auch vollkommen anders aus als der der Nosan-Blüten... Dann ist es wohl doch Blütenhonig!«

Joun konnte sich nicht mehr zurückhalten und fragte: »Wie kommst du denn auf die Idee, dass das kein Blütenhonig ist?«

Erschrocken hob Erin den Kopf. Dann antwortete sie zögerlich: »Ich habe neulich vom Nektar der Blüten gekostet, den die Bienen trinken. Er war süß, aber er hat überhaupt nicht nach Honig geschmeckt.«

Joun war verblüfft. Endlich verstand er, was sie hatte grübeln lassen. Es war so offensichtlich Sache, dass er am liebsten laut aufgelacht hätte. Aber dass ein zehnjähriges Mädchen an Blumen leckte und sich darüber wunderte, dass sie anders schmeckten als der Honig, der daraus entstanden war, fand Joun faszinierend.

»Verstehe. Ja, du hast recht. Also, woran mag das wohl liegen?«

Er konnte sich ein bitteres Lächeln nicht verkneifen, als ihm bewusst wurde, dass er mit diesem Satz tief in seine Vergangenheit eingetaucht war.

Doch Erin bemerkte nichts von seinem Stimmungswechsel, sondern antwortete ernst: »Die Bienen trinken den Nektar und tragen ihn in ihren Bäuchen nach Hause, um ihn in die Waben zu spucken. Ich dachte also, dass sich ihr Speichel mit dem Nektar vermischt, aber...«

Als Joun nachfragte, was sie denn an diesem Gedankengang für Zweifel hegte, fuhr Erin mit gesenktem Kopf fort.

»Die Bienen fliegen ja ganz schön weite Strecken. Mir ist fast die Puste ausgegangen, während ich ihnen nachgelaufen bin. Sie fliegen zu so weit entfernten Feldern, dass ich ganz erschöpft war! Dabei sind sie doch viel, viel kleiner als ich. Für sie muss diese Entfernung doch noch viel größer sein!«

Joun hatte unwillkürlich aufgehört, die Kurbel zu drehen, und betrachtete Erin wie gebannt.

»Meine Mutter hat mal gesagt, dass Mensch und Tier nicht nur essen, um zu wachsen, sondern auch, um sich zu bewegen. Deshalb hat man auch einen Riesenhunger, wenn man den ganzen Tag gearbeitet hat oder unterwegs war. Wie können die Bienen dann überleben, wenn sie mit ihren kleinen Körpern so weite Strecken zurücklegen und den Blütennektar, den sie getrunken haben, wieder auswerfen, sobald sie in ihren Stock zurückgekehrt sind? Außerdem müssten sie ja eine Menge Spucke zu dem dünnflüssigen Nektar mischen, damit er sich in den zähen, goldenen Honig verwandelt. So viel Speichel kann eine kleine Biene doch gar nicht haben! Und wenn sie solche Mengen ausspucken, müssten ihre Körper doch ganz winzig werden. Wie kann es also sein, dass sie trotzdem gesund und munter umherfliegen?«

Joun war verblüfft. Nachdem er wieder angefangen hatte, die Kurbel der Honigschleuder zu drehen, erwiderte er: »Gar nicht so einfach, dir darauf eine Antwort zu geben. Ich werde dir alles sagen, was ich weiß, aber du musst dich noch einen Moment gedulden. Zuerst kümmern wir uns um den Honig. Nach getaner Arbeit sprechen wir weiter, ja?«

Von diesem Tag an brachte Joun Erin bei jeder sich bietenden Gelegenheit alles über die Bienen bei, was er wusste.

Das Mädchen war so begierig auf Wissen wie ein frisch geschlüpftes Küken nach Futter. Dass dieser Wissensdurst außergewöhnlich war, wurde ihm an einem verregneten Tag kurz vor Sommerbeginn noch klarer.

An jenem Tag hatte er Erin die Aufsicht über das Haus übertragen und war zu einer geschäftlichen Besprechung mit einem Händler ausgegangen. Er hatte sich auf das Pferd gesetzt und war die Überlandstraße in die Stadt hinabgeritten. Auf dem Hinweg war noch schönes Wetter gewesen, doch auf dem Rückweg wurde er von Regen überrascht und war bis auf die Knochen durchnässt, als er zu Hause ankam.

Als er Wochen zuvor schon einmal in einen Regenguss geraten war, war Erin ihm mit dem Regenschirm ein Stück des Wegs entgegengekommen, und er hoffte, sie würde dies auch heute tun, doch auch als das Haus in Sichtweite kam, war von ihr keine Spur.

Er brachte Totchi in den Stall, rieb sie trocken und versorgte sie mit Futter. Dann begab er sich zum Eingang des Hauses, doch darin war es totenstill.

Als er sich schon Sorgen zu machen begann, ob Erin bei diesem Wetter wohl ausgegangen war, entdeckte er sie, wie sie an der Papierschiebetür zwischen Flur und Wohnzimmer mit dem Rücken zu ihm auf dem Boden saß. Sie schien ihn gar nicht bemerkt zu haben. Also schlich er noch näher und linste über ihre Schulter. Erstaunt blieb er stehen.

Erin war vollkommen in seine Bücher vertieft! Sie bewegte den Kopf beim Lesen leicht und murmelte etwas vor sich hin, während sie in einem seiner Heilkundebücher über Gift blätterte.

»He!«

Erin sprang erschrocken auf, als sie seine Stimme hörte, und sah ihn mit weit geöffneten Augen an. »Verzeihung!«

Aus ihrem Gesicht war jegliche Farbe gewichen. Offenbar erwartete sie, dafür gescholten zu werden, dass sie seinen Bücherschrank geöffnet und sich ein Buch herausgenommen hatte.

Joun betrat das Wohnzimmer, hockte sich im Schneidersitz

vor sie und nahm ihr das Buch aus der Hand. »Du brauchst dich nicht zu entschuldigen. Sag mal, kannst du etwa lesen?«

Erin nickte.

»Dann hast du also eine Schule besucht?«, fragte er weiter, doch sie schüttelte den Kopf.

»Meine Mutter hat es mich gelehrt.«

Joun wedelte mit dem Buch vor ihrer Nase.

»Deine Mutter? Sie hat dich so gut unterrichtet, dass du sogar ein solch anspruchsvolles Werk lesen kannst?«

Erin zog die Schultern nach oben.

»Ich … ich konnte nicht alles lesen. Viele der Schriftzeichen sind einfach zu schwierig.«

Erleichtert lächelte Joun.

»Nun gut. Da bin ich ja beruhigt. Du hast mir einen ganz schönen Schrecken eingejagt! Da komme ich an einem regnerischen Tag nach Hause und finde ein zehnjähriges Mädchen vor, das völlig versunken in der *Schrift der Gifte* blättert!«

Erin entspannte sich wieder.

»Diese Schriftzeichen lernen die Kinder der höheren Schichten mit sechzehn Jahren in der Schule. Wärst du jetzt schon in der Lage, sie fehlerfrei zu lesen, wärst du ein wahres Ungeheuer!«, sagte Joun und betrachtete das Mädchen, dessen Gesichtsfarbe sich wieder normalisiert hatte. »Trotzdem schienst du sehr gefesselt von dem Buch zu sein. Du hast ja nicht mal bemerkt, dass ich zurückgekommen bin. War es denn so interessant?«

Erin schwieg jedoch verlegen.

Als Joun das letzte Mal wegen einer Geschäftsbesprechung ausgegangen war, hatte sie gemerkt, dass er eine ganze Menge Bücher besaß. Es hatte geregnet, und sie hatte ihre Aufgaben im Freien nicht erledigen können. So war ihr bald langweilig geworden, und sie wollte nachsehen, ob es an Jouns Kleidung etwas auszubessern gab. Als sie den Schrank im hinteren Zimmer geöffnet hatte, war sie erschrocken.

Der große Schrank, in dem ein Mensch bequem Platz gehabt hätte, war bis oben hin mit Büchern gefüllt! Noch nie in ihrem ganzen Leben hatte sie so viele Bücher auf einem Haufen gesehen. Eigentlich wollte sie nicht an Jouns Sachen gehen, ohne um Erlaubnis zu fragen, doch sie war einfach zu wissbegierig, welche Bücher das waren, um sich zu beherrschen.

Vorsichtig hatte sie ein Buch nach dem anderen herausgenommen und auf den Boden gelegt, während sie die Titel studierte. Romane und Erzählungen, Abhandlungen über Bienen, Berichte über fremde Länder... Vor ihren Augen wuchs ein wahrhafter Berg an Schätzen heran.

Bis Jouns Rückkehr würde nicht mehr allzu viel Zeit vergehen, und es lohnte sich nicht, mit dem Lesen anzufangen. Also wartete sie insgeheim darauf, dass er bald einmal wieder außer Haus sein würde.

Sobald Joun an diesem Tag das Haus verlassen hatte, hatte Erin den Bücherschrank geöffnet und die Bücher herausgeholt. Doch die Frage, womit sie anfangen sollte, hatte sie in ziemliche Verwirrung gestürzt. Ihr blieb ja nur die Zeit, bis Joun zurückkehrte, also musste sie sich auf wenige Bände beschränken.

Es war reiner Zufall, dass sie bei einem der medizinischen Werke gelandet war. Sie hatte verschiedene Bücher durchgeblättert und überflogen, und dabei war sie in diesem Buch auf das Kapitel »Veränderungen des Geruchs« gestoßen.

Unmittelbar schoss ihr in den Kopf, wie ihre Mutter nach der Todesursache der Toudas in ihrem Teich gesucht hatte. Als Erin darauf hingewiesen hatte, dass der Geruch der Toudas verändert war, hatte ihre Mutter ihr mit erschrockenem

Gesichtsausdruck verboten, mit irgendjemandem darüber zu sprechen.

Warum hatte sie so reagiert? Und warum war der Geruch der Toudas ein anderer gewesen? Während sie darüber nachdachte, stieg eine weitere Erinnerung in ihr auf. Sie dachte an die Worte ihrer Mutter an jenem Abend, als sie das leckere Nachtmahl zu sich genommen hatten.

Sie hatte erwähnt, dass die Toudas an Stärke verloren, wenn sie von Menschen gehalten wurden.

»Überleg mal. Es gibt etwas, das die wilden Toudas ganz selbstverständlich beherrschen. Die zahmen Toudas, die in den Teichen gehalten werden, aber nicht mehr … Ich bin sicher, du kommst selbst auf die Antwort. Aber auch wenn dir die Lösung einfällt, darfst du auf keinen Fall jemandem etwas davon sagen! Jedenfalls nicht, bis du verstanden hast, warum du mit niemandem darüber sprechen darfst.«

Diese Worte, die ihre Mutter hinterlassen hatte, waren tief in Erins Herz eingegraben. Deshalb hoffte sie, möglicherweise hier den Schlüssel zur Lösung des Rätsels finden zu können.

Doch so oft sie das Kapitel auch durchlas, es waren einfach zu viele unbekannte Worte enthalten, und sie konnte nichts damit anfangen.

Etwas jedoch verstand sie. Offenbar veränderte sich der Körpergeruch von Menschen, die Gift zu sich genommen hatten. Jene Passage, dass man anhand des Geruchs einer Leiche herausfinden konnte, an welchem Gift sie verstorben war, zog sie besonders in Bann.

Ihre Mutter hatte dem Inspektor gesagt, die Toudas seien vergiftet worden. Hatte sich ihr Körpergeruch durch Gift verändert? Gerade, als sie diesen Gedanken gefasst hatte, war Joun nach Hause gekommen.

Sie konnte ihm unmöglich den wahren Grund für ihr Interesse an den medizinischen Büchern erklären und starrte immer noch zu Boden, als sie plötzlich hörte, wie Joun das Buch geräuschvoll zuklappte.

»Möchtest du ein solches Buch gern lesen lernen?«

Ihr Herz schlug mit einem Mal höher. Ruckartig hob sie den Kopf. »Ja!«

Joun blickte sie ernst an, doch dann überzog ein Lächeln sein Gesicht.

»Gut. Dann werde ich dich in unseren Arbeitspausen unterrichten.«

Joun war immer der Meinung gewesen, das Leuchten in den Augen eines Kindes, das nicht besonders intelligent war und etwas langsamer begriff als die anderen Kinder und sich deshalb für weniger Wert hielt, sei die größte Freude für ihn, wenn er ihm etwas so beibringen konnte, dass das Kind verstand und erkannte, dass es doch in Ordnung war, wie es war.

Doch als er begann Erin zu unterrichten, lernte er eine neue Art der Freude kennen. Die Freude, ein Kind in seinem Wachstum zu begleiten, das unbegrenzte Möglichkeiten in sich trug, von denen man nicht wusste, wie weit sie noch reichten.

Und es gab noch etwas, für das sich Erin neben Lebewesen und Büchern begeisterte: der Harfenbau.

Als sie eines Tages zum Markt gingen, um die für den Sommer notwendigen Vorräte zu kaufen, hatten die fahrenden Musikanten, die wie jedes Jahr für einige Tage im Ort verweilten, ihre bunten Decken unter dem hellen Himmel ausgebreitet, um ein Ständchen zu geben.

»Möchtest du ein wenig zuhören?«, fragte Joun, und Erin nickte.

Die musikalische Darbietung war ziemlich gut. Erin lauschte den Musikern, wie sie von melancholischen Liebesliedern bis zu fröhlichen Tänzen die unterschiedlichsten Stücke spielten, und hatte dabei einen fast entrückten Gesichtsausdruck.

Während sie sich wie üblich mit Totchi, die das Gepäck auf dem Rücken trug, auf den Heimweg durch die Berge machten, summte Erin das eben vernommene Liebeslied.

»... Das Quaken des Fröschleins im Mondenschein, das Zwitschern des Vögleins im Dunst des Sonnenaufgangs, sie künden von süßem Schmerz«, sang sie voller Inbrunst, als sie zum Refrain des Liedes kam. »Oh sei still, Vöglein im Morgentau, sei still! Sonst erinnere ich mich an dein Lied der letzten Nacht!«

Joun brach plötzlich in Lachen aus. »Na, na! Weißt du überhaupt, was diese Zeilen bedeuten?«

Erin sah ihn erstaunt an. »Na, der Vogel soll aufhören zu singen ... oder?«

Jouns Grinsen wurde noch breiter, während er den Kopf schüttelte. »Nicht ganz. Aber eines Tages wirst du's verstehen! ›Vöglein im Morgentau‹ ist hier in der Gegend sehr bekannt. Ich wusste gar nicht, dass es auch in den Gefilden Aruhans gesungen wird!«

Erin erschrak. »Wirklich? Wird es das? Ich hab es heute zum ersten Mal gehört.«

Joun blinzelte überrascht. »Wie bitte? Aber du hast es doch gerade gesungen!«

Erin war jetzt vollends verwirrt. »Na, ich hab es doch vorhin gehört!«

»Du kannst ein Lied nachsingen, das du nur ein einziges Mal gehört hast?«

Erin wusste nicht, wie sie auf diese Frage antworten sollte. Das Lied hatte ihr eben gefallen, deshalb hatte sie es sich einfach gemerkt. Ob das bei anderen Liedern auch so war, konnte sie nicht sagen.

Joun musterte sie nachdenklich. Als sie zu Hause ankamen, zog er aus dem Schrank eine kleine Harfe.

»Die steht hier schon viel zu lange ungenutzt rum …«, murmelte er. Er schlug die Saiten probeweise an, hielt das Instrument mit ernster Miene an sein Ohr und begann, es zu stimmen, indem er an den kleinen Schrauben drehte. Schließlich nickte er und blickte Erin an.

»Kennst du dieses Lied?«

Die Melodie, die er nun anspielte, erinnerte an die sanften Sonnenstrahlen eines Frühlingstags. Sie schüttelte den Kopf. »Nein, kenne ich nicht.«

»Nicht? Ein schönes Lied, findest du nicht auch?«

Erins Augen leuchteten. »Ja! Du spielst gut, Väterchen!«

Joun lachte. »Ich liebe das Harfenspiel seit meinem zwölften Lebensjahr. Mein Vater erlaubte es mir als einen Bestandteil meiner Ausbildung, doch als ich von dem Harfenmeister nicht mehr nur Unterricht im Spielen erhielt, sondern auch lernte, wie man das Instrument selbst herstellte, wurde er wütend und fragte mich, ob ich etwa vorhätte, Instrumentenbauer zu werden. – Auch diese Harfe habe ich selbst gefertigt. Sie hat einen schönen Klang, nicht?«

Erin nickte abermals.

Joun spielte ihr ein Lied nach dem anderen vor. Einmal ein ruhiges Stück, das eine Atmosphäre schuf, als würde man den Mond am Nachthimmel betrachten, dann wieder eine fröhliche Melodie, die einen zum Tanzen animierte. Begeistert bewegte Erin sich zum Rhythmus, wackelte mit dem Kopf hin und her und summte eine Begleitung mit.

»Erin, versuch mal, bei diesem Stück mitzusingen!«, forderte Joun sie auf und stimmte erneut das erste Lied an, das an einen Frühlingssonnenstrahl erinnerte. Als er fertig war, summte Erin es von Anfang bis Ende nach.

Joun war verblüfft. Es war erstaunlich, dass Erin eine Melodie, die sie nur zweimal gehört hatte, perfekt wiedergeben konnte, doch noch mehr war er darüber erschrocken, dass ihre Stimme nicht nur versuchte, sondern sogar in der Lage war, haargenau den Klang der Harfensaiten wiederzugeben.

Joun war von klein auf von seinem Harfenlehrer für sein gutes musikalisches Gespür gelobt worden. Doch Erins Talent übertraf das seine um ein Vielfaches.

Von diesem Tag an unterrichtete er Erin auch im Harfenspiel.

Seine Vermutung, Erin verfüge über ein besonders gutes Ohr, bestätigte sich bald, denn sie konnte nur einmal Gehörtes perfekt wiedergeben. Im Gegensatz dazu war sie jedoch nicht in der Lage, neue Melodien zu komponieren.

Stattdessen interessierte sie sich brennend dafür, wie Klänge erzeugt wurden. Sie geriet vor Begeisterung fast außer sich, als sie feststellte, dass die Töne sich nicht nur je nach Anschlagart der Saite etwas veränderten, sondern auch abhängig von der für den Korpusbau verwendeten Holzart und je nachdem, wie dieser geformt war.

Als Joun sie in die Grundlagen des Harfenbaus eingewiesen hatte, begann sie, aus den unterschiedlichsten Holzarten und in den unterschiedlichsten Formen eigene Harfen zu bauen.

Natürlich keine Meisterstücke, wie sie die richtigen Harfenbauer herstellten, doch ihre Begeisterung für den Instrumentenbau sollte noch einige Jahre anhalten.

Es kam die Jahreszeit, in der die Sonnenstrahlen die Schatten der Bäume kurz werden ließen und die Grillen vom Beginn der Abenddämmerung an zirpten.

Jouns Haus war höher gelegen als das Dorf, in dem Erin mit ihrer Mutter gelebt hatte, weswegen die Luft viel weniger feucht war als dort. Obwohl immer noch Sommer herrschte, waren die Abende angenehm kühl.

Als die Zeit näher rückte, da die Blüten der Sarou-Bäume am Seeufer und die der Nosan-Pflanzen, welche die Felder in eine einzige gelbe Fläche verwandelt hatten, abfielen, lieh Joun sich ein Pferd vom nächstgelegenen Bauernhof. Dies tat er jedes Jahr um diese Zeit – wenn die Getreideernte und die Vorbereitungen für die Pflanzung der Bohnen abgeschlossen waren – und brachte es erst im Herbst wieder zurück.

Anschließend holte er den mit einer Plane sorgfältig vor Regen geschützten Pferdekarren hervor und brachte ihn wieder in Schuss. Erin kam neugierig dazu.

»Hast du die Tiere ordentlich versorgt?«, fragte Joun.

Erin nickte, und Joun reichte ihr einen Putzlappen.

»Dann hilf mir bitte, den Karren auf Vordermann zu bringen. Wenn sich das Holz irgendwo verzogen hat oder locker geworden ist, sag mir Bescheid.«

Erin kletterte auf die Ladefläche des Fuhrwerks, das viel länger und größer war als die Pferdekarren, die sie kannte, und fragte verwundert: »Väterchen, was willst du denn damit transportieren?«

»Alle Bienenstöcke und dann noch Verpflegung und Bettzeug für uns.«

Erin erschrak und unterbrach ihre Arbeit.

»Was? Fahren wir denn weg?«

Joun lächelte. »Wir reisen der Blüte hinterher. Weit, weit hinauf in die Berge! An der siebten Weggabelung des Kasho-Berges befindet sich meine Sommerhütte. Dort verwandeln sich die Wiesen im Sommer in ein über und über mit Fujaku- und Sasha-Blüten bedecktes Blumenmeer. Eine wahre Pracht!« Während er beobachtete, wie Erins Gesicht zu leuchten begann, fuhr er fort: »Freu dich darauf und arbeite fleißig weiter! Wir haben noch jede Menge zu tun, bevor wir aufbrechen können.«

Fünf Tage später war es dann so weit. Sorgfältig verriegelten sie die Tür des Hauses, luden die Bienenstöcke und das Gepäck auf den Wagen und brachen im Morgengrauen auf.

Während die beiden Pferde den Karren auf dem Bergweg voranzogen, löste sich der Frühnebel allmählich auf. Damit die Bienenstöcke möglichst wenigen Erschütterungen ausgesetzt waren, schlugen sie ein sehr gemächliches Reisetempo an. Mit einem Ast trieb Erin die Ziege Noro an und folgte dem Karren.

Der Weg war gesäumt von üppig wachsenden Sommergräsern und Bäumen, welche die starken Sonnenstrahlen abschirmten, dennoch war Erin bald schweißgebadet. Kleine Fliegen umschwirrten sie und drohten ihr ständig in die Augen zu geraten, dazu kamen noch die Mücken, die sich auf ihrer schweißnassen Haut versammelten.

Alle Bienenstöcke waren mittels eines Drahtnetzes befestigt und bekamen genug Fahrtwind ab, doch Joun besprühte sie zusätzlich mit feinem Wassernebel, damit die Temperatur in ihrem Inneren nicht zu weit anstieg.

Als sie einen Platz erreichten, an dem klares Wasser zwischen den Felsen hervorsprudelte, hielt Joun den Wagen an.

Erin fing das eiskalte Wasser, das die Finger beinahe taub

werden ließ, mit ihren Händen auf und schlürfte es gierig. Sie wusch sich das Gesicht und benetzte den Hals. Es war ein erfrischendes Gefühl, als würde sie zu neuem Leben erwachen!

Sie hielt auch den Kopf unter das Wasser, und ihre Haare waren im Nu ganz und gar nass. Als sie den Kopf wild hin und her schüttelte, lachte Joun auf.

»Ein Hund, der das Wasser aus seinem Fell schüttelt, könnte es nicht besser machen! Junge Damen sollten sich aber etwas geziemender verhalten!«

Erin musste breit grinsen und warf erneut den Kopf hin und her.

»Ich mach's lieber wie die Hunde!«

Joun lächelte und betrachtete seine Ziehtochter mit den sonnengebräunten Armen und Beinen, die wie dünne Äste aus ihrer Kleidung ragten. Sie trug das Haar stets offen und hatte es im Nacken kurz abgeschnitten.

Eigentlich sah sie aus wie ein richtiger Junge.

»Kleiner Wildfang …« Ein zärtliches Gefühl stieg tief in seiner Brust auf, und er dachte bei sich, dass Erin ein Geschenk des Himmels für ihn war, das er nicht mehr missen wollte.

Die beiden stiegen schweigend weiter hinauf und legten ab und an eine kleine Pause ein.

Als die purpurnen Strahlen der Abendsonne durch die Äste der Bäume schienen und deren Stämme zum Leuchten brachten, öffnete sich endlich die Aussicht vor ihnen.

Unwillkürlich hielt Erin den Atem an. Wohin sie auch blickte, ein einziges Blumenmeer! Der sanft hügelige Erdboden war über und über mit bunten Blüten bedeckt. Das Ende des Blumenfelds bildete ein steiler Abhang, von dem rötliche Dunstwolken über die Wiese trieben, als wollten sie die Grashalme streifen.

Als sie stehen blieben, verstummte jeder Laut. Nur der Wind, der die Grashalme wiegte und die Blumen rascheln ließ, drang sanft an ihr Ohr.

Auf der anderen Seite des Felds, jenseits der tiefen Schlucht, ragten die schneebedeckten Gipfel des Afon Noa steil empor. Während sie so inmitten der Blumenwiese stand und nur das Säuseln des Winds vernahm, fühlte Erin sich plötzlich wie in eine andere Welt versetzt.

»Gehen wir weiter. Wir sind bald da«, drängte Joun und legte die Hand auf ihre Schulter.

Jouns Sommerhütte war nur halb so groß wie das Haus, in dem er vom Herbst bis zum Frühling lebte. Das Brett, mit dem er den Eingang im vergangenen Herbst verschlossen hatte, war noch an Ort und Stelle, und nichts schien von wilden Tieren verwüstet worden zu sein.

»Ah, endlich da!«

Joun klopfte sich einige Male auf die Hüfte und streckte sich dann seufzend.

»Bring die Ziege ins Gehege und kümmere dich bitte um die Pferde. Ich werde die Bienenstöcke aufstellen und die Bretter abnehmen, um anschließend den Kamin zu säubern.«

»Jawohl!«

Die Nächte hier oben waren auch im Sommer ziemlich frisch. Ohne ein Feuer im Ofen war es nur schwer auszuhalten. Da die Vögel gern im Rauchabzug ihre Nester bauten, musste dieser zuerst gereinigt werden.

Der Tag der Ankunft war jedes Jahr wieder enorm anstrengend.

Joun hatte sich immer auf seine körperliche Ausdauer verlassen können, doch seit er fünfundfünfzig Jahre alt geworden war, spürte er solche Anstrengungen immer stärker in den Knochen. Im letzten Jahr hatte er keine Lust gehabt, den Kamin zu reinigen, und einfach in eine Wolldecke eingerollt geschlafen, doch dieses Jahr war Erin mit dabei, und so etwas konnte er ihr nicht zumuten.

So anstrengend der Start hier auch jedes Mal wieder war, er suchte diesen Ort nicht nur auf, um den Honigertrag zu steigern, sondern auch weil er ihn liebte.

Wie viele Jahre werde ich wohl noch hierherkommen können?, fragte er sich im Stillen.

Während er die Wiesen im sanften Licht der Abenddämmerung betrachtete, entspannte er sich allmählich. Der Regen war dieses Jahr ergiebig gewesen, und so herrschte üppiger Blütenreichtum. Die Bienen würden Nektar in Hülle und Fülle vorfinden.

In diesem Jahr wollte er sich neben der Imkerei auch noch damit beschäftigen, Heilkräuter zu sammeln.

Vor einiger Zeit hatte er entdeckt, dass an den Abhängen der Schlucht Chigo-Kräuter wuchsen. Die Wurzeln dieser Pflanzen verfügten über Wirkstoffe, die Geschwüre an den inneren Organen heilen konnten. Da sie ausschließlich an Steilhängen tief in den Bergen wuchsen und schwer zu finden waren, wurden sie zu Höchstpreisen gehandelt.

Der Ort, an dem er das Chigo entdeckt hatte, befand sich an einer stark abfallenden Schlucht. Man musste sehr vorsichtig sein, wenn man ernsthaft vorhatte, an es heranzukommen. Ein Fehltritt – und er würde den Abhang hinabstürzen. In dem Fluss, der am Grund der Schlucht seinen Lauf hatte, lebten wilde Toudas. Einen Absturz würde man daher keinesfalls überleben. Und doch lohnte es sich, das Risiko einzugehen, denn selbst das kleinste Stück Chigo-Wurzel brachte ein großes Silberstück ein.

Bisher hatte er nur für sich selbst zu sorgen gehabt. Nach seiner Vorstellung würde er sich hier auf die Wiese legen, wenn er einmal zu alt wäre, um weiter seiner Arbeit nachzugehen, die vorüberziehenden Wolken betrachten und so auf den Tod warten.

Doch jetzt gab es Erin. In vielleicht sechs, sieben Jahren wäre sie alt genug, um zu heiraten. Und um einen geeigneten Heiratspartner für sie zu finden, müsste er eine entsprechende Mitgift bereithalten und die notwendigen Gegenstände für die Aussteuer kaufen können

Andererseits hatte er die unbestimmte Ahnung, dass Erin wohl kaum das gewöhnliche Leben einer Ehefrau führen würde. Dieses Kind war kein gewöhnliches Mädchen. Das war ihm noch stärker bewusst geworden, seit er begonnen hatte, es zu unterrichten.

Wenn sie ein Junge wäre …, überlegte er immer wieder.

Ohne das Aaryo-Blut in ihren Adern wäre es ihm vielleicht möglich gewesen, sie über seine früheren Verbindungen in der königlichen Schule studieren zu lassen. Allein die Vorstellung, wie ihr Talent durch regelmäßigen Unterricht aufblühen würde, versetzte ihn in Ungeduld, und er hätte zu gerne gewusst, was dabei herausgekommen wäre.

Doch eins nach dem anderen …

Vor allem würde er Geld benötigen. Dieser Gedanke belastete ihn keineswegs, eher verlieh er ihm tief in seinem Innersten eine besondere Kraft. Das Gefühl, alles tun zu wollen, um ihr eine glückliche Zukunft zu ermöglichen, ergriff so stark Besitz von ihm, als wäre er ein frischgebackener Vater, der das leibliche Kind zum ersten Mal in die Arme schloss.

Die Tage in der Sommerhütte verliefen friedlich.

An einem Abend kurz bevor der Sommer seinen Höhepunkt erreichte richtete Joun beim Abendessen das Wort an Erin.

»Du hast dich hier inzwischen doch gut eingelebt, nicht

wahr? Ist es in Ordnung, wenn ich dich für einen Tag in der Hütte allein lasse?«

»Ja.«

»Gut. Dann werde ich morgen den ganzen Tag unterwegs sein, und du kümmerst dich hier um alles.«

»Jawohl!«

Joun zog die Augenbrauen etwas nach oben. »Deine Antwort klingt gut, aber wirst du auch nicht versuchen, die Bienen zu berühren, wenn ich nicht da bin, um ein Auge auf dich zu haben?«

Als er sah, dass Erin sich offensichtlich ertappt fühlte, runzelte er die Stirn.

»Denk nur nicht, ich würde das nicht bemerken. Ich weiß zwar nicht, warum du nicht die Finger von ihnen lassen kannst, aber ich sehe genau, dass es dich unheimlich reizt, sie einmal anzufassen. Ich habe gesehen, wie du vor dem Bienenstock gehockt und mit dir gekämpft hast, ob du die Hand nun nach ihnen ausstrecken sollst oder nicht. Ein Bienenstich kann sehr gefährlich sein! Unterschätze das nicht! Verstanden?«

»Ja …« Erin blickte zu Boden und rieb heimlich Daumen und Zeigefinger aneinander.

Wenn er wüsste, dass sie in Wirklichkeit bereits gestochen worden war, würde er sie sicherlich schimpfen.

Die Körper der Bienen waren mit kurzen Härchen bedeckt, fast wie mit einem hübsch gestutzten Pelz. Erin war furchtbar neugierig, ob dieser Flaum sich weich anfühlte oder hart und stachelig.

Sie war ganz vorsichtig gewesen, als sie eine der Bienen gestreichelt hatte, doch in dem Moment, als ihre Fingerspitze das Insekt berührt hatte, hatte die Biene sie in den Zeigefinger gestochen und war erschrocken aufgeflogen.

Sie hatte den Finger in den Mund gesteckt und daran gesogen, doch der Schmerz war nicht besser geworden.

Noch schlimmer war es jedoch, als sie am nächsten Morgen die Biene ohne ihren Stachel zusammengekrümmt auf der Wiese liegen sah. Auch wenn sie gelernt hatte, dass Bienen sterben mussten, wenn sie einmal gestochen hatten, begriff sie erst in diesem Augenblick, als sie den winzigen Leichnam sah, was es bedeutete.

Der Anblick der regungslosen Biene, die eingerollt auf der Wiese lag, ließ in ihrem Innersten ein Gefühl aufsteigen, von dem sie nicht genau wusste, was es war. Es fühlte sich an, als würde sich in ihrem Herzen ein kleines Loch öffnen, durch das kalter Wind in sie hineinblies.

Während sie das Summen der anderen Bienen hörte, die gar nicht zu bemerken schienen, dass da eine ihrer Schwestern tot am Boden lag, und kreuz und quer durch die Lüfte schwirrten, betrachtete sie noch lange Zeit den kleinen erkalteten Bienenkörper.

Joun musterte Erin mit gerunzelter Stirn.

»Du bist manchmal unberechenbar. Deshalb fällt es mir nicht leicht, dich allein zu lassen. Ach ja, und versuche auf keinen Fall, unter Totchis Bauch zu kriechen!«

Erin zog den Kopf noch mehr ein. Nachdem sie erfahren hatte, dass Totchi eine Stute war, hatte sie gedacht, sie könnte versuchen, sie zu melken. Also war sie unter das Tier gekrochen, ohne zu bemerken, dass sie dabei beobachtet wurde.

»Totchi ist gutmütig, deshalb hat sie dich nicht getreten. Aber wenn ein Insekt zur falschen Zeit am falschen Ort ist und sie deswegen plötzlich wütend wird, kann das ziemlich gefährlich werden!«, wies er Erin zurecht, die betroffen zu Boden blickte. »Sieh mich an!«

Als Erin den Kopf hob, fuhr er ruhig, aber mit strengem Unterton fort: »Pass gut auf, Erin! Vergiss niemals, dass es zwischen Mensch und Tier einen großen Unterschied gibt! Totchi ist eine freundliche Stute. Sie ist an uns beide gewöhnt. Wir sind für sie wie ihre Familie. Aber wenn sie von einer Hornisse gestochen wird und über den Schmerz außer sich gerät, ist sie nicht mehr zu halten und könnte dich mit einem Mal treten und dadurch sogar töten. Wird ein Mensch von einer Hornisse gestochen, würde er dennoch niemals einen seiner Freunde treten und umbringen, aber Pferde haben diese Vernunft nicht.«

Erin lauschte Jouns Worten mit einem merkwürdigen Gefühl. Was Joun ihr gerade erklärte, entsprach genau dem, was sie auch von ihrer Mutter gehört hatte.

Mit ernstem Gesicht versicherte Joun sich, dass Erin seinen Worten hatte folgen können.

»Hast du verstanden?«

»Ja.«

Joun nickte, und seine Miene entspannte sich wieder.

»Gut. Dann kann ich mich ja morgen auf dich verlassen.«

Während Erin ihm zusah, wie er den Käse vom Teller nahm, ihn auf einen Spieß steckte und am Feuer zu rösten begann, fragte sie: »Väterchen, wohin gehst du morgen?«

»Wie? Nun, ich werde Heilkräuter sammeln.«

»Heilkräuter? Geht es dir denn nicht gut?«

Joun lachte. »Doch, doch. Ich sammle sie nur, um sie zu verkaufen. Hast du schon mal von der Chigo-Wurzel gehört?«

Erin schüttelte den Kopf.

»Sie wirkt hervorragend gegen Geschwüre an den inneren Organen. Ein so kleines Stückchen …«, er zeigte mit Daumen und Zeigefinger, welche Größe er meinte, »… kostet auf dem Markt ein großes Silberstück!«

»Was? Wirklich? Ein großes Silberstück?«

Joun lachte erneut, nahm einen weiteren Käsebrocken vom Holzteller und steckte ihn auf seinen Spieß.

»Ja, wirklich. Ein guter Lohn, findest du nicht auch? Aber da diese Kräuter nur in Schluchten wachsen, die so tief sind, dass es darüber sogar ein Sprichwort gibt, das lautet: ›Chigos gedeihen im Atemhauch der Toudas‹, ist es ein ziemliches Abenteuer, an sie ranzukommen. Es kann auch sein, dass ich es morgen gar nicht schaffe, wieder zurückzukommen, aber mach dir um mich keine Sorgen.«

Er steckte den Spieß in die Feuerstelle, und als er den Blick wieder hob, erschrak er. Erin starrte ihn an, und sämtliches Blut schien aus ihrem Gesicht gewichen zu sein.

»Was hast du? Ist dir nicht gut?«

Erin schüttelte den Kopf. Schließlich fragte sie mit schwacher Stimme, als würden diese Worte sie große Mühe kosten: »Väterchen … Sind Toudas dort, wo du hingehst?«

Joun blinzelte und sah sie einen Moment lang verwirrt an, dann zog er die Augenbrauen nach oben und lächelte.

»Nanu, hast du etwa Angst um mich? Das ist nett, aber du brauchst dich wirklich nicht zu sorgen. Ich kenne mich hier in der Gegend gut aus und werde mich bestimmt nicht zu tief in die Schlucht wagen. Du kannst also beruhigt hierbleiben und aufs Haus aufpassen.«

Erin nickte, doch die Angst, die wie eine dunkle Wolke aufgezogen war, ließ sich durch Worte nicht vertreiben. Der Geruch der Toudas stieg durch ihre Erinnerung in ihre Nase, und sie sah die großen Leiber vor sich, zwischen denen ihre Mutter verschwunden war.

Joun ging früh zu Bett. Er hatte noch gesagt, er würde gleich im Morgengrauen aufbrechen, doch Erin konnte nicht einschlafen.

Auch wenn er nicht vorhatte, in die Schlucht hinunterzusteigen, was, wenn er ausrutschte?

Die furchtbarsten Gedanken wirbelten ihr durch den Kopf.

Auch ihre Mutter war plötzlich einfach tot gewesen, obwohl sie gedacht hatte, sie würde für immer bei ihr bleiben.

Was, wenn das Väterchen nicht zurückkommt …?

Es schauderte sie tief im Inneren.

Das Tier am Himmel

Als der Morgen dämmerte, verließ Joun sein Lager.

Er verhielt sich möglichst leise, um Erin nicht zu wecken, doch sie lag mit geschlossenen Augen wach in ihrem Bett und lauschte seinen Geräuschen.

Bald schulterte der Alte sein Gepäck und brach auf.

Sobald Erin hörte, dass sich die Tür hinter ihm wieder schloss, warf sie das Bettzeug von sich und sprang auf. Rasch zog sie sich mit an und nahm die Reste des Abendessens, Fako und Käse, aus dem Regal, um sie in ihren Beutel zu stopfen. Dann öffnete sie leise die Tür der Hütte.

Die Nacht war noch nicht zu Ende, und inmitten der bläulichen Dämmerung erkannte sie den Schatten des Alten vor sich auf dem Weg. Hurtig stapfte sie ihm hinterher. Für eine Weile liefen sie über ein offenes Feld, blickte er sich um, könnte er sie möglicherweise entdecken. Doch darüber wollte sie sich jetzt nicht den Kopf zerbrechen.

Wäre er nicht so in Gedanken versunken gewesen, hätte Joun möglicherweise bemerkt, dass Erin ihm nachschlich.

Doch während er den steilen Bergpfad in Richtung der Schlucht erklomm, war er die ganze Zeit über wie abwesend.

Ist das Mädchen etwa schon einmal von Toudas angegriffen worden?, überlegte er.

Eigenartig, wie ihr alles Blut aus dem Gesicht gewichen war, als sie ihn gefragt hatte, ob er zu den Toudas ging. Erst hatte er geglaubt, sie würde aus Sorge um ihn so blass, doch wenn er jetzt daran zurückdachte, hatte er das Gefühl, dass das nicht alles gewesen sein konnte.

Als er sie am Seeufer gefunden hatte, war sie über und über mit eigenartigem Schmutz bedeckt gewesen. Die Klumpen aus Schlamm, hart wie Leim, hatten intensiv nach Toudas gerochen.

Aber wenn sie sich nah genug an die Toudas gewagt haben sollte, um über und über mit ihrem Sekret bedeckt zu werden, wäre sie doch ohne Zweifel gefressen worden. Es sei denn, sie wäre auf einem von ihnen geritten …

Er zog die Stirn kraus.

Moment mal … Was, wenn es tatsächlich so war?

Im Reich der Yoje gab es zwar keine unreinen Lebewesen wie die Toudas, doch wie er gehört hatte, wurden in den Gebieten des Aruhan, die nicht an die heilige Reinheit der Königin gebunden waren, eine große Zahl von Toudas durch die sogenannten Touda-Leute gezüchtet und trainiert.

Das Mädchen stammte schließlich aus dem Reich des Aruhan, wahrscheinlich aus dem arbeitenden Volk …

Ist Erin etwa ein Kind der Touda-Leute?

Doch es war unvorstellbar, dass einer von diesen Vasallen, die dem Aruhan in unerschütterlicher Treue verbunden waren, sein Blut mit den Aaryo vermischen würde.

Hm, hm. Das Mädchen ist ein einziges Rätsel …

Der Tag war inzwischen angebrochen, doch war es immer noch dunkel. Trübe Wolken zogen am Himmel vorüber.

Die Hoffnung auf einen trockenen Tag war wohl vergebens, und als er in die Nähe der Schlucht kam, fielen tatsächlich die ersten großen Tropfen auf seinen Kopf. Der Regen verwandelte sich rasch in einen Wolkenbruch, als würde jemand eimerweise Wasser ausgießen.

Während Joun unter einem Baum Schutz vor den Fluten suchte, überlegte er krampfhaft, ob es nicht besser war umzukehren.

Hätte der Regen nicht nachgelassen, hätte er wohl wirklich aufgegeben und sich auf den Rückweg gemacht. Doch der Platzregen verwandelte sich bald in ein leichtes Nieseln, das die Blätter der Bäume benetzte, und die Wolken verzogen sich langsam. Sogar die Sommersonne zeigte sich hin und wieder zwischen den aufgerissenen Wolken.

Der Boden war zwar aufgeweicht und rutschig geworden, doch da Joun schon so weit gekommen war, wollte er jetzt nicht umkehren. Also schulterte er sein Gepäck, streckte die Hand aus, um die Regentropfen zu prüfen, die von den Blättern perlten, und stapfte weiter.

Ein wenig beunruhigten ihn nur die Geräusche, die ab und zu hinter ihm zu hören waren. Ständig raschelte etwas im Gebüsch. War das ein Vogel oder ein anderes Lebewesen? Der Regen hatte nun aufgehört, und Joun holte aus einem anderen Beutel, den er am Gürtel befestigt hatte, eine Frucht hervor, deren Geruch alle Tiere hassten; er zerdrückte sie in seiner Hand und rieb sie sich auf die Kleidung.

Als ihm das intensive Aroma der Baumfrucht in die Nase stieg, tauchte in seiner Erinnerung das Gesicht des alten Mannes auf, der ihn großzügig alles gelehrt hatte, was man über die Bienenzucht und das Bergwandern wissen musste.

Wäre er dem Alten nicht begegnet, hätte er sich niemals auf diese Weise ernähren und am Leben erhalten können. Er sprach ein leises Gebet für die Seele jenes Mannes und machte sich wieder auf den Weg.

Der Wald lichtete sich mit einem Mal, und die tiefe Schlucht kam in Sicht. Am Grund der steil abfallenden Wand, die weiter unten wie eine Schüssel gebogen war, sah er den braun gefärbten Wasserlauf. Der Wasserstand war jedoch viel höher als beim letzten Mal.

Joun stieg den mit Gräsern und Kräutern dicht bewachsenen Abhang Stück für Stück hinab, wobei er sorgfältig auf seine Schritte achtete.

Er war letztes Jahr hierhergekommen, um zu sehen, ob nicht zufällig kostbare Heilkräuter hier wuchsen, doch als er unter einem Soshu-Baum Chigo-Kräuter entdeckt hatte, war die Sonne bereits untergegangen, und es war zu dunkel, um abzusteigen, also hatte er es lieber gelassen und war nach Hause zurückgekehrt.

Diesmal jedoch kam er mit der festen Absicht, die Wurzeln zu ernten, und er hatte ein robustes Seil mitgebracht. Als er den Soshu-Baum wiederentdeckte, ließ er den Sack von seinen Schultern gleiten und holte das Tau heraus.

Nachdem er es um einen kräftigen Baumstamm gebunden hatte, schleuderte er das andere Ende, an dem er einen Stein befestigt hatte, in Richtung des Soshu-Baums hinab.

Es landete inmitten der Bambusgräser. Joun stieg den Abhang nun rückwärts entlang des Stricks hinab und setzte jeden Fußtritt mit Bedacht.

Nachdem er die Schlucht ein Stück weit nach unten geklettert war, bröckelte der Untergrund unter seinem rechten Fuß auf einmal weg. Nur einen Moment später geriet auch der felsige Boden unter seinem linken Fuß ins Rutschen, sodass Joun fest ans Seil geklammert gegen den Abhang geschleudert wurde. Sein Oberkörper prallte so heftig gegen den harten Stein, dass ihm die Luft wegblieb. Durch die Reibung des Seils brannten seine Hände wie Feuer.

»Aah!«

Reflexartig hatte er die Finger vom Tau gelöst, und nun rutschte er bäuchlings den felsigen Abhang hinab. Er versuchte krampfhaft, irgendwo Halt zu finden, doch der Ast eines Busches traf ihn hart am Kinn, und ihm wurde schwarz vor Augen.

Er verlor das Bewusstsein und rauschte dem Grund der Schlucht entgegen.

Irgendetwas berührte sein verletztes Kinn. Ein stechender Schmerz durchzuckte ihn, und er öffnete stöhnend die Augen.

Als sein verschwommener Blick sich klärte, erkannte er Erins von Tränen und Schmutz bedecktes Gesicht.

»Väterchen! Väterchen!«

Benommen starrte er sie eine Weile an.

Als er versuchte, den Mund zu öffnen, schoss ihm wieder der heftige Schmerz durch den Kiefer. Unwillkürlich fuhr er mit der Hand an sein Kinn, doch Erin hinderte ihn daran.

»Nicht anfassen! Da ist eine große Wunde, die darfst du nicht berühren!«

Joun schossen die Tränen in die Augen, während er vorsichtig die Lippen bewegte: »Wo … sind wir hier?«

»Mitten am Abhang!«, erwiderte Erin. »Du darfst dich also nicht bewegen! Du bist auf eine Art Vorsprung gefallen. Er ist gerade groß genug für uns beide, also müssen wir uns ganz still halten!«

Joun nickte und bedeutete ihr mit den Augen, dass er verstanden hatte.

Da begannen Erins Lippen zu zittern, und sie brach in lautes Weinen aus.

»Ich dachte schon, du wärst tot, Väterchen …!«

In ihrem Schluchzen entluden sich Angst und Erleichterung gleichermaßen. Und nur langsam ließ die Anspannung in ihrem Körper nach.

Als sie genug geweint hatte, atmete sie tief ein und wischte sich mit beiden Händen unbeholfen die Tränen von den Wangen.

Dann kam sie mit ihrem Gesicht ganz nah an seins.

»Väterchen, geht's dir gut?«

Joun bejahte mit einem Zwinkern. Sein ganzer Körper schmerzte, doch er konnte Finger und Zehen bewegen, also schienen weder Wirbel noch andere Knochen gebrochen zu sein.

Allmählich kehrten seine Sinne zurück, und ihm wurde bewusst, in welcher Lage er sich befand. Auch wenn er sich nichts gebrochen hatte, seine Beine und die Hüfte waren wohl ziemlich stark geprellt. In diesem Zustand würde er den Abhang nicht hinaufklettern können.

Er musste für lange Zeit bewusstlos gewesen sein, denn die Sonne begann bereits unterzugehen.

Vorsichtig versuchte er, den Arm zu bewegen, und dabei bemerkte er, dass er in eine Wolldecke gewickelt war.

»Diese Decke …?«

»Das ist deine. Sie lag zusammengerollt unter dem Baum, also hab ich sie mir auf den Rücken gebunden und bin zu dir hinabgestiegen.«

»W … Was?«

»So schwer war sie gar nicht. Wasser und etwas zu essen hab ich auch mitgebracht!«

Obwohl Erin vollkommen verheult und zerzaust aussah, grinste sie plötzlich voller Stolz.

Nicht im Traum hätte Joun daran gedacht, dass Erin ihm

gefolgt war. Doch jetzt erwies es sich tatsächlich als Glücksfall.

»Schaffst du es, am Seil nach oben zu klettern?«

Erin nickte.

»Dann nimm die Decke und klettere nach oben, bevor es ganz dunkel ist. Leg dich unter den großen Baum zum Schlafen.«

Erin schüttelte den Kopf. »Nein! Ich bleibe bei dir!«

»Dummerchen! Hier ist es viel zu eng! Was, wenn du im Schlaf abstürzt?«

»Keine Sorge, dafür reicht der Platz schon.«

Joun gab auf und beschloss, Erin ihren Willen zu lassen.

Sobald die Sonne untergegangen war, wurde es rasch kälter. Erin zog die Decke vollständig über ihre Köpfe und stopfte sie fest um ihre Körper herum. Und doch war es immer noch schneidend kalt, sodass sie kaum schlafen konnten.

Joun wachte während dieser Nacht öfter auf und musste sich von Erin beim Wasserlassen helfen lassen. Jedes Mal, wenn er aufstand, fuhr ein heftiger Schmerz durch seine Beine und Hüften, und inmitten der Dunkelheit fürchtete er sich davor, den Rand des Vorsprungs zu übersehen.

Als die lange Nacht sich endlich ihrem Ende zuneigte, stieg Erin plötzlich ein wohlbekannter süßlicher Geruch in die Nase, und sie riss die Augen auf.

Für einen Moment dachte sie, es handle sich einfach um einen Nachklang ihrer üblichen Albträume, doch sobald sie das Gesicht unter der Decke hervorstreckte, wusste sie, dass es etwas anderes sein musste.

Die eisig kalte Nachtluft trug den Geruch der Toudas heran.

Angst schnürte ihr die Kehle zu, und ihr Herzschlag beschleunigte sich.

Sie bewegte den Kopf vorsichtig von einer Seite zur anderen, um Joun nicht aufzuwecken, und versuchte, über den Rand des Vorsprungs nach unten zu spähen, doch sie konnte nichts erkennen. Der Abhang war hier und da mit ähnlichen Vorsprüngen gesäumt wie der, auf dem sie saßen. In der trübgrauen Dämmerung erkannte sie nur das schwarze Dickicht der Büsche und Sträucher. Etwas weiter unten lagen mehrere Baumstämme auf einem der Simse, die der Fluss bei einem höheren Wasserstand angespült haben musste.

Doch mit jeder Brise trug der Wind wieder diesen unverwechselbaren Geruch heran.

Plötzlich glaubte sie, aus dem Augenwinkel heraus eine Bewegung wahrzunehmen. Sie wandte den Blick in diese Richtung und erstarrte.

Die Holzstämme … Sie schienen sich kaum merklich zu bewegen!

Ihr lief es eiskalt den Rücken hinunter.

Das waren keine Stämme. Das waren Toudas. Drei an der Zahl! Was trieben sie da unten?

An der Stelle, auf die sie sich langsam zubewegten, war etwas, das wie ein Busch aussah. Erin kniff die Augen zusammen, um besser zu sehen, und erkannte schließlich, dass sich in dem Busch etwas bewegte.

Was ist das …? Ein Tier? Vielleicht ein Vogelküken?

Es sah tatsächlich aus wie ein Küken. Bestimmt war das ein Vogelnest!

Doch im selben Moment bemerkte Erin etwas Merkwürdiges.

Toudas waren riesige Schlangen, groß genug, dass ein Krieger auf ihnen reiten konnte. Sie selbst hatte auf einem von ihnen gesessen und wusste nur zu gut, dass der Kopf eines Toudas etwa so groß war wie ihr eigener Körper.

Doch dieses Küken überragte den Toudakopf um einiges …

Konnte es einen derart riesigen Vogel überhaupt geben? Selbst wenn das kein Küken, sondern ein bereits ausgewachsener Vogel war … Konnte es wirklich eine Vogelart geben, die größer war als sie selbst?

Und das da schien definitiv ein Küken zu sein. Es deutete zwar immer wieder Flügelbewegungen an, doch wirkten sie äußerst plump.

Wo mochten seine Eltern sein? Die Toudas waren dem Küken schon recht nahe gekommen. Nur noch ein Stückchen, dann konnten sie sich daraufstürzen und es verschlingen.

Erins Miene verdüsterte sich. Das Küken tat ihr leid. Gerade erst geschlüpft und schon wird es gefressen …

Irgendetwas wollte sie tun, doch durch Steine allein würde sie die Toudas nicht aufhalten können, das wusste sie schmerzlich genau.

Die Toudas hoben alle gleichzeitig ihre Köpfe und wandten sich in Angriffsposition.

Gleich wird es verschlungen …!

Als Erin unwillkürlich die Augen zusammenkniff, um das Drama nicht mit ansehen zu müssen, ertönte scheinbar aus dem Nichts plötzlich ein schriller Pfiff.

Erin riss den Kopf hoch und blickte in die Richtung, aus der dieser Ton gekommen war.

Der Himmel war noch in tiefes Dunkelblau getaucht, doch die Umrisse der Berge hoben sich vor der aufgehenden Sonne in fahlem Gold ab. Es sah aus, als würde aus diesem blassen Schimmer ein schwarzer Punkt hervorschnellen, doch rasch erkannte sie, dass etwas Riesiges mit ausgebreiteten Schwingen den Himmel durchschnitt und über ihren Kopf hinwegsauste.

Das Ding stieß einen weiteren schrillen Ton aus und war nun direkt über ihr. Für einen Moment wurde es dunkel.

Das war kein Vogel.

Erin hielt die Luft an und starrte wie gebannt auf das, was da an ihrem Kopf vorbeiflog.

Die riesigen Schwingen, die weiß-silbrig glänzende, nadelartige Körperbehaarung, das wolfsartig verwegene Gesicht, die spitzen Krallen an den großen Klauen …

Der Wind, den die Schwingen entfachten, drohte die Wolldecke fortzuwehen, und Erin hielt sie hastig fest.

Sanft glitt das geflügelte Etwas durch die Lüfte und drehte seine Runden über den Toudas.

Als Erin zu den Schlangen hinabblickte, erschrak sie.

Die Toudas hatten sich in der Zwischenzeit vom Nest abgewandt und ihre Leiber so verkrümmt, dass ihre Bäuche nach oben zeigten, als wollten sie sich selbst dem fliegenden Tier zum Fraß anbieten.

Was für eine seltsame Art von Jagd.

Die Toudas hoben ihre langen Hälse auch dann nicht, als das geflügelte Tier zum Angriff ansetzte. Wie eine kleine Schlange, die von einem Adler attackiert wird, wurden sie einfach in Fetzen gerissen und zerfleischt.

Die harten Schuppen der Toudas, an denen selbst Pfeile abprallten, wurden von dem Flügeltier mit einer Leichtigkeit zerteilt, als wäre es weiche Haut. Die drei Toudas waren im Nu zerstückelt und aufgefressen.

Die Strahlen der Morgensonne stachen nun zwischen den Bergsäumen hervor und tauchten das geflügelte Wesen in silbrig glänzendes Licht.

Erin konnte die Augen nicht von dem wunderschönen Tier abwenden, das wie eine Ehrfurcht gebietende Gottheit anmutete und die mit scharfen Schuppen bewehrten Ungeheuer einfach so zunichtegemacht hatte.

Die Stimme dieses Tiers …

Sie klang fast genau wie der Pfiff ihrer Mutter, der sich in ihr Gedächtnis eingebrannt hatte.

Warum reagierten die Toudas auf diese Weise, wenn sie diesen Ton hörten? Warum schlossen sie die Ohrklappen nicht, obwohl sie doch wissen mussten, was ihnen drohte? Oder durchdrang er selbst ihre verschlossenen Ohrklappen noch?

Das Tier hatte sein Touda-Festmahl beendet und putzte sich nun, beinahe wie eine Katze bei der Fellpflege, die mit Blut verschmierte Schnauze, indem es sie an seiner Brust rieb. Dabei klappte es die Flügel zusammen.

Summ, summ, summ... Der Wind trug Töne heran, die klangen, als wären Harfensaiten gezupft worden.

Das Küken öffnete die kleinen Flügel in Richtung des großen Tiers und stieß diese wundersamen Töne aus, wie um es zu besänftigen.

Als das ausgewachsene Tier dies hörte, gingen auch von ihm ähnliche Töne aus, als wenn es eine Harfensaite mit der Kralle anschlüge – summ, susumm, susumm. Es stapfte auf das Küken zu, öffnete das Maul und begann es zu füttern.

Diese Zärtlichkeit, wie es die Schwingen liebevoll um das Küken schloss und es mit Futter versorgte, stand im krassen Gegensatz zu der brutalen Zerfleischung der Toudas eben.

In Erins Rücken setzte Joun sich langsam auf.

»Väterchen!«, flüsterte sie, und der Alte nickte und lugte ebenfalls über den Rand des Vorsprungs.

»Wilde Ohjus...!«, murmelte Erin geistesabwesend und wandte die Augen nicht von den Tieren. »Das sind sie doch...?«

Die heiligen Tiere, die als Zeichen für den Herrschaftsanspruch der göttlichen Yoje vom Himmel entsandt worden waren.

Angeblich wurde in der Obhut der Yoje eine große Zahl an Ohjus behutsam umsorgt. Wenn der Bestand sich verringerte, drohte dem Königreich Unheil.

»Ja, so ist es. Das sind Ohjus. Ich habe sie im Palast gesehen. Aber dass ich jemals frei lebende Exemplare zu Gesicht bekommen würde …!«, flüsterte Joun. »Ohjus sind äußerst seltene Lebewesen. Die Weibchen gebären jeweils nur ein Junges, deshalb gibt es nur noch wenige wilde Exemplare, habe ich gehört. Die Tiere, die in Gefangenschaft der Yoje leben, zeugen aus irgendeinem Grund keine Nachkommen.

Um die Zahl der Ohjus aufrechtzuerhalten, die unter anderem anlässlich des Geburtstags Ihrer Hoheit als Symbol für den göttlichen Segen im Palastgarten gezeigt werden, müssen so immer wieder frei lebende Küken eingesammelt und in den Palast gebracht werden.« Joun seufzte. »Wie schaffen es die Ohju-Fänger nur, die Jungen der Obhut dieser Furcht einflößenden Mütter zu entreißen?«

Um die Mittagszeit konnte Joun sich endlich wieder einigermaßen bewegen.

Auch wenn der Abhang steil war, schafften die beiden es doch, mithilfe des Seils Schritt für Schritt nach oben zu steigen.

Erin kletterte voran und achtete genau auf den Untergrund. Joun folgte ihr langsam und setzte seine Füße an dieselben Stellen wie sie. Als sie den oberen Rand des Hangs erreicht hatten, wurde er von solcher Erleichterung übermannt, dass er am ganzen Körper zitterte.

Völlig erschöpft packten sie zusammen und machten sich schweigend auf den Rückweg.

Während sie den engen Trampelpfad entlanggingen, waren Erins Gedanken nur bei dem Ohju.

Diese weiß-silbrige Gestalt, deren Gefieder das Sonnenlicht reflektierte. Diese Stimme, die wie der Pfiff klang…

Mit diesem Laut hat es die Toudas bewegungsunfähig gemacht…

Genau wie die Touda-Leute die Tiere mithilfe ihrer tonlosen Flöte zum Erstarren brachten, vermochten es auch die Ohjus mit ihrer Stimme.

Doch dann schüttelte Erin den Kopf.

Nein. Das ist es nicht…

Blies man die tonlose Flöte, erstarrten die Toudas zwar, doch sie ergaben sich nicht völlig, geschweige denn, dass sie sich auf den Rücken drehten.

Vor ihrem inneren Auge durchlebte sie noch einmal, wie ihre Mutter jenen Pfiff abgab.

Die Toudas hatten plötzlich innegehalten und Erins Mutter so unterwürfig angestarrt wie Beute, die ihren Jäger gefunden hat. Dann war einer von ihnen herangeschwommen, gleichsam als ob er ihrer Mutter gehorchte, und hatte keinen Widerstand geleistet, als Erin auf seinen Rücken geklettert war.

Ihre Mutter konnte die Toudas mit ihrem Pfeifen befehligen.

Das Ohju hatte genau dasselbe getan. Es hatte die Toudas mit seinem Pfiff unter Kontrolle gebracht.

Waren diese Laute etwa die Sprache der Toudas? Erin erinnerte sich plötzlich daran, dass die anderen Toudas beim Tod der Kibas ihre Stimmen zu einer Art Trauerkonzert erhoben hatten, das diesem Pfeifen ebenfalls sehr ähnelte.

Sowohl ihre Mutter als auch das Ohju hatten ihre Pfiffe auf eine besondere Art und Weise moduliert. Wenn das wirklich die Sprache der Toudas war und man es schaffte, genauso zu pfeifen, musste man sie damit doch lenken können…?

Erin bekam eine Gänsehaut.

Wenn man die Toudas durch Pfiffe leiten könnte… Wenn ich es genauso gut lernen könnte wie meine Mutter… Hieße das, auch ich könnte sie lenken?

Erin wurde aus ihren Überlegungen gerissen, als sie über eine Baumwurzel stolperte und beinahe fiel.

»Alles in Ordnung?«, fragte Joun und blickte sich nach ihr um.

Erin nickte. Joun selbst hatte ebenfalls eine ungesunde Gesichtsfarbe und schien Schmerzen zu leiden.

»Wie geht es deinen Beinen, Väterchen?«

Er lächelte gequält. »Sie schmerzen, genau wie meine Hüfte und mein Kinn. Eigentlich tut mir alles weh, aber ich will auf keinen Fall noch eine weitere Nacht in den Bergen verbringen. Ich wünsche mir nur, mich heute Abend in meinem weichen Bett einzurollen und tief und fest zu schlafen.«

Während sie Joun langsam folgte, musste Erin erneut an ihre Mutter denken.

Der Geruch der Wasserpflanzen am Ragou-See, ihre kühlen Wangen, als sie sich inmitten des kalten Wassers umarmt hatten…

Bei diesen Bildern, die sie tief in ihrem Herzen trug und wieder und wieder in Gedanken durchspielte, wenn sie sich einsam fühlte, gab es etwas, das sie die ganze Zeit nicht losgelassen hatte.

Bevor ihre Mutter gepfiffen hatte, hatte ihre Miene einen unsicheren, schmerzvoll verzerrten Ausdruck gehabt. Zuletzt war diese Verunsicherung jedoch daraus verschwunden, und dann hatte Soyon gesagt, sie würde nun einen großen Frevel begehen.

»Erin, versprich mir, dass du nie nachmachen wirst, was ich jetzt tun werde. Denn das, was du jetzt sehen wirst, ist ein schlimmes Verbrechen.«

Schließlich hatte sie auf ihren Fingern gepfiffen, die Toudas nach ihrem Willen gelenkt und somit Erins Leben gerettet.

Worin genau bestand das Vergehen? Und warum sollte sie das, was ihre Mutter getan hatte, auf keinen Fall nachmachen? Bedeutete es, dass sie niemals lernen durfte, wie ihre Mutter auf den Fingern zu pfeifen und die Toudas zu befehligen?

Aber warum? Warum war das ein Verbrechen?

Ihre Mutter hatte offensichtlich sogar gezögert, den Pfiff anzuwenden, obwohl es darum ging, das Leben ihrer Tochter zu bewahren. Dieser quälende Gedanke ließ Erin nicht los.

Aber am Ende hat Mutter sich doch dafür entschieden, mich zu retten, sagte sie sich.

Und dennoch – sie hatte mit sich gerungen, ob sie es tun sollte. Welch große Sünde musste es also wirklich für sie bedeutet haben.

Dieser Gedanke ließ den einen düsteren Zweifel, den Erin irgendwo tief in sich trug, immer wieder in ihr aufsteigen.

Ihre Mutter hatte die Fähigkeit besessen, die Toudas zu kontrollieren. Hätte sie also nicht auch sich selbst retten können? Warum hatte sie sich den Kampfschlangen geopfert? Statt eines gemeinsamen Lebens mit Erin hatte sie den Tod gewählt.

Das war etwas, an das Erin eigentlich gar nicht glauben wollte.

Sie seufzte auf.

Es waren so viele Fragen, die sie an ihre Mutter hatte. Doch die war gegangen, ohne ihr die Lösung all dieser Rätsel zu verraten.

Erin wollte die Bedeutung der Worte verstehen, die ihre Mutter hinterlassen hatte. Sie wollte wissen, warum sie auf diese Weise gehandelt hatte. Mit diesem Wissen wäre es ihr sicher möglich, an ihre Mutter zu denken ohne diesen störenden Rest unbestimmten Zweifels.

Vor ihrem inneren Auge stieg das Bild jenes wunderschönen Tieres auf, wie es das Küken liebevoll umarmt hatte.

Ob dieses Ohju da oben am Himmel gezögert hatte, die Toudas zu kontrollieren, um das eigene Kind zu retten?

Erin grübelte weiter vor sich hin, während sie den Himmel zwischen den Ästen betrachtete, der in leuchtendes Abendrot getaucht war.

Ein junges Ohju als Geburtstagsgeschenk

Das Licht, das durch die Fenster drang, hatte inzwischen einen blassen honiggelben Ton angenommen.

Iaru legte das Schleifpapier zu Boden und strich sanft mit dem Finger über den oberen Bereich, den er so vorsichtig damit bearbeitet hatte, als würde er jemanden streicheln … Er konnte zufrieden sein.

Langsam schob Iaru das letzte fehlende Stück in die Kommode. Die Schublade schloss so geschmeidig, als würde sie sich festsaugen. Auch die untere Schublade funktionierte einwandfrei und glitt mit Leichtigkeit heraus.

Iaru lächelte. Es war nahezu perfekt.

Er stand auf, nahm den Besen zur Hand und begann, die Holzspäne am Boden zusammenzukehren, als es an der Tür des Nebeneingangs klopfte.

»Hier ist der Schreiner Yantoku. Ich komme, um meine Bestellung abzuholen.«

Es war die vertraute raue Stimme seines Milchbruders, aber als Iaru an die Tür trat, öffnete er trotzdem nicht sofort, sondern vergewisserte sich, wer da draußen vor der Tür stand.

Dann erst machte er ganz auf.

Ein großer Mann mit gesunder Hautfarbe kam herein. Auf den Armen hatte er Holz. Als er drinnen war, schloss Iaru die Tür gewissenhaft und schob den Riegel vor.

»Misstrauisch wie immer, hm? Dabei ist hier weit und breit keine Menschenseele zu sehen.«

Yantoku zog seine dicken Augenbrauen nach oben. Er hatte einen scherzhaften Ton angeschlagen, doch Iaru erwiderte nichts darauf, sondern geleitete ihn in den hinteren Raum der Hütte.

Yantoku erblickte die eben fertig gewordene Kommode, legte das Holz auf den Boden und kniete sich neben sie, um die Qualität des Schreinerstücks zu überprüfen.

Dann drehte er sich zu Iaru um und grinste breit.

»Gute Arbeit. Wenn ich behaupten würde, ich hätte sie gemacht, würde es jeder glauben. Das ist wirklich erstaunlich, wo es doch nicht mal dein Beruf ist.«

Iaru erwiderte mit ruhiger Stimme: »Es ist nun mal eine Liebhaberei. Ich arbeite eben so lange daran, bis ich wirklich zufrieden bin, da ist es kein Wunder, dass es gut wird.«

Yantoku stand auf, ohne die Hand von der Kommode zu nehmen. »Nun, belassen wir es dabei. Andernfalls würde ich als hauptberuflicher Schreiner ganz schön in Erklärungsnot geraten«, sagte er, während er mit den Fingern über die Kommode strich. »Hör mal, willst du wirklich kein Geld dafür? Allein diese Kommode könnte ich für zehn große Goldstücke verkaufen. Dir nur neues Holz zu bringen, wird deiner Leistung doch nicht im Geringsten gerecht.«

Iaru schüttelte den Kopf. »Ich habe die Kommode nicht gemacht, weil ich Geld dafür will. Es war einfach aus Freude an der Arbeit. Und wenn ich dir darüber hinaus auch noch zu einem Zusatzverdienst verhelfen kann, gibt es nichts, was mich glücklicher machen würde.«

Yantoku zog die Stirn kraus und sah seinen Milchbruder an.

In dem leeren Raum standen nur die Kommode und einiges an Werkzeugen. Feiner Staub tanzte träge durch die Luft, und das Zimmer wirkte im Licht der Abenddämmerung fast wie eine Einzelzelle.

Wie er Iaru so vor sich stehen sah, konnte Yantoku nicht anders, als Mitleid zu empfinden.

Wahrscheinlich bin ich der Einzige, der Mitleid für einen Sezzan, einen Leibgardisten des Königs empfindet, dachte er.

Iaru war der dritte Sohn der Nachbarsfamilie.

Die beiden waren wie Brüder zusammen aufgewachsen, zwar in der königlichen Hauptstadt, aber in den ärmlichen Gassen des Sakkara-Stadtteils, wo nur Arbeiterfamilien wohnten.

Iarus Mutter war eine Frau von schwacher Konstitution gewesen, und sie verlor ein Kind nach dem anderen, nur Iaru und seine Schwester blieben übrig. Als sie Iaru geboren hatte, hatte sie keine Milch, und so nahm ihre Nachbarin, die zur gleichen Zeit Yantoku auf die Welt gebracht hatte, beide Säuglinge an die Brust und nährte sie, damit sie gediehen.

Iarus Vater war ein geschickter Schreiner, und auch wenn er kein Mann von großen Worten war, hatte Iaru immer die Unterstützung seiner Eltern gehabt. Wenn die Dinge ganz normal ihren Lauf genommen hätten, wäre Iaru wohl in die Fußstapfen seines Vaters getreten und Schreiner geworden, hätte sich irgendwann so wie Yantoku eine Frau genommen und eine Familie gegründet.

Yantoku erinnerte sich genau an den Tag, an dem sich Iarus Leben von Grund auf verändert hatte: Es war kurz vor Mittag gewesen, die Frauen hatten ihre morgendlichen Aufgaben beendet, und Iaru und Yantoku hatten das Haus verlassen, um ihren Vätern das Mittagessen, das ihnen ihre Mütter mitgegeben hatten, an den Arbeitsplatz zu bringen.

Beide waren gerade acht Jahre alt und taten nichts lieber, als den ganzen Tag zu spielen, aber ihren Vätern die Mahlzeit zu bringen, war eine so wichtige Aufgabe, dass sie geradewegs in den westlichen Stadtteil liefen, wo die beiden Männer gerade ein Haus für einen der wohlhabenden Bürger einrichteten, die in diesem Teil der Stadt lebten. Ihre beiden Väter arbeiteten als Schreiner; sie hatten sich auf Einbaumöbel spezialisiert.

Es war ein sonniger, heißer Tag. Am strahlend blauen Himmel brauten sich Gewitterwolken zusammen, und die Bäume, die die Straße säumten, warfen dunkle Schatten an die weißen Wände der Villen im westlichen Viertel.

Als Iaru und Yantoku um die Ecke bogen und die Villa erblickten, in der ihre Väter arbeiteten, bebte plötzlich die Erde unter ihnen mit einem Grollen. Sie wurden hin- und hergeworfen, als würde sich unter ihnen ein großes Tier schütteln, verloren das Gleichgewicht und stürzten zu Boden.

Als sie den Kopf hoben, sahen sie, wie das Haus, in dem ihre Väter arbeiteten, zur Seite kippte und einstürzte. Holz barst, Steine prasselten herab, und Staubwolken stiegen auf und hüllten die Trümmer des Gebäudes vollständig ein.

Sobald die beiden wieder klar denken konnten, rannten sie zu dem Unglücksort, an dem der Staub sich bereits wieder zu lichten begann, und riefen verzweifelt die Namen ihrer Väter.

Glücklicherweise war Yantokus Vater im Garten gewesen und der Katastrophe entgangen. Am ganzen Körper mit Staub bedeckt, sah er aus wie nach einem Ascheregen und hatte nicht mehr abbekommen als ein paar Schürfwunden.

Iarus Vater aber war unter den Trümmern begraben worden. Dass mit ihm etwas nicht in Ordnung war, konnte man sofort an dem Blut sehen, das ihm in seinem staubbedeckten Gesicht aus Nase und Mund quoll.

Iaru starrte seinen Vater wie versteinert an und rief: »Ich hole einen Arzt!«

Dann drehte er ihm den Rücken zu und rannte los.

Yantoku eilte ihm hinterher, aber Iaru lief so schnell durch die Straßen, dass Yantoku ihn nicht einholen konnte.

Als Iaru die Hauptstraße erreicht hatte, geschah es: Das Zugpferd einer heraneilenden Pferdekutsche blieb mit den Hufen an einer Spalte im Boden hängen und strauchelte, sodass die Kutsche mitgerissen wurde und umfiel. Das Pferd einer anderen Kutsche, die aus der entgegengesetzten Richtung gekommen war, stieß mit dem umgestürzten Wagen zusammen, und auch dieses Gefährt kippte krachend zu Boden.

Yantoku erstarrte vor Schreck. Genau da, wo die Pferdekutsche zu Boden gegangen war, hatte sich Iaru befunden. Er sah, wie Iaru sich unter der fallenden Kutsche abstieß, sich nach vorn beugte und seinen Körper zur Seite neigte. Dann schlüpfte er unter dem Zaumzeug und den ineinander verkeilten Kutschen hindurch und kletterte über den Bauch eines Pferdes, das panisch um sich trat.

Yantoku starrte wie benommen auf die kleine Gestalt, die mit einem Satz auf der anderen Seite der Straße aus dem Gewühl heraussprang und in der Ferne verschwand.

Yantoku war nicht der Einzige gewesen, der Iarus unglaubliches Kunststück an Körperbeherrschung gesehen hatte. Auch ein Mann der königlichen Leibgarde war zufällig Augenzeuge des Geschehens geworden und so beeindruckt gewesen, dass er hartnäckig nach Iaru suchen ließ und fünf Tage nach dem Vorfall in dessen Elternhaus auftauchte.

Dort befand die Familie sich mitten in den Begräbnisfeierlichkeiten. Iarus Mutter, die den Ernährer im Haus verloren hatte, saß geistesabwesend mit dem Achtjährigen und seiner Schwester da, die noch ein Säugling war, als ihr der Sezzan die rettende Hand anbot.

Würde sie Iaru zur Leibgarde in die Lehre schicken, würde er so viel Geld verdienen, dass es ihnen ihr ganzes Leben lang nicht mehr an Nahrung mangeln würde.

Die Sezzan widmeten ihr Leben dem Schutz der Yoje und ihrer einzigen Enkelin, genauer gesagt, sie dienten als lebendiger Schutzschild für die Königsfamilie. Um sie für keine Schwäche anfällig zu machen, war es den Leibgardisten verboten, sich eine Frau zu nehmen, und sie mussten die Verbindung zu Eltern und Geschwistern vollständig abbrechen.

Die Sezzan verbrachten ihr ganzes Leben alleine und waren einsame Krieger, die sich dazu verpflichtet hatten, im Fall des Falles für die Yoje und ihre Enkelin in den Tod zu gehen. Dafür konnte jeder ein Sezzan werden, egal welcher Herkunft er war; und sobald sie einmal zu den Kriegern gehörten, wurden sie wie Adelige behandelt und erlangten Ruhm und Ehre als die Treuesten der Treuen. Außerdem wurden die Familien, die ihre Söhne in die Leibgarde gaben, reich entlohnt.

Iarus Mutter hatte keine andere Wahl.

Yantoku erinnerte sich auch jetzt noch genau daran, wie Iaru mit gesenktem Kopf und zusammengekniffenen Lippen sein Elternhaus verlassen hatte. Yantoku hatte damals lauthals geweint, aber Iaru hatte keine Träne sehen lassen. Vom Sezzan an der Hand nach draußen gezerrt, drehte er sich nicht einmal mehr um und verschwand aus den Gassen von Sakkara.

Als Yantoku und Iaru sich wiedersahen, waren seit jenem Tag zwölf Jahre vergangen.

Yantoku war inzwischen selbstständiger Schreiner geworden und hatte zu dieser Zeit mit seinem Vater zusammen einen kleinen Betrieb aufgebaut. Und in diesem Geschäft tauchte eines Tages plötzlich Iaru auf. Als dieser bemerkte, dass er Yantoku gegenüberstand, erstarrten seine Gesichtszüge, und er machte Anstalten, den Laden wieder zu verlassen. Yantoku konnte ihn gerade noch zurückhalten.

Glücklicherweise war Yantokus Vater zu diesem Zeitpunkt

nicht da, und die Arbeiter, die Iaru kannten, waren gerade in der Mittagspause.

Yantoku flehte Iaru an, nicht zu gehen, sie wären doch schließlich Milchbrüder, und er würde es auch keinem verraten. Außerdem versprach er, darüber zu berichten, wie es seiner Mutter und seiner Schwester ging.

Von diesem Tag an hielten die beiden heimlich den Kontakt zueinander.

Iaru ließ dabei äußerste Vorsicht walten, damit von ihrem freundschaftlichen Verhältnis auch ja nichts bekannt wurde, fast, als bereute er, dass er sich von Yantokus Worten hatte hinreißen lassen. Auch wenn Yantoku ihn wegen seiner Vorsicht aufzog, wurde Iaru nicht wütend deswegen. Er zeigte lediglich ein etwas gequältes Lächeln und murmelte: »In der Welt, in der ich lebe, sucht jeder nur nach einer Gelegenheit, die Gefühle des anderen auszunutzen. Wenn so jemand davon erfahren würde, dass wir beide befreundet sind, würde er versuchen, mich mit deinem Leben und dem Leben deiner Familie zu erpressen. Wenn dir das Glück deiner Familie lieb ist, dann gib dich nicht mehr als nötig mit mir ab.«

In den letzten zwölf Jahren hatte Iaru ein Leben geführt, das sich von dem Yantokus völlig unterschied. Auch wenn er immer noch die Gesichtszüge von früher besaß, hatte Iaru jetzt die harte und kühle Ausstrahlung eines scharfen Schwerts.

»Das nächste Mal dienstfrei habe ich in zehn Tagen«, sagte Iaru jetzt. »Komm mich um die Mittagszeit abholen. Du kannst auch einen deiner Lehrlinge schicken, aber sag ihm bitte nicht meinen Namen.«

»Das weiß ich doch! Du musst mich nicht ständig daran erinnern … Musst du jetzt gleich zum Dienst?«

Iaru nickte, während er seine Hand nach der blauen Dienstkleidung ausstreckte, die an der Wand hing. Er würde die Uniform der Leibgarde erst anziehen, wenn er den Königspalast betreten hatte. Verkleidet als Handwerker und versteckt unter einem großen Bambusschirm würde er in den Königspalast gelangen und dann seinen Dienst antreten.

Als Yantoku bereits den Raum verlassen wollte, erhob Iaru noch einmal die Stimme.

»Komm gut nach Hause.«

Yantoku lächelte gequält. »Na klar!«

Zwischen den Wolken war noch ein letzter Rest der Abendsonne zu sehen, der Himmel begann allmählich die hellblaue Farbe des Abends anzunehmen.

Iaru ging durch Gassen, in denen der Duft von gebratenem Fisch hing, und erreichte schließlich die Hauptstraße. Dort wimmelte es von Männern, die sich nach der Arbeit auf dem Heimweg befanden, und solchen, die freudig eine Kneipe ansteuerten, um etwas zu trinken.

Plötzlich vernahm Iaru aufgebrachte Stimmen. In einer düsteren Passage hatten sich mehrere Männer im Schatten eines Sake-Fasses versammelt. Sie schrien und traten wütend auf jemanden ein. Bei dem Opfer handelte es sich um einen Jungen, der nicht älter aussah als fünfzehn oder sechzehn Jahre. Er lag zusammengekrümmt auf dem Boden und versuchte, seinen Bauch vor den Tritten zu schützen.

Iarus Miene verfinsterte sich, aber er wandte seinen Blick ab und lief weiter.

Als er sich gerade einen Weg durch das Gedränge bahnen wollte, näherten sich von hinten Schritte.

»He!«, rief jemand und legte ihm eine Hand auf die Schulter.

Iaru blieb endlich stehen. Der Mann, der vor ihm stand, trug genau wie er Arbeiterkleidung und hatte die Augenbrauen vorwurfsvoll nach oben gezogen. Er war groß und kräftig und hatte breite Schultern. An seiner Kleidung hing noch ein Hauch vom Parfüm einer Prostituierten.

»Was bist du denn für ein eiskalter Mensch! Tust so, als hättest du nichts gesehen!«

Iaru schwieg und starrte den Mann an – es war Kairu, sein Mitbewohner.

Kairu schnalzte mit der Zunge. »Ach, so ist das. Dann brauche ich keine Hilfe.« Er drehte Iaru rasch den Rücken zu, aber dieser hielt ihn am Ellbogen zurück.

»Lass es, Kairu.«

Kairu drehte sich wieder um und musterte Iaru scharf. »Wir sind nicht im Dienst, also halte mich nicht auf!«

Iaru schüttelte den Kopf. »Wir sind immer im Dienst.«

Kairu stieg das Blut in die Wangen, und sein Kinn begann zu beben.

Iaru sprach weiter: »Morgen kommt eine Delegation des Aruhan in die Stadt. Kein Wunder, wenn etwas passiert. Du hast Ossaru doch nicht vergessen, oder? Wenn du trotzdem gehen willst, dann halte ich dich nicht auf.«

Iaru ließ Kairus Ellbogen los, woraufhin dieser seinen Arm wütend wegriss.

»Das kannst du doch nicht mit dem vergleichen, was Ossaru widerfahren ist! Der wurde von Attentätern ermordet, die sich als Strauchdiebe verkleidet hatten! Das hier ist etwas ganz anderes!«, stieß er hervor. Trotzdem wandte er der Gasse den Rücken zu und lief in die andere Richtung.

Die beiden gingen nun wortlos die leichte Anhöhe hinauf, die zum Königspalast führte. Der Wald, der den Königspalast umgab, war in das sanfte Grün der ausschlagenden Bäume getaucht. Das Licht der Abenddämmerung tanzte auf den knospenden Zweigen.

Schließlich seufzte Kairu auf. »Ich hasse dieses Leben …«, sagte er.

Iaru blieb stehen.

Kairu, der weitergelaufen war, drehte sich zu ihm um. »Was ist denn?«, wollte er verwundert wissen.

Iaru erwiderte mit dunkler Stimme: »Wenn du dieses Leben so hasst, dann löse dein Versprechen. Ein Sezzan kann seine Arbeit nicht vollbringen, wenn Zweifel an ihm nagen.«

»Aber …«

Iaru unterbrach ihn sofort: »Hat es einen Sinn, diese Arbeit zu tun, wenn du von solchen Gefühlen besessen bist? Das ist doch nur eine Qual.«

Kairu starrte Iaru an. »Wie ist es mit dir?«

Ein Schatten von Traurigkeit glitt über Iarus Gesicht.

»Meine Zweifel … gründen sich darauf, dass ich schon zu viele Menschen getötet habe.«

Iaru lief weiter, und Kairu folgte ihm schweigend.

Es war das erste Mal, dass er so etwas aus Iarus Mund hörte. Sonst war er ein so wortkarger Mann, dass man an die Stille winterlicher Wälder denken musste. Wenn er nicht die Uniform trug, sah Iaru wirklich aus wie ein ganz gewöhnlicher Handwerker. Niemand von den anderen Passanten hätte wohl auch nur im Traum vermutet, dass es sich hier um den »schnellen Iaru« handelte. Dieser stille Mann verwandelte sich sofort in einen waschechten Krieger, sobald er in die Uniform der Leibgarde schlüpfte.

Und es stimmte: Iaru hatte mehr Menschen getötet als irgendein anderer Sezzan. Das lag daran, dass er früher als jeder andere einen Attentäter bemerkte und ihn schon zur Strecke gebracht hatte, bevor ein anderer auch nur begriffen hatte, was geschah.

Kairu hatte sich oft gefragt, ob Iaru vielleicht sogar Augen am Hinterkopf hatte. Er selbst hatte noch keinen einzigen Attentäter ausgeschaltet und hatte ihn bisher immer um sein Talent beneidet.

Die Schatten, die in der Abendsonne länger wurden, streiften nun Iarus Rücken. Kairu ging schweigend weiter in Richtung Königspalast, ohne seinen Blick von der Gestalt vor ihm zu wenden.

Die Yoje und der Aruhan

Als Shunan aus der Kutsche stieg, streifte ein sanfter Lufthauch seine Wangen.

Die Brise verfing sich in den eben erst austreibenden Zweigen, und die jungen Knospen warfen das Sonnenlicht sanft zurück.

Vor seinen Augen lag ein stiller Wald, der so friedlich aussah, dass man fast nicht glauben mochte, hinter sich die belebten Straßen der königlichen Hauptstadt zu haben. Von irgendwoher war immer wieder Vogelgezwitscher zu hören.

Dies war der Wald der Reinheit – der Wald, in dem die Yoje lebte.

Und tatsächlich strahlte dieser Wald etwas von Heiligkeit aus. Shunan trat auf den weißen Sandweg, der zum Königspalast tief im Wald führte, faltete seine Hände und verbeugte sich.

Erst das Räuspern seines Vaters brachte Shunan wieder zu sich.

Von einem Vasallen begleitet war der Aruhan ebenfalls aus

der prachtvollen Kutsche gestiegen. Missmutig verbeugte er sich der Form halber in Richtung des Königspalastes.

Von hier an war es verboten, mit der Kutsche weiterzufahren, selbst wenn es sich um den Aruhan persönlich handelte.

Er musste also auf seinen eigenen Beinen weiterlaufen.

Von Leibgardisten eskortiert, machten sich Shunan und der Aruhan auf den Weg. Nun setzte sich auch ihr großes Gefolge in Bewegung. Die Leute trugen Arbeiten aus Gold und Silber, Brokatstoffe und mit Korallen und Perlmutt verzierte Wasseruhren aus der fernen Hauptstadt des Aruhan mit sich, die für die Geburtstagsfeier der Yoje bestimmt waren.

Lediglich die Krieger, die dem Aruhan bis hierher gefolgt waren, blieben zurück. Sie sahen der Gruppe um den Aruhan so lange nach, bis diese im grünen Wald verschwunden war.

Am Ende des sandigen Wegs tauchte endlich der Königspalast auf. Die Palastgebäude, errichtet aus dem Holz von Mammutbäumen, erstreckten sich einem Irrgarten gleich bis in weite Ferne, verbunden durch Zwischengänge, die mit blauen Ziegeln gedeckt waren.

Der Palast der Yoje besaß keine Mauern, keine Tore und keine Torwachen.

Jedes Mal, wenn er zu Besuch hierherkam, dachte Shunan: Das ist eher der Schrein einer Gottheit als ein Königspalast …

Die runden Holzpfosten waren blank poliert und glänzten im Licht, ansonsten war an dem Holz des Palasts keinerlei Schmuck oder Verzierung angebracht, sodass er erstaunlich schlicht wirkte. Ein einziges Mal war der Palast abgebrannt, das war nun siebenundfünfzig Jahre her. Anschließend war er zwar neu errichtet worden, doch man hatte alles dafür getan, dass er aussah wie zuvor.

Das Schloss, in dem Shunan geboren wurde und aufwuchs, war mehr als zehnmal größer als dieser Palast und über und über mit wertvoller Dekoration verziert, sodass kaum eine Stelle frei blieb.

Auf der von einem tiefen Graben umgebenen mächtigen Schlossmauer drängten sich immer viele aufmerksame Wachen. Das Schlosstor ragte weit in den Himmel hinauf und wirkte so stabil, dass jeder Feind davon abgeschreckt werden musste.

Shunan dachte daran, was in seinem Vater vorgehen musste, während er den Blick auf dem Rücken des Aruhan ruhen ließ.

Der Aruhan wurde nicht müde zu betonen, dass es nur dem selbstlosen Schutz durch sein Land zu verdanken war, dass dieser Palast hier sich so schutzlos zeigen konnte.

»Die Untertanen der Yoje halten uns für blutbefleckte Krieger, aber nur durch uns können sie bis zum heutigen Tag in Frieden leben, ohne dass ihr Gebiet von den Nachbarländern verheert wird. Außerdem schützen wir dieses Land und haben es reich gemacht, indem wir die unreinen Toudas lenken und uns mit Blut besudeln. Nur deshalb kann die Yoje es sich leisten, sich die Hände nicht zu beflecken und hier in der Tiefe dieses reinen Waldes zu residieren.«

Und Shunan wusste nur zu gut, dass sein Vater damit recht hatte.

Vor langer, langer Zeit, als die Ahnen der Yoje in diesem Gebiet aufgetaucht waren, war das Königreich, das hier existiert hatte, untergegangen.

Der einstige Herrscher ließ aus Furcht vor einer Rebellion seine Geschwister und alle Vasallen, die sie unterstützt hatten, ermorden; doch der älteste Sohn eines seiner Brüder, der dem Attentat knapp entkommen war, wuchs heran und führte die Adeligen in den Kampf gegen den König.

Die beiden waren sich ebenbürtig, und die Entscheidung

zog sich hin, aber am Ende einer tragischen, verlustreichen Schlacht waren sowohl der herrschende König als auch der älteste Sohn seines Bruders getötet worden.

Während der lang andauernden Kämpfe wurde das Land verwüstet, und auch seine Bewohner waren verroht. Da kam von jenseits des Afon Noa die Vorfahrin der jetzigen Yoje in das Land.

Man sagt, dass über ihrem Kopf ein gewaltiges, für gewöhnlich nicht von Menschen zähmbares Tier flog, als sie über das riesige, mit Leichen übersäte Feld wanderte. Es schien, als wollte es sie beschützen, und als sie an einen Fluss gelangte, senkten die Toudas ihren Kopf, um ihr eine Brücke zu bauen.

Die Menschen, die in dieser Gegend lebten, hielten Je, wie diese Ahnin der Yoje genannt wurde, für die majestätische Erscheinung einer heiligen Gottheit – sie war groß gewachsen, hatte glänzendes Haar und besaß goldfarbene Augen.

Als sie in ihre Nähe kam und ihnen die Ehre erwies, stehen zu bleiben, warfen sie sich zu Boden und beteten sie an. Auf ihr Bitten hin blieb Je in ihrem Land. Sie nahm die untereinander zerstrittenen Adeligen, Arbeiter, Händler und Bauern wie eine Mutter unter ihre Fittiche und errichtete die Grundsteine des Landes neu.

Das war der Beginn des heiligen Königreichs Ryoza.

Lange Zeit herrschte Frieden im Land, aber in der Ära der vierten Nachfolgerin von Je begann das Nachbarland Hajan das heilige Königreich Ryoza anzugreifen.

Die Königin sah das Töten als etwas Unreines an und tat nichts, um sich zu wehren. Sie wollte dem Feind sogar ihr eigenes Leben anbieten, aber einer ihrer Gefolgsleute hielt sie davon ab.

Er sagte: »Auch wenn Eure Majestät Euer Leben für Euer

Land anbieten, wird das Hajans Herz nicht erweichen. Wenn Hajan dieses Land erobert, wird das Volk leiden. Wir werden ins Elend stürzen. Zuerst wird man uns aus der Königsstadt jagen, und wir werden draußen in der Steppe leben müssen. Bitte händigt mir die Touda-Flöte aus, den heiligen Schatz, damit wir unser Volk retten können.«

Die Königin erkannte in dem Wunsch ihres Gefolgsmanns Tugendhaftigkeit und gab ihm die Flöte, das Heiligtum des Landes.

Der Vasall nahm seine Männer und ging mit ihnen zum See Amasuru. Dort blies er die Flöte, sie erstiegen den Rücken der Toudas, überquerten den See, gingen an Land und zerschmetterten die Armeen Hajans.

Bei diesem Vasallen handelte es sich um Yaman Hasaru – einen von Shunans Vorfahren.

Obwohl er den Feind geschlagen hatte, wollte Yaman Hasaru mit seinem nun unreinen Körper nicht mehr vor die Königin treten und ging über die Berge, um das Land zu verlassen, wie er es der Königin geschworen hatte.

Die Königin war tief bewegt durch das reine Herz von Yaman Hasaru.

Wer durch den Kontakt mit Blut befleckt wurde, für den war es unmöglich, nach Afon Aruma – die Welt, in der die Götter Ruhe finden – zu gelangen, auch nach dem Tod.

Obwohl Yaman Hasaru das wusste, hatte er seinen Körper mit Blut beschmutzt, um sein Volk zu retten. Die Königin hatte ihm das »Raku Ra« gegeben, das Unreinheit beseitigen kann. Denn wenn es sich um Blut handelte, das zum Schutz des Volkes vergossen wurde, galt man nicht als unrein, sondern wurde nach seinem Tod von einem reinen Licht eingehüllt, das einem ermöglichte, in das Afon Aruma zu gelangen.

Außerdem gab die Königin ihm den Titel Aruhan, Großfürst, und erlaubte ihm, das Land jenseits der Berge unter seine Herrschaft zu nehmen.

Es war zu Zeiten von Yaman Hasarus Enkeln, als in dem Verhältnis zwischen der Königin und dem Großfürst erstmals Missklänge aufzutreten begannen.

Yaman Hasarus Enkel Oshiku Hasaru zog viele Toudas in Gefangenschaft auf und schuf sich dadurch eine stärkere Heeresmacht als jedes andere Land. So unterwarf er ein reiches Nachbarland nach dem anderen, erweiterte sein Einflussgebiet und häufte große Reichtümer an.

Jedes Mal, wenn Oshiku eines der Nachbarländer eroberte, schickte er der Königin seltene Kostbarkeiten wie Gold und Edelsteine als Tribut, aber die Königin bezeichnete diese Schätze als unrein und nahm nichts davon an. Sie befahl Oshiku, die Eroberung anderer Länder einzustellen.

Doch Oshiku folgte diesem Befehl nicht. Er wusste, dass die Reiche, die das heilige Ryoza umgaben, nur auf eine Gelegenheit lauerten anzugreifen. Oshikus Ziel war es, dem Volk endlich dauerhaften Frieden zu bringen, indem er diese Länder unterwarf und die Ideale des heiligen Königreichs Ryoza, das Kampf an sich als etwas Unreines ansah, weiter verbreitete. Außerdem hoffte er, sein Land reicher an Rohstoffen und Arbeitskräften zu machen, wenn er sein Einflussgebiet vergrößerte. Je mehr Menschen das Land hatte, desto reicher würde es erblühen.

Die Königin wollte von diesem gefährlichen Plan nichts wissen, aber sie bemerkte, dass viele ihrer Bürger bald heimlich die Berge überquerten und sich auf dem Gebiet des Aruhan niederließen.

Das Gebiet des Aruhan war eine weite, von Flüssen und Seen durchzogene Ebene und ursprünglich mit fruchtbarem

Ackerland gesegnet, doch der Aruhan hatte zahlreiche Städte gründen lassen. Ein reger Tauschhandel entstand, und die Menschen führten ein begütertes Leben.

Im Gegensatz dazu war die Ernte im bergigen Gebiet des Königreichs von Jahr zu Jahr starken Wechseln unterworfen, und Tauschhandel existierte kaum. Als die Königin erfuhr, dass es unter ihren Untertanen sogar einige gab, die Hunger leiden mussten, stimmte sie Oshikus Plänen endlich zu und nahm nun von den Dingen, die er ihr zukommen ließ, alles für ihr Volk an, ohne etwas wieder zurückzuschicken.

Irgendwann begann das Volk diese Königin, die keine Armee besaß, Yoje – wahre Königin – zu nennen.

Die Leute verehrten die Yoje jetzt als die reine Seele des Landes, die den Schutz der Götter für sie garantierte. Alle Dinge, die die Untertanen des Landes an die Yoje abgaben, wurden nicht als Steuer betrachtet, sondern als Opfergaben.

Auf der einen Seite die Yoje, in deren Händen nach wie vor alle abschließenden Gerichtsurteile, die Verwaltung von Zentrum und Provinzen, die Kontrolle der Verwaltungsbehörden sowie die politische Verwaltung lag, und auf der anderen Seite der Aruhan, der die Armee in seiner Macht hatte und der ganz allein über den gesamten Reichtum des Landes verfügte.

Es war kein Wunder, dass in einem solchen Land, wo die richterliche und die ausführende Gewalt auf diese Weise zweigeteilt waren, irgendwann Konflikte entstanden.

In den Herzen der Menschen, die über Generationen als Anhänger des Aruhan gelebt hatten, herrschte die Meinung vor, dass sie es waren, die dieses Land trugen, indem sie in seinem Namen Blut vergossen und sich damit zu Unreinen machten.

Noch dazu wurden sie dafür, dass sie ihr Blut mit den Bewohnern der eroberten Länder mischten, von den aus dem

Gebiet des Königreichs entsandten Beamten und den armen, aber stolzen Vasallen der Yoje als Wajaku, als Unreine, verachtet, was große Unzufriedenheit in ihnen keimen ließ.

Als Folge dieser Unzufriedenheit entstand eine Gruppe, die sich Sai to Gamuru – Blut und Unreinheit – nannte und die den Aruhan zum König des heiligen Königreichs Ryoza machen wollte. Sie sahen in der Yoje den Grund für die Spaltung des Landes und betrachteten sie als Hauptübeltäterin, die dafür verantwortlich war, dass der Fortschritt in ihrem Volk aufgehalten wurde. Deshalb hatten sie es zu ihrem Ziel erklärt, die Yoje zu töten und den Aruhan auf den Königsthron zu setzen, damit er das heilige Königreich Ryoza zu Wachstum und Blüte führen sollte.

Als die Yoje Shiimiya, die zur Großelterngeneration der jetzigen Yoje Harumiya gehörte, von Attentätern der Gruppe Sai to Gamuru beinahe ermordet worden war, wurde die Leibgarde zum Schutz der Yoje, die bis dahin nie Soldaten um sich gehabt hatte, als feste Institution ins Leben gerufen.

Bei diesem Attentat war es einem Untertanen in letzter Sekunde gelungen, die Yoje Shiimiya zu retten, indem er sie bei dem Attentat mit seinem eigenen Körper schützte, doch die Attentäter legten daraufhin Feuer an den Palast, und Miimiya, die Tochter der Yoje, starb in den Flammen.

Shiimiya und ihre zu dieser Zeit erst drei Jahre alte Enkelin Harumiya waren durch den selbstlosen Einsatz ihres Untertanen noch einmal mit dem Leben davongekommen, doch dieser Vorfall erschütterte das heilige Königreich Ryoza bis in die Grundfesten.

Die Zeiten, in denen die beiden Herrscher trotz der Trennung von richterlicher und ausführender Gewalt und trotz gewisser Misstöne, die daraus entstanden, zumindest oberflächlich friedlich zusammengelebt hatten, waren vorbei, und die

Konflikte, die bisher verborgen geblieben waren, traten nun offen zutage.

Das Entsetzen über das Auftauchen von Menschen, die die Yoje ermorden wollten, beschränkte sich nicht nur auf die Bürger auf dem Gebiet des Königreichs. Auch die Untertanen des Aruhan gerieten in Aufregung. Sie mochten unzufrieden über die unberechtigte Verachtung ihnen gegenüber sein, die meisten von ihnen betrachteten die Yoje jedoch als einen anspruchslosen, reinen Abkömmling der Götter und schätzten sie hoch.

Die Yoje Shiimiya rief den Aruhan in ihren Palast und verkündete ihm, wenn er nur zu seinem eigenen Vorteil Menschen ermorden ließe und ihr so ihr Land streitig machen wollte, würde sie ihm das »Raku Ra« wieder entziehen.

Der damalige Aruhan Ramashiku erzitterte vor Furcht. Denn ohne das »Raku Ra«, das sie von ihrer Unreinheit befreite, würden die Toten seines Landes in die Hikara, die Hölle, kommen.

Und das war noch nicht alles. Auch Ramashiku achtete die Yoje zutiefst. Und er verfügte über Reichtum und große Macht. So schwor er der Yoje, dass er keinerlei Ambitionen auf den königlichen Thron und nichts mit der Gruppe Sai to Gamuru zu tun hatte. Er versprach sogar, diese unbesonnenen Rebellen ausfindig zu machen und hinrichten zu lassen.

Aber die Rebellengruppe lebte weiter.

In der Unterwelt des Landes gab es eine Quelle, die den verdorbenen Abschaum am Leben hielt. Die Angehörigen der Rebellengruppe lebten als unsichtbare Attentäter weiter wie Flammen, die unter einer Decke hervorleckten und so dafür sorgten, dass der Brand sich weiter ausbreitete.

Sie wurden von einer eisernen Disziplin beherrscht, die jedem ihrer Mitglieder gebot, sich nicht zu erkennen zu geben, selbst wenn sie das mit dem Tod bezahlen mussten. Es hieß, die Mitglieder von Sai to Gamuru wären über alle Schichten verstreut und unter den Bauern, den Geschäftsleuten und sogar unter den Vasallen der Yoje zu finden. Die Verschiedenartigkeit der Attentäter, die der Yoje nach dem Leben trachteten, bestätigte das.

Außerdem schienen sie in enger Beziehung zu Adelskreisen und hochrangigen Beamten zu stehen. Vor allem Beamte, die man für aufrichtig hielt und von denen man glaubte, dass sie jede Gelegenheit, sich zu bereichern, aus Angst vor Unreinheit ablehnten und innerhalb der Verwaltung der Yoje unbestechlich wären, waren für die Gruppe Sai to Gamuru die perfekten Strohmänner.

Es waren Zeiten angebrochen, in denen das Leben der reinen Yoje nicht mehr allein durch die Ehrfurcht vor ihr geschützt war.

Shiimiya erkannte dies und wählte aus ihren Untertanen die Treuesten derer aus, die in den Kampfkünsten herausragend waren, und sicherte damit auch den Schutz von Königin Harumiya, die ihr als Yoje in der Erblinie folgen würde. Das war die Geburtsstunde der Sezzan.

Shunan war sich deutlich im Klaren darüber, dass er selbst am Ende dieser Geschichte stand und welche Last er dadurch zu tragen hatte. Als ältestem Sohn war es ihm bestimmt, irgendwann die Nachfolge seines Vaters anzutreten.

Vor seinem inneren Auge erschien plötzlich das Gesicht seines Bruders, dem es nicht erlaubt war, an dieser Reise teilzunehmen, und der jetzt misslaunig das heimatliche Schloss hüten musste.

Auch wenn er es nicht aussprach, so wusste Shunan doch sehr genau, dass sein Bruder Nugan das Leben verfluchte, das er als Vasall seines eigenen Bruders fristen musste. Aber in Zeiten, in denen die Misstöne im Land sogar bis ins Volk zu spüren waren, gab es keinen Grund für Nugan, ihn um die zukünftige Position als Aruhan zu beneiden.

Shunan wusste, wie wichtig er seinem Vater als ältester Sohn war und welche Hoffnungen dieser in ihn setzte. Und er wusste, dass er selbst völlig andere Träume hatte als sein Vater.

Während sie von den Kammerzofen durch die hölzernen Gänge geleitet wurden, konnte Shunan den Aufschrei seines Herzens nicht unterdrücken.

Gleich werden wir von Prinzessin Seimiya empfangen. Wie hat sie sich in diesem einen Jahr wohl verändert?

Während er betete, dass sein Vater die Röte, die ihm ins Gesicht stieg, nicht bemerkte, wurde der junge Stammhalter des Aruhan immer tiefer in den dämmrigen Palast geführt. Seine Augen leuchteten vor Vorfreude.

Zum Zusammentreffen mit der Yoje Harumiya, ihrer Enkeltochter, Prinzessin Seimiya, und dem Neffen der Yoje, Damiya, kam es beim gemeinsamen Bankett, für das eine Festtagsspeise nach der anderen aufgetischt worden war.

Im Rücken der Yoje und ihrer Enkeltochter standen Iaru und die anderen Sezzan und ließen ihre Augen wachsam umherschweifen, um die beiden im Fall des Falles zu beschützen.

Als der Aruhan den Raum betrat, erhob die Yoje sich mit ihrer Familie und begrüßte die Gäste mit einem gütigen Lächeln.

»Es freut mich, dass Ihr hier seid, mein Aruhan, und Shunan.«

Auch wenn die Yoje an diesem Tag ihren sechzigsten Geburtstag feierte und ihr Haar schon weiß geworden war, ließ nichts an ihr vermuten, dass sie bereits dieses hohe Alter erreichte hatte. Im Gegenteil: Ihre kerzengerade Haltung und ihr feuriger Blick ließen sie weit jünger erscheinen.

Der Aruhan und Shunan knieten nieder, legten beide Handflächen an ihre Stirn und verbeugten sich tief.

»Große Yoje, ehrenwerte Harumiya. Wir beglückwünschen Euch von Herzen, dass es Euch vergönnt war, Euren Geburtstag bei voller Gesundheit begrüßen zu dürfen.« Der Aruhan verharrte weiter in seiner Verbeugung und tat seine Glückwünsche mit voller Stimme kund.

»Ich danke Euch. Nun aber Schluss mit der formellen Begrüßung, bitte setzt Euch. Die Speisen wurden wohl etwas zu früh aufgetragen. Beeilen wir uns anzufangen, sonst kühlen sie aus.«

Shunan war gemeinsam mit seinem Vater aufgestanden und ließ sich jetzt zu dem für ihn vorgesehenen Sitzplatz führen.

Die Yoje hatte für Formalitäten nichts übrig. Sie sprach mit allen wie mit vertrauten Freunden. Das unterschied sie stark von den Herrschern anderer Länder, bei denen Shunan mit seinem Vater zusammen schon zu Besuch gewesen war.

Die Yoje hat es nicht nötig, ihre Würde künstlich aufrechtzuerhalten, sagte er sich.

Auch wenn sie freundlich lächelte wie eine liebe Großmutter, so hatten ihre braunen, ins Goldfarbene gehenden Augen etwas an sich, das einem das Gefühl einer natürlichen Autorität über die Leute vermittelte. Sie hatte es nicht nötig, ihre Macht offen zu demonstrieren.

»Ihr kennt doch meine Großmutter, sie ist immer so. Also macht Euch keine Gedanken, Shunan. Sie liebt diese dummen, kleinen Neckereien. Ich sage ihr jedes Mal, sie soll es lassen, aber sie bessert sich kein Stück.«

Damiya zog lächelnd die Augenbrauen nach oben, während Seimiya ihn durchdringend ansah.

Die Position der Yoje wird von der Mutter an die Tochter weitervererbt.

Diese Tradition war entstanden, nachdem die königlichen Vorfahren von jenseits des Afon Noa groß gewachsene Frauen gewesen waren. Deshalb gab es keine Möglichkeit für Damiya, die Nachfolge als Yoje anzutreten, auch wenn er der Sohn des Bruders der jetzigen Yoje Harumiya war.

Doch Damiya schien sich deswegen kein bisschen zu grämen, vielmehr genoss er diese Position offensichtlich. Obwohl er bereits auf die dreißig zuging, hatte er sich noch keine Frau genommen.

Der groß gewachsene, wohlgestalte junge Mann war ein berüchtigter Schürzenjäger und berühmt dafür, dass er von der adeligen Witwe bis zum Mädchen aus bürgerlichen Kreisen nichts verschmäht hatte. Doch selbst wenn aus einer solchen Verbindung ein Mädchen geboren worden wäre, so konnte doch nur Seimiya zur Yoje werden und niemand sonst.

In gewissem Sinne hatte Damiya also viele Freiheiten, die er auch ausnutzte. Anders als die Yoje, die ihren Palast niemals verließ, reiste er durch das Land und hatte auch das Schloss des Aruhan schon mehrmals besucht. Und seine Erfahrungen waren der Urteilsfähigkeit der Yoje durchaus von Nutzen.

In der Familie der Yoje wurden eigenartig wenige Kinder geboren. Eine Frau bekam im Höchstfall zwei Kinder, und Seimiya war die einzige Tochter von Harumiyas einziger Tochter.

Vor zehn Jahren waren Seimiyas Eltern bei einem schrecklichen Unfall zu Tode gekommen, als ihre Kutsche gegen einen Baum prallte. Daraufhin hatte ihre Großmutter, die jetzige Yoje Harumiya, für sie die Mutterstelle angenommen.

Harumiya war eine großzügige, entschlossene Frau, Seimiya aber war introvertierter als ihre Großmutter und nahm die Dinge ernster als sie.

Damiya war derjenige im Palast, mit dem Seimiya sich am besten verstand. Eigentlich war er ihr Cousin, aber sie waren sich so vertraut, dass Seimiya ihn mit »Onkelchen« anredete.

Damiya war ein Mann mit harter Schale und weichem Kern, und Seimiya besprach mit ihm häufig Dinge, über die sie mit ihrer Großmutter nicht reden konnte. Er beleuchtete dann alles von einer ganz anderen Seite und zog ihre Sorgen gerne ins Lächerliche. Er hielt stets nur eine Denkweise für die richtige. Sein Motto war: Sich nicht so viele ernste Gedanken machen, sondern unbeschwert überlegen, dann taucht sicher eine bessere Lösung auf.

Aber Seimiya, der es bestimmt war, die nächste Yoje zu werden, musste immer daran denken, dass das ganze Land Schaden nehmen konnte, wenn sie ein falsches Urteil fällte, deshalb konnte sie die Dinge nicht auf die leichte Schulter nehmen wie Damiya. Sie konnte nicht anders, als die Dinge, die sie und die Menschen um sie herum betrafen, feinfühlig anzugehen.

Noch dazu, wo derjenige, der ihr Mann werden würde, der Vater der nächsten Yoje sein würde. Damiyas lockere Redeweise war etwas, das sie nicht einfach überhören konnte, wenn es um den Aruhan ging.

Der Aruhan warf Damiya mit missmutiger Miene einen bösen Blick zu und sagte: »Nun, mein Sohn ist inzwischen auch ein erwachsener Mann geworden. Und er dürfte sich nicht einen Mann nennen, wenn er im Angesicht Eurer schönen Tochter Prinzessin Seimiya nicht erröten müsste. Dennoch weiß er genau, wem er Loyalität schuldet – nämlich mir, seinem Vater.«

Harumiya seufzte tief auf.

»Natürlich, Aruhan. Darin besteht keinerlei Zweifel für uns. So, nun lasst uns aber das Thema wechseln. Auch wenn ich es nicht gerne laut ausspreche, heute ist mein sechzigster Geburtstag.« Nachdem Harumiya das mit heiterer Stimme verkündet hatte, wandte sie sich an den wartenden Hofmarschall. »Draußen müsste inzwischen auch alles vorbereitet sein, nicht wahr? Bitte öffnet das große Fenster.«

Der Hofmarschall hob den Kopf und gab den an der Südseite des Saals aufgereihten Männern ein Zeichen.

Als die großen Fensterflügel geräuschvoll geöffnet wurden, kam zusammen mit dem Licht der strahlenden Frühlingssonne eine kühle Brise herein.

Der Wind trieb weiße Blütenblätter in den Raum, und Shunan kniff angesichts des gleißenden Lichts die Augen zusammen.

Die Sanshu-Bäume, die den Rand des weitläufigen Gartens säumten, standen kurz vor der vollen Blüte, und an ihren Zweigen hatten sich so viele kleine weiße Blüten entfaltet, dass die Zweige unter der Last zu brechen drohten.

Der gesamte Garten war in das sanfte Licht der Frühlingssonne getaucht wie zur Feier des sechzigsten Geburtstags dieser heiteren Frau.

Ein junges Ohju als Geburtstagsgeschenk

Im Garten, der sich vor den Fenstern des Saals ausbreitete, stand ein Büfett bereit, das den gesamten Saal zu umgeben schien, und zahlreiche Adelige, die gekommen waren, um den Geburtstag der Yoje zu feiern, hatten ihrem Rang entsprechend auf ihren Stühlen Platz genommen.

Der Duft der nach und nach herbeigetragenen Festspeisen vermischte sich mit dem der Blüten, die in voller Pracht standen, und schwebte über dem Bankett.

Auf dem Gras in der Mitte war ein weißer Wollteppich ausgebreitet, und Musiker entlockten dort ihren Flöten eine fröhliche Melodie. Passend dazu ließen Tänzerinnen hellrote Seidenbänder tanzen und drehten sich zur Musik im Kreis.

Gaukler, die in letzter Zeit in der Königsstadt in aller Munde waren, brachten die Leute mit ihren drolligen Kunststücken zum Lachen und erzeugten allerorts fröhliche Stimmung.

Bald brach die Dämmerung herein, und ein zartgoldenes Licht erhellte die Umgebung. Der Tagesanbruch und die Abenddämmerung, die die Grenzlinie zwischen den »Stunden des Lebens« und den »Stunden des Todes« darstellten, wurden als die Zeiten des Tages betrachtet, die am meisten von göttlicher Heiligkeit durchdrungen waren.

Musiker und Künstler zogen sich zurück, und als der weiße Wollteppich entfernt wurde, legte sich eine gänzlich feierliche Atmosphäre über den Festplatz.

Die Yoje erhob sich, und als sie auf die Terrasse trat, die den Saal mit dem Garten verband, senkten alle Gäste ihre Köpfe.

Die Yoje breitete die Arme aus, als wolle sie die Nachmittagssonne umarmen, und schloss die Augen. Dann murmelte sie bei sich ein Dankesgebet an die Götter des Himmels und der Erde und dankte ihnen, dass sie ihr ein glückliches Leben von sechzig Jahren geschenkt hatten.

Als die Yoje die Augen wieder öffnete, war aus dem hinteren Teil des Gartens der Klang einer Flöte zu hören.

Plötzlich tauchten kräftige Männer auf, die ein großes Gefährt in den Garten zogen. Es folgten weitere Gefährte dieser Art, insgesamt sechzig an der Zahl, die in großem Abstand voneinander im Garten aufgestellt wurden.

Die Leute auf den hinteren Sitzplätzen erhoben sich von ihren Stühlen und stellten sich auf die Zehenspitzen, um die Tiere auf den Wagen zu sehen.

Bei den gewaltigen Wesen, deren Gefieder im Licht der Abendsonne golden glänzten, handelte es sich um sechzig Ohjus. Die Beine der Tiere waren mit Eisenketten fest an den Wagen gesichert. Hin und wieder machten sie Anstalten, mit den Flügeln zu schlagen, aber es war ihnen unmöglich, in den Himmel aufzusteigen.

Auch wenn sie von klein auf von Menschen aufgezogen wurden, wurden die Ohjus niemals zahm. Eigenartigerweise konnten Exemplare, die von Menschen aufgezogen worden waren, auch nicht fliegen, selbst wenn ihre Flügel ausreichend ausgebildet waren.

Sie standen einfach nur da, in all ihrer Eleganz, und ohne einen Laut von sich zu geben. Ohjus waren Tiere, bei denen man sofort spürte, dass sie ganz anders waren als jedes andere wilde Tier.

Die Tierpfleger, die neben den Wagen mit den Ohjus standen, waren immer auf der Hut und stets bereit, die tonlose Flöte zu blasen, denn sie kannten die furchtbare Kraft der Tiere nur zu gut. Sollte sich einer von ihnen aus irgendeinem Anlass zu wild gebärden, war es durchaus möglich, dass sie ihre Fesseln sprengten.

Die geladenen Gäste hatten alle schon einmal einen Ohju zu Gesicht bekommen, aber an diesem Tag nahm die Aufregung kein Ende. Denn unter den Ohjus befand sich auch ein Jungtier.

Es trug noch den Flaum am Körper und reichte den ausgewachsenen Tieren gerade bis zum Bauch. Es musste sehr verängstigt sein. Immer wieder schlug es mit den kleinen Flügeln und blickte gehetzt durch die Gegend.

Der Neffe der Yoje, Damiya, stellte sein Weinglas auf den Tisch und stand auf, um zu der Yoje zu gehen und sich vor ihr zu verbeugen.

»Liebe Großtante, das hier ist das Geburtstagsgeschenk deines missratenen Neffen.«

Ohne den Blick von dem Jungtier zu lassen, murmelte die Yoje: »Ah. Du warst es also, der dieses Jungtier hat fangen lassen.«

Damiya lächelte. »Ja. Ich schenke es dir mit Ehrerbietung und füge mein Gebet für ein lange währendes Leben meiner Großtante hinzu.«

Die Yoje nickte. »Ich danke dir.«

Iaru betrachtete die gesamte Szenerie des Banketts, als wäre es ein bewegtes Bild.

Das war die Haltung, die ihm in Fleisch und Blut übergegangen war, seit er ein Sezzan geworden und für den Schutz der Yoje verantwortlich war. Er ließ sich von nichts ablenken, und sein ganzer Körper war vor Aufmerksamkeit gespannt wie ein Bogen.

So erfassten seine Sinne eine ungewöhnliche Veränderung innerhalb eines Sekundenbruchteils.

Iaru wusste zur Genüge, dass jemand die Chance nutzen konnte, wenn er nur für einen Moment abgelenkt sein würde, aber beim Erscheinen der Ohjus wurde auch er für eine Sekunde von ihrem Anblick gefesselt.

Es waren wunderschöne Tiere ... Aber jedes Mal, wenn er eines von ihnen sah, versetzte es Iaru einen Stich ins Herz.

Vor allem mit dem Jungtier empfand er Mitleid.

Als Iaru seinen Blick von den Ohjus löste und zu der Yoje blickte, war er erleichtert. Denn auch über ihr Gesicht glitt ein Schatten von Trauer.

Das war nicht der Blick eines Menschen, der beim Anblick eines Ohjus daran dachte, dass er das Recht hätte, ihn sich untertan zu machen.

Iaru hatte das Gefühl, etwas gesehen zu haben, was er nicht hätte sehen sollen, und so sah er wieder nach vorn. Er konzentrierte sich erneut und weitete seine Sinne auf die gesamte Umgebung aus. Angesichts des Jungtiers, das sich unter den Ohjus befand, hatte die Atmosphäre des Ortes sich völlig verändert.

Wie wenn sich die Unsicherheit des jungen Ohjus übertragen würde, begannen auch die ausgewachsenen Tiere, immer wieder ihre Flügel auszubreiten, und schüttelten sich. Jedes Mal, wenn sie mit ihren gewaltigen Schwingen schlugen, fielen von den Sanshu-Bäumen in den Ecken des Gartens Blüten ab und tanzten durch die Luft, sodass die Festspeisen der Gäste mit einem Blütenregen überschüttet wurden.

Iaru zog die Augenbrauen zusammen.

Er wusste nicht mehr, was er fühlte ... Die Bewegung der Flügel, die sich hoben und senkten, der Blütenregen, die Lücke, die über dem Jungtier klaffte, weil es einen Kopf kleiner war als die ausgewachsenen Tiere, die es umgaben ...

Iaru sah, wie der Tierpfleger, der sich an der äußersten Ecke rechts befand, die tonlose Flöte an die Lippen setzte.

Es war nicht das geringste Geräusch zu hören, aber in diesem Moment stoppten die Bewegungen der Ohjus, als wären sie zu Eis erstarrt. Und genau in dem Augenblick, als die Ohjus innehielten, blitzte auf einem Sanshu-Baum hinter ihnen etwas auf.

Iaru legte einen Pfeil an den Bogen und sprang vor die Yoje.

Genau in derselben Sekunde, in der sich ein Pfeil aus dem Schutz des Baums löste, flog auch Iarus Pfeil.

Der Pfeil des Attentäters streifte die Schulter des Jungtiers und traf Iaru in den Bauch.

Aus der Schulter des Jungtiers schoss Blut, und sein Schrei hallte durch den ganzen Garten. Inmitten dieses Schreis sprangen schwarze Schatten von den Sanshu-Bäumen wie Fallobst, das aus den Zweigen fiel.

»Iaru …!«

Iaru hörte den Schrei, aber der Pfeil in seinem Bauch raubte ihm den Atem. Kalter Schweiß brach ihm aus, und er fiel mit weit geöffnetem Mund auf die Knie. Iaru packte den Pfeil in seinem Bauch, und ein Gurgeln drang aus seiner Kehle.

Dann wurde ihm schwarz vor Augen.

»Iaru! Iaru! …«

Als Iaru allmählich wieder aus der Tiefe der Dunkelheit auftauchte, fühlte sein ganzer Köper sich taub und wie gelähmt an.

»Bist du wieder zu dir gekommen?«, fragte jemand.

Iaru öffnete die Augen. Ein Arzt sah auf ihn herab.

»Kannst du meine Stimme hören?«

Iaru zwinkerte als Zeichen dafür, dass er ihn verstanden hatte. Sein Bauch fühlte sich hart an, als würde ein Brett darin stecken, und er spürte einen drückenden und stechenden Schmerz. Er hatte nicht die Kraft, etwas zu sagen.

»Du bist aus dem Gröbsten raus«, sagte der Arzt ruhig. »Du hast unglaubliches Glück gehabt. Der Pfeil hat sich nur in einen Muskel gebohrt, ohne die inneren Organe auch nur zu streifen. Dadurch, dass er zuerst den kleinen Ohju getroffen hat, wurde seine Wucht vermutlich abgeschwächt. Dieser Ohju hat dir das Leben gerettet.«

Während der Arzt ihm erklärte, welche Behandlung er vornehmen würde und wie Iaru sich zu schonen hatte, träufelte er Medizin auf einen Löffel und schob diesen in Iarus Mund.

»Bitte lecke die Medizin ganz vorsichtig ab, damit du dich nicht verschluckst.«

Iaru schlürfte den Saft vom Löffel, doch daraufhin durchfuhr ein heftiger Schmerz seinen Magen. Bei dem Gedanken, dass es ihm nun bei jedem Mal, wenn er etwas essen oder trinken wollte, so gehen würde, verdüsterte sich seine Stimmung.

Der Arzt empfahl ihm, in aller Ruhe zu schlafen, und verließ den Raum.

Die Medizin hatte wohl auch ein Schlafmittel enthalten, denn schon bald wurde Iaru von einer Müdigkeit überfallen, die ihn wieder in tiefe Finsternis gleiten ließ.

Kaum war er eingeschlafen, träumte er von dem Anschlag. Der Pfeil des Attentäters kam auf ihn zugeflogen, immer und immer wieder … Und es gab da etwas, das ihn nicht losließ. Er erinnerte sich an ein vages Gefühl, dass etwas nicht stimmte, als er dort gestanden hatte, aber seltsamerweise hatte sein Gedächtnis dieses Gefühl als Sorge in seinen Gedanken gespeichert.

Warum hatte dieser Tierpfleger die tonlose Flöte geblasen? Und warum hatte Iaru in dem Moment, bevor es geschah, ausgerechnet zu dem am weitesten rechts in der Ecke stehenden Tierpfleger geblickt?

Das Letzte, woran er sich erinnerte, als die Dunkelheit sich aufzulösen begann, war das Blut, das aus der Schulter des Ohjus schoss, und der schmerzerfüllte Schrei des Tieres.

Zu dem Zeitpunkt, als die Ohjus, die der Yoje an ihrem Geburtstag zum Geschenk gemacht worden waren, präsentiert wurden, hielt man im weit entfernten Schloss des Aruhan eine Touda-Parade ab.

Nugan, der zweitälteste Sohn des Aruhan, der seinen Vater in dessen Abwesenheit vertrat, hatte sein solides, derb geschmiedetes Lieblingsschwert auf den Boden gestützt, seine Hände auf den Knauf gelegt und betrachtete mit gerecktem Hals die Toudas, die sich in wundervoller Pracht in einer Reihe im Kriegslager aufstellten.

Jedes Mal, wenn ein Touda sich bewegte, flog Sandstaub auf, und sein eigentümlicher, süßlicher Geruch stieg hoch.

Immer, wenn Nugan diesen Geruch in die Nase bekam, wurde ihm innerlich ganz heiß. Noch mehr als eine Frau zu umarmen, brachte der Anblick der Toudas, wie sie ihre Beute verschlangen, sein Blut in Wallung.

Wenn ich die Kraft dieser Toudas vor allem nach meinem Willen lenken könnte …, ging es ihm wieder mal durch den Kopf.

Es reichte nicht aus, dass die Nachbarländer Angst vor ihnen hatten. Seit er ein Kind war, vergötterte Nugan den ersten Aruhan der Geschichte: Yaman Hasaru.

Ein Mann, der für die Yoje und das Volk sein eigenes Leben gegeben hatte, um sie aus der Gefahr zu retten. Ein Mann, der nicht für den eigenen Profit, sondern für die Königin und das Volk auf die Toudas gestiegen und mit ihnen über das Land gejagt war, um die Feinde zu vernichten. Die unverfälschte Lebensweise Yaman Hasarus war die einzig wahre und ehrenwerte Lebensweise eines Mannes.

Als er als Kind zum ersten Mal die Legende von Yaman Hasaru gehört und vor Ergriffenheit am ganzen Körper gezittert hatte und weinte, hatte sein Vater ihm mit der Hand die Tränen aus dem Gesicht gewischt.

Und obwohl sein Vater ihm damals gesagt hatte: »Werde du auch einmal ein Mann wie Yaman«, hatte er von ihm, als er bei der Feier seiner Volljährigkeit von seiner Sehnsucht erzählte, so zu sein wie Yaman, nur ein gequältes Lächeln geerntet sowie den Satz: »Du redest ja immer noch davon.«

Der Zorn, den er damals verspürt hatte und der sein Innerstes verzehrte, brannte ihm noch heute im Gedächtnis. Aber Nugan war nie in der Lage gewesen, diesen Zorn seinem Vater gegenüber zu äußern, stattdessen ließ er ihn bei seinem harten Kampftraining aus.

Damals war gerade Damiya, der Neffe der Yoje, im Schloss zu Besuch gewesen, und als dieser sah, wie Nugan trainierte, blieb ihm auch dessen Grimm nicht verborgen, und er sprach Nugan darauf an. Daran konnte Nugan sich noch erinnern, als wäre es gestern gewesen.

Damiya war von zierlicher Gestalt, mit einem für einen Mann schon zu hübschen Gesicht, und bis zu diesem Tag hatte Nugan ihn immer eher für einen schwachen Menschen gehalten. Es ging das Gerücht um, dass Damiya deshalb so oft das Schloss besuchte, weil er an einer der Köchinnen, die im Schloss arbeiteten, Gefallen gefunden hatte, weshalb Nugan irgendwo in seinem Herzen so etwas wie Verachtung für ihn empfand, obwohl er durchaus Respekt seiner heiligen Blutlinie gegenüber hatte.

Doch als er sich zum ersten Mal näher mit ihm unterhielt, stellte er fest, dass Damiya vertrauenswürdiger war, als er vermutet hätte.

Damiya hatte ihm mit heiterer Stimme verkündet: »Die Erwachsenen, die der Unreinheit der Welt ausgesetzt sind, genieren sich, wenn sie jemanden mit einem aufrichtigen Charakter erleben. Aber das einzig Wichtige ist, dass man sein Leben lebt, ohne diese Aufrichtigkeit zu verlieren, egal, wie sehr man der Unreinheit der Welt ausgesetzt ist … Nugan, bitte bewahre dir deine Verehrung für Yaman Hasaru auf irgendeine Weise.«

Diese Worte trug Nugan auch noch am heutigen Tag wie einen Schatz tief in seinem Herzen. Was auch sollte an seiner

Verehrung für die Lebensweise von Yaman Hasaru kindisch sein?

Sein Vater und sein Bruder waren nicht erwachsen, sie waren einfach nur eigensüchtig.

Denn selbst wenn sie ständig davon sprachen, die Bande der Treulosen zu bestrafen, die den Mord an der Yoje planten, so lauerte in ihren Herzen doch der Wunsch, selbst an die Stelle der Yoje zu treten.

Dass so jemand die Position des Aruhan innehatte und dass jemand wie er, der den Geist des wahren Aruhan übernommen hatte, sich von ihnen mit Geringschätzung strafen lassen musste, konnte Nugan einfach nicht akzeptieren.

Wenn ich meinen Bruder nur hassen könnte …

Er träumte davon, seinen Bruder nach dem Tod seines Vaters aus dem Weg zu räumen und selbst auf den Thron des Aruhan zu steigen. Doch Nugan liebte Shunan. Er hoffte immer wieder, er könnte Hass für seinen Bruder empfinden, der stets eine freundliche Umarmung für ihn hatte, egal, wie frech er wurde, doch es wollte ihm einfach nicht gelingen.

Nugan fühlte sich innerlich zerrissen und gehetzt, als würde er die ganze Zeit nur in einem nicht enden wollenden Irrgarten herumlaufen.

Die Parade war zu Ende. Als Nugan gerade ins Schloss zurückkehren wollte, trat einer der Touda-Leute auf ihn zu.

»Meine Ehrerbietung …«

Nugan blieb stehen und sah den Mann an.

»Was willst du?«

Der Mann verbeugte sich tief und übergab Nugan einen Brief.

»Ein gewisser Herr hat mich gebeten, Euch dieses Schriftstück zu überbringen. Ich bitte Euch, den Brief anzunehmen.«

Nugan zog die Augenbrauen zusammen und nahm den Brief. Auf dem Umschlag war kein Stempel oder Ähnliches zu sehen.

Nugan öffnete den einfach zusammengesteckten Umschlag, breitete das mehrfach gefaltete Papier aus und begann zu lesen. Nach und nach flackerten seine Augen in einem merkwürdigen Glanz auf.

Als er mit Lesen fertig war, war Nugan ganz bleich geworden. Er faltete den Brief wieder zusammen und steckte ihn in seine Tasche. Dann sah er den Mann an.

»In welcher Beziehung stehst du zu diesem gewissen Herrn?«

»Bitte verzeiht, aber darüber kann ich Euch nichts Näheres sagen.«

Nugan musterte den Mann mit dem verschlossenen Gesichtsausdruck und sagte drohend: »Man sollte dich verhaften und foltern, um etwas aus dir herauszubekommen.«

Die Miene des Mannes erstarrte, aber er erwiderte sofort: »Wenn Ihr das tut, dann wird dieser gewisse Herr es als Ablehnung seines Vorhabens verstehen. Wäre das in Eurem Sinne?«

Nugan ballte die Hände zu Fäusten.

Er musste gründlich darüber nachdenken, wohin der Weg ihn führen würde, der sich vor seinen Augen aufgetan hatte. Auf keinen Fall durfte er vorschnell eine Entscheidung treffen. Und noch während er nachdachte, spürte Nugan, wie sich in seinem Körper eine Ahnung davon breitzumachen begann, dass plötzlich ein Ausweg aus dem Irrgarten auftauchte.

Die Schule für Ohju-Heiler in Kazarumu

Das Fohlen, das auf seinen wackeligen, staksigen Beinen gerade so stehen konnte, schlüpfte unter den Bauch des Muttertieres und stupste mit der Nase gegen die Zitzen, um an die Milch zu kommen.

Jouns Miene entspannte sich, und er sah Erin an, die neben dem Fohlen stand.

»Na, das scheint ja doch noch gut zu gehen. Was für eine Aufregung. Aber ich denke, jetzt können wir beruhigt sein.«

Joun hatte eigentlich nicht vorgehabt, Totchi ein Fohlen bekommen zu lassen, aber Erin hatte ihn so lange gedrängt, bis er sich erweichen ließ.

Als Joun erfuhr, dass Erin die Bienen aus den drei von ihr selbst gezogenen Bienenstöcken verkauft hatte, um einen Hengst für Totchi zu bezahlen, gab er endlich nach.

Der Geburtstermin rückte näher, und der Bauer, von dem Joun sich jedes Jahr das Pferd lieh, hatte versprochen zu helfen, wenn es so weit war, aber ausgerechnet an dem Abend, als bei Totchi die Wehen einsetzten, hatte der älteste Sohn des Bauern sich mit der Sichel ins Bein geschnitten, und er konnte nicht kommen. So kam es, dass Joun und Erin als Geburtshelfer für Totchis Erstgeburt einspringen mussten.

»Es hat noch Stroh in der Mähne«, sagte Joun, woraufhin Erin lächelte und es entfernte.

In den letzten vier Jahren war Erin ziemlich gewachsen. Sie hatte immer noch so schmale Arme und Beine, dass sie wie

Stöcke aus ihrer Kleidung ragten, aber inzwischen war doch etwas Mädchenhaftes an ihrem schlanken Körper.

Während Joun Erin betrachtete, wie sie mit einem zärtlichen Lächeln die Stute und das Fohlen beobachtete, wurde ihm wieder einmal mehr bewusst, dass Erin sich allmählich vom Kind in eine junge Frau verwandelte.

Immer wenn ihm dieser Gedanke kam, fragte er sich insgeheim sorgenvoll, ob es für dieses Mädchen nicht schlimm war, dass es niemanden hatte, der die Mutterrolle für es einnahm.

Auch wenn sie ganz offensichtlich dabei war, die Schwelle zur Frauwerdung zu überschreiten, bemerkte Erin selbst nichts davon. Und obwohl sie ihre Haare längst selbst hätte flechten können, so waren sie doch noch wie in Kinderzeiten in Schulterlänge stoppelig abgeschnitten; so musste sie sich keine Gedanken machen, dass sie schmutzig werden konnten. Und sie lief immer noch am liebsten in Kleidung herum, die sie sich aus Jouns alten Gewändern selbst zurechtgeschneidert hatte.

Immer wenn sie hinunter auf die Straße gingen und Joun Mädchen im selben Alter wie Erin sah, fragte er sich, ob es nicht ein Fehler gewesen war, Erin nicht mädchenhafter aufwachsen zu lassen. Aber er hatte auch keine Erfahrung darin, wie er es hätte anstellen sollen, dass sie sich zu einer gewöhnlichen jungen Frau entwickelte.

Er fragte sich, ob sie so, wie sie jetzt war, mit zunehmendem Alter nicht vielleicht unglücklich werden würde.

Erin war keine ausgesprochene Schönheit, aber sie hatte ein frisches, hübsches Gesicht, wie Joun fand.

Nur hatte sie auch eine sehr eigentümliche, nicht sonderlich zugänglich wirkende Art an sich. Wenn sie über etwas nachdachte, hätte man sie nicht für eine Vierzehnjährige gehalten. Von ihr ging solch eine Ruhe aus, dass man unwillkürlich an einen einsamen Bergsee denken musste.

Trotzdem war Erin ein Mädchen mit einer äußerst positiven Ausstrahlung. Wenn sie lächelte, war es, als würde die Sonne zwischen den Wolken hervorblitzen, und es wurde einem ganz warm ums Herz.

»Du bist sicher erschöpft. Geh dich waschen und dann schlaf ein bisschen.«

Doch Erin schüttelte den Kopf. »Ich möchte noch eine Weile zusehen. Geh du ruhig schlafen.«

Joun nickte und streckte sich.

»Darf ich wirklich? Ich bin eben schon ein alter Mann. Früher hat es mir nichts ausgemacht, auch mal eine ganze Nacht wach zu bleiben... Aber übertreib du es bitte auch nicht, ja?«

Erin nickte und begann Totchi zärtlich den Schweiß abzuwischen.

Als Joun aus dem Pferdestall trat, sog er den Frühlingsduft tief ein, eine Mischung aus dem Geruch der von der Sonne aufgewärmten Erde und dem Duft der zarten jungen Knospen an den Bäumen.

Da spürte er plötzlich einen heftigen Schmerz von seiner Brust in den Rücken ziehen. Als ob jemand sein Herz umfasste und fest zusammendrückte. Er bekam keine Luft mehr, und während er sich mit den Händen die Brust hielt, sank Joun auf die Knie. Der kalte Schweiß brach ihm aus, und Panik erfasste ihn. Nur langsam ließen die Schmerzen nach, doch auch als er nichts mehr von dem heftigen Stechen spürte, machte schwärzeste Angst sich in seiner Brust breit, und er war nicht in der Lage aufzustehen.

Das war kein Schmerz gewesen, den er einfach so beiseiteschieben konnte. In letzter Zeit war es öfter vorgekommen, dass sein Puls plötzlich raste, er keine Luft mehr bekam und das Gefühl hatte, als würde ihm die Brust zusammengedrückt, aber der starke Schmerz, den er eben erlebt hatte, machte ihm klar, dass in seinem Körper etwas nicht stimmte.

Voller Mühe stand Joun auf und wischte sich über das verschwitzte Gesicht.

Möglicherweise hatte er gerade in den Abgrund des Todes geblickt. Würde der Tod ihn auf diese Weise plötzlich heimsuchen? Joun stand wie betäubt da und sah nachdenklich in den von der strahlenden Frühlingssonne beschienenen Garten.

Was wird mit Erin, wenn ich so plötzlich sterben sollte…, fragte er sich. Auch wenn sie ein tapferes Mädchen ist, ist sie immer noch ein Kind. Wie würde es einem so jungen Mädchen ergehen, wenn es mit einem Mal ohne schützende Hand auf sich allein gestellt war? Joun schloss die Augen angesichts solch finsterer Zukunftsbilder.

Er musste sich ernsthaft überlegen, wem er Erin nach seinem Tod anvertrauen konnte. Joun glaubte zwar trotz allem, dass dieser Zeitpunkt noch in weiter Ferne lag, aber es war besser, jetzt darüber nachzudenken, bevor es zu spät war…

Joun öffnete die Augen und durchquerte den Garten mit schweren Schritten. Als er um die Ecke der Hütte kam, hörte er das Wiehern eines Pferdes und schrak zusammen.

Da stand jemand vor seinem Haus. Es war ein junger Mann, der nach Art der Stadtleute gekleidet war, und Joun erkannte zuerst nicht, wer es war.

Als er jedoch das Gesicht des jungen Mannes sah, blieb Joun wie versteinert stehen.

»Asan…«

Ein zwiespältiger Ausdruck war in den Augen des jungen Mannes zu erkennen. Eine Weile standen die beiden sich bewegungslos gegenüber und musterten einander.

Endlich flüsterte der junge Mann: »Wir haben uns lange nicht gesehen… Vater…«

Als Joun ihr den jungen Mann als seinen Sohn vorstellte, bemerkte Erin einen wohlbekannten Ausdruck in dessen Gesicht.

Es war der gleiche Ausdruck, den ihr Großvater jedes Mal zur Schau getragen hatte, wenn er Erin und ihre Mutter ansah … eine Miene, die den verborgenen Groll darüber ahnen ließ, dass er eine Aaryo unter den Seinen beherbergen musste.

»Hallo. Ich bin Erin.«

Erin verbeugte sich förmlich, blickte zu Boden, und Asan nickte kurz.

Dann wandte er sich wieder Joun zu, ohne Erin eines weiteren Wortes oder Blickes zu würdigen.

»Vater, bitte überleg es dir gut. Es ist nicht nur der gemeinsame Wunsch von Mutter und mir, dass dein Ruf wiederhergestellt wird. Auch die hochrangigen Professoren und alle, die Schüler haben, wünschen es.«

Joun senkte den Blick, schwieg jedoch und starrte weiter ins Leere.

Asan versuchte es erneut: »Sogar Meister Tosaieru hat gesagt, er möchte dich wieder zu Ehren kommen lassen! Takaran wurde wegen Widerstands gegen die Yoje seiner Position enthoben, er wird an der Universität nie wieder eine einflussreiche Rolle spielen können! Ich flehe dich an, Vater. Bitte komm zurück! Alle sehnen sich nichts mehr herbei als deine Rückkehr!«

Endlich sah Joun seinen Sohn an. »Lass mich drüber nachdenken …«

Asan zog die Augenbrauen zusammen. »Vater! Was gibt es da noch zu überlegen? Du bist ein allseits verehrter, hochrangiger Professor der obersten königlichen Universität! Du willst dein Leben doch nicht hier mitten in den Bergen beenden!«

Joun warf seinem Sohn einen gequälten Blick zu, und ein bitteres Lächeln spielte um seine Mundwinkel.

Asan deutete wütend mit dem Kinn zu Erin. »Wenn du dir um dieses Mädchen Sorgen machst, dann werde ich sie in Mutters Obhut geben. Sie wird sie in ihr Haus aufnehmen und sie, wenn sie alt genug ist, mit einem geeigneten Mann aus dem arbeitenden Volk verheiraten, das wäre doch für alle das Beste. Als eine Adoptivtochter der Familie Tousana wird sich sicher ein Heiratspartner für sie finden!«

Joun sah zu Erin hinüber. Die aber hatte den Blick weiter zu Boden gewandt, und er konnte ihre Augen nicht sehen.

Joun schwieg lange, bis er schließlich noch einmal wiederholte: »Lass mich darüber nachdenken.«

Asan kehrte nach Hause zurück und wollte nach zehn Tagen wiederkommen.

Erin beendete still ihre Tagesarbeiten, und nachdem sie auch das Geschirr vom Abendessen aufgeräumt hatte, stand sie leise auf und ging in den Pferdestall.

Als sie die mitgebrachte Fackel an die Wand steckte, sah das Fohlen sie an. Es war in weiches Licht getaucht und stand jetzt schon überraschend sicher auf seinen Beinen. Totchi sog den Geruch ihres Jungen mit einem Ausdruck überschwänglicher Zärtlichkeit geräuschvoll durch die Nüstern ein.

Als Erin vorsichtig an das Gatter trat, um Mutter und Kind näher zu betrachten, hörte sie hinter sich Schritte.

Joun trat neben sie und stützte sich mit den Ellenbogen auf das Gatter.

Eine Weile schwiegen sie beide und sahen der Stute und dem Fohlen zu, bis Joun endlich zu sprechen ansetzte.

»Nimm es ihm bitte nicht übel. Asan kennt kein anderes Leben als das an der königlichen Universität. Er ist ein aufrichtiger Mensch, aber als Kehrseite von Ehre und hohem Stand hat er sich an den Überfluss gewöhnt…«

Erin sah Joun an. »Du warst also Universitätsprofessor, Väterchen…?«

Joun lächelte bitter. »Dass ich dir nicht davon erzählt habe, lag daran, dass ich mich wie wiedergeboren gefühlt habe, nachdem du in mein Leben getreten bist. Ich wollte die Tage an der königlichen Universität und genauso die an der Tamuyuan-Akademie, wo nur die Söhne aus der reichen Oberschicht zugelassen werden, meine zwanzig Jahre als Lehrer und meine zwölf Jahre als Professor vergessen. Ich wollte in Sprache und Benehmen wie ein ganz normaler Mensch leben und hatte eigentlich vor, den Rest meines Lebens als Imker zu arbeiten.« Joun fuhr sich über die alte Narbe an seinem Kinn und sprach leise weiter: »Ich unterrichte gerne Kinder. Ich bin nicht nur Lehrer geworden, um damit in die Fußstapfen meiner Eltern zu treten, für mich war es eine Berufung. Und da ich den Beruf gerne ausübte, tat ich es auch mit Leidenschaft. Ich hatte als Lehrer wohl einen guten Ruf. Auch dass ich mit vierzig Jahren zum Professor ernannt wurde, war das Ergebnis meines guten Rufes, denke ich. In meinem Leben lief alles glatt, bis diese eine Sache passierte.«

Joun hatte seinen Blick auf die Stute und das Fohlen gerichtet, aber in seinen Augen spiegelten sich ganz andere Bilder.

»Ein Lehrer muss sich jedem Kind gegenüber fair verhalten. Aber Lehrer sind auch nur Menschen, deshalb sind sie meistens eher geneigt, sich einem Kind von Begabung und gutem Charakter zuzuwenden.

Unter meinen Schülern gab es einen Jungen namens Niikana. Er kam aus einem nicht sehr vermögenden Haus, aber er besaß einen klaren Kopf und eine positive Ausstrahlung. Auch wenn ich wusste, dass ich einen Schüler wie den anderen behandeln musste, so gab es doch auch welche, mit denen ich nicht warm wurde. Und das traf auf einen Jungen namens Saman zu, den Sohn eines hochrangigen Beamten.« Joun rümpfte die Nase. »Der Junge log wie gedruckt, ohne ein schlechtes Gewissen deswegen zu haben. Und er liebte besonders die geschmacklosen Lügen, mit denen er andere hereinlegen konnte. Er dachte sich hinterhältige, grausame und raffinierte Gemeinheiten aus. Er war voller Neid anderen gegenüber, allein sein Selbstwertgefühl war übergroß ...«

Joun schwieg für eine Weile, als würde er den schlechten Geschmack, der bei dieser Erinnerung in seinem Mund hochkam, erst herunterschlucken müssen.

»Für die jungen Männer, die an der königlichen Universität ihren Abschluss machten, hing es von den Noten ihrer Abschlussprüfung ab, ob sie den Beruf wählen konnten, den sie anstrebten. Wie nicht anders zu erwarten, plante Saman, in die Fußstapfen seines Vaters als hochrangiger Beamter zu treten, aber seine Leistungen reichten dafür bei Weitem nicht aus.

Die Notenvergabe für die Abschlussprüfung war meine Aufgabe. Niikana erreichte die maximale Punktzahl. Niikana wollte ebenfalls hochrangiger Beamter werden, und mit diesen Zensuren hätte er das auch zweifellos tun können. Ich freute mich sehr für ihn.« Joun verzog das Gesicht. »Aber am Abend vor der Bekanntgabe der Prüfungsergebnisse kam Saman in Begleitung seines Vaters in mein Haus. Sie behaupteten, Niikana hätte Saman bedroht. Er hätte von ihm verlangt, die richtigen Antworten in den Prüfungsfragen nicht hinzuschreiben, selbst wenn er sie wüsste. Er habe ihm gedroht, einem Freund, den Saman einmal belogen hatte, diese Lüge zu offenbaren, sollte er trotzdem mit guten Noten abschließen.« Joun schnaubte durch die Nase. »Ich konnte nicht anders, als in Gelächter auszubrechen. Niikana war doch viel begabter als Saman. Warum sollte er ihn also auf diese Weise zu erpressen versuchen, das war einfach unvorstellbar. Nun, etwas in der Art habe ich wohl laut ausgesprochen, auch wenn ich mich angesichts der Anwesenheit von Samans Vater etwas diplomatischer ausgedrückt habe.

Samans Vater war außer sich vor Wut. Er wollte von mir wissen, warum sein eigener Sohn in dieser Sache lügen sollte, wenn er doch dabei selbst seinen Fehler eingestand, einen Freund belogen zu haben. Und er bedrängte mich, Niikana durchfallen zu lassen und Saman die Noten zu geben, mit denen er ein Beamter werden konnte.

Das konnte ich natürlich auf keinen Fall machen.«

Joun hielt inne und sagte eine Weile nichts, dann presste er hervor: »Noch in derselben Nacht hat Saman Selbstmord begangen.«

Erin sah Joun zu Tode erschrocken an. Sie sah einen dunklen Schatten auf Jouns Gesicht, wie sie ihn noch nie zuvor an ihm erlebt hatte.

»Takaran machte mir übelste Vorwürfe, dass sein Sohn sich nur umgebracht hätte, weil ich ihm nicht geglaubt hatte. Dass ich der letzte Abschaum wäre und an der Tamuyuan-Akademie nichts zu suchen hätte, weil ich Niikana bevorzugt und Saman diskriminiert hätte. Direktor Tosarieru, dem die Akademie gehörte, blieb nichts anderes übrig, als mich zu entlassen.« Joun sah Erin mit einem bitteren Lächeln an. »Ehrlich gesagt denke ich immer noch, dass Saman sich nur umgebracht hat, um recht zu bekommen. Ich denke, er hat sich umgebracht, um diejenigen zu verletzen und in die Reue zu treiben, die ihm nicht glaubten, und weil er eine solche Wut darauf hatte, dass es jemanden gab, bei dem er mit seinen Worten nichts ausrichten konnte. Sein übertriebener Stolz, der verletzt worden war, hatte ihn dazu getrieben. Aber weißt du, Erin, es ist die Pflicht eines Lehrers, gerade auch einen solchen Schüler anzunehmen und im Unterricht anzuleiten.«

In Jouns Augen schimmerte etwas von einem tiefen, in seiner Seele eingegrabenen Schmerz auf.

»Ich habe mich für einen begabten Schüler eingesetzt, aber diesen Saman habe ich ohne echten Grund verachtet und einfach im Stich gelassen. Und selbst als er tot war, habe ich ihn noch gehasst wie keinen anderen. Wenn die Götter die Zeit noch einmal zurückdrehen würden, würde ich es sicher wieder genauso machen und Saman im Stich lassen. Ich war weniger bestürzt über meine Entlassung als vielmehr darüber, was in meinem eigenen Herzen vorging …«

Totchi schnaubte lautstark.

Joun sah die Pferde an und schwieg eine Weile.

Dann sprach er bedächtig weiter: »Am liebsten möchte ich mein Leben lang hier mit dir zusammen verbringen wie in den letzten Jahren. Aber ehrlich gesagt quälen mich auch Zweifel. Die Universität, genauso wie der Rest dieser Gesellschaft, wird von ständigen Machtkämpfen beherrscht. Für einen Lehrer mit starker Rückendeckung ist es ein angenehmer Ort, aber die Schüler von einem wie mir, der unter solchen Umständen entlassen wurde, werden vielleicht bei den anderen Lehrern keinen guten Stand haben. Ist es wirklich richtig, nur meinem eigenen Glück hinterherzujagen, obwohl meine Schüler möglicherweise wegen meiner eigenen Unzulänglichkeit schlechter behandelt werden …¿«

Joun wandte sich Erin zu.

»Hättest du etwas dagegen, mit mir als meine Adoptivtochter in der königlichen Hauptstadt zu leben¿«

Erin sah Joun nur an und sagte nichts.

Joun wollte zurück. Er selbst schien es gar nicht zu bemerken, aber während er über seine Vergangenheit sprach, hatte sich seine ganze Redeweise verändert.

Erin hatte immer geahnt, dass dieser Tag irgendwann einmal kommen würde. Je mehr sie mit zunehmendem Alter von dem ganzen Gesellschaftsgefüge begriffen hatte, umso deutlicher war ihr bewusst geworden, dass Joun eigentlich nicht der geborene Imker war. Sein großer wissenschaftlicher Sachverstand, an dem er sie jeden Abend teilhaben ließ, und seine Kenntnisse der Harfe passten in keiner Weise zu einem Mann aus der Bauernschicht, und diese Diskrepanz wurde durch sein enormes Wissen und seine hohe Bildung nur noch untermauert.

Joun hatte es nie ausgesprochen, aber Erin hatte sich schon vor langer Zeit insgeheim darauf gefasst gemacht, dass irgendwann der Tag des Abschieds kommen würde. Es war mehr als eine Ahnung gewesen. Sie hatte sich gut auf diesen Tag vorbereitet, damit es nicht zu schmerzvoll wurde, wenn es so weit war – und um sich selbst zu schützen.

Seit ihre Mutter ihr entrissen worden war, hatte Erin den Glauben an ein fortwährendes, unveränderliches Glück verloren. Es konnte sich urplötzlich alles ändern. Doch auch wenn alles mit einem Mal anders werden sollte, so wollte sie doch nie mehr den Schmerz fühlen, den sie beim Verlust ihrer Mutter verspürt hatte.

Deshalb verlor Erin auch jetzt nicht die Fassung. Sie fragte sich nur, ob Joun ihre Gefühle wohl verstehen würde. Erin liebte Joun. Sie hätte am liebsten ihr ganzes Leben mit ihm verbracht.

Doch in der königlichen Hauptstadt … in seinem Haus mit diesem Sohn und seinem begrenzten Horizont zu leben und mit einem Mann aus der Arbeiterschicht verheiratet zu werden und so den Rest ihres Lebens zu verbringen – allein bei dem Gedanken fühlte sie, wie ihr das Herz stockte.

Wie es war, als Frau eines Mannes aus dem arbeitenden Volk zu leben, hatte sie von klein auf am eigenen Leib zu spüren bekommen. In jenem Dorf war ihre Mutter die Einzige gewesen, die als Frau selbst zu den Arbeitenden gehörte.

Würde sie aber die Frau eines Arbeiters werden, würde ihr für den Rest ihres Lebens nichts anderes bleiben, als Kinder zu bekommen und aufzuziehen, alles für ihren Mann zu tun und Hausarbeiten zu verrichten. Das war nicht das Leben, das sie sich vorstellte.

Selbst wenn Joun von hier weggehen würde und sie alleine leben musste, würde sie das immer noch einem solchen Leben vorziehen.

Es gibt doch noch so viel, was ich wissen und worüber ich nachdenken möchte …, sagte sie sich.

Warum ihre Mutter das Lenken der Toudas als Verbrechen bezeichnet hatte, diese Frage war nach wie vor ungelöst. Erin hatte lediglich das vage Gefühl, immer besser zu verstehen, was ihre Mutter gemeint hatte, wenn sie sich ihren Gesichtsausdruck und ihre Worte ins Gedächtnis rief.

Wenn sie die überraschende Präzision in der Arbeit der Bienen sah und das bunte Leben der Insekten und Tiere der Berge und Felder beobachtete, war es Erin manchmal, als wäre sie selbst nur ein kleiner Lichtpunkt im großen Universum. Und sie stellte sich vor, wie Menschen, Tiere, Insekten und alle anderen Dinge sich in solche kleinen Lichtpunkte verwandelten und so alle zusammen die Dunkelheit erleuchteten – so nahm sie die Welt wahr.

Nachdem sie einmal von dieser Vorstellung gefangen genommen war, wurde ihr besonders die Arbeit als Imker unangenehm. Was sie besonders daran hasste, war die Herstellung des Tabu Chimu. Dieses Gelee Royal, von dem ein Löffel schon ein kleines Silberstück kostete. Das teuer bezahlte Tabu

Chimu, das er den Bienen aus dem Saft entlockte, den sie aus ihren Körpern pressten, um damit die Bienenkönigin zu ernähren. Um es herzustellen, musste Joun die Bienen geschickt manipulieren.

Tabu Chimu war eine gute Handelsware, und da es eine hervorragende Medizin für den menschlichen Körper abgab, war natürlich nichts Schlechtes an dem, was Joun tat. Das war Erin durchaus bewusst.

Doch jedes Mal, wenn sie Joun dabei zusah, wie er die Bienen austrickste, verdüsterte sich ihre Miene, und sie musste an ihre Mutter denken, wie sie die tonlose Flöte, mit der man die Toudas unter Kontrolle bringen konnte, auf ihrer Handfläche hin- und herrollen ließ ... War es nicht so, dass ihre Mutter es damals als genauso falsch empfunden hatte wie Erin jetzt, einem Lebewesen einen fremden Willen aufzwingen zu wollen?

Vielleicht hatte ihre Mutter sich ebenfalls als einen kleinen Lichtpunkt in der großen Unendlichkeit empfunden. Ob sie die Toudas, genauso wie sich selbst, auch als solche kleinen Lichtpunkte gesehen hatte? ... Und es deshalb als falsch erachtet hatte, dass Menschen die Toudas nach ihrem Willen lenkte ...?

Warum war den Toudas dieses Leben bestimmt und warum den Menschen das ihrige?

Diese Frage, die vielleicht gar nicht zu beantworten war, hatte sich tief in ihrem Herzen eingegraben. Und Erin wollte die Antwort auf diese Frage finden.

»Väterchen ...«, hob sie an zu sprechen. »Gibt es in der königlichen Hauptstadt eine Schule, die auch Mädchen unterrichtet?«

Über Jouns Gesicht flog ein schmerzvoller Schatten.

»Ja, die gibt es. Aber diese Schulen dienen dazu, die Mädchen zu Ehefrauen von Männern aus der adeligen und der hochgestellten Arbeiterschicht auszubilden. Ich denke nicht, dass du dort glücklich wärst.« Joun schüttelte den Kopf und seufzte. »Wenn du nur ein Junge wärst … Ich weiß nicht, wie oft ich das gedacht habe. Wenn du ein Junge wärst, würde ich dich in der Tamuyuan-Akademie unterbringen, gegen den Widerstand von Asan oder wem auch immer.«

An der Tamuyuan-Akademie gab es zwar auch Mädchen, aber es waren Töchter aus adeligen Familien, und selbst von ihnen gab es dort nur wenige. Erin als Arbeiterkind würde niemals die Erlaubnis bekommen, dort zu studieren.

Joun streckte die Hand aus und strich Erin über das Haar. »Du möchtest wohl nicht mit in die Hauptstadt kommen und mit meiner Familie und mir zusammenleben, hm?«

Erin biss sich auf die Unterlippe, um ihre wahren Gefühle zu verbergen. Dann nickte sie mit gesenktem Blick.

»Ich war glücklich mit dem Leben, das wir zusammen geführt haben … Ich wünschte, es würde immer so bleiben. Aber wenn das nicht geht, dann will ich …« Erin suchte nach Worten, dann holte sie tief Luft und sprach weiter: »Dann will ich alleine leben … In deinem Haus in der Stadt als deine Adoptivtochter leben und verheiratet werden – das kann ich nicht.«

Joun kniff die Augen zusammen. Dann nickte er. »Ja, ich verstehe. Du würdest als Frau eines Arbeiters nicht glücklich werden, du bist nicht der Typ dafür.«

Doch jetzt, wo er sich nicht mehr auf seinen Körper verlassen konnte, wäre ein solches Leben da nicht trotzdem besser, als wenn Erin nach seinem Tod ganz alleine wäre? Trotz allem zweifelte Joun tief in seinem Herzen. Dass sein Sohn ausgerechnet an dem Tag aufgetaucht war, als ihm sein Körper die Endlichkeit aufgezeigt hatte, erschien ihm wie ein Zeichen der Götter. Joun seufzte.

»Was mach ich nur …«

Seitdem Erin Asan kennengelernt und sich über den Abschied von Joun bewusst geworden war, überlegte sie hin und her, was für eine Möglichkeit es noch gab.

Seit jenem Sommer vor vier Jahren, als sie zufällig eine Begegnung mit wilden Ohjus hatte, war sie fasziniert von diesen Tieren. Man konnte durchaus sagen, dass sie von ihnen besessen war.

Jedes Jahr, wenn sie die heiße Jahreszeit in der Sommerhütte verbrachten, ging Erin zu jener Steilwand und beobachtete die Ohjus und ihr Junges. Sie konnte sich gar nicht mehr erinnern, wie oft Joun sie deswegen ausgescholten hatte. Trotzdem war sie immer wieder zu den Ohjus gegangen.

»Väterchen?«, setzte sie nun an.

»Ja?«

»Du hast doch einmal gesagt, dass du jemanden kennst, der in der Schule für Ohju-Heiler arbeitet. Eine Frau, die sich als Ärztin um die Ohjus kümmert.«

Joun blinzelte verwirrt.

»Ah, du meinst Esaru aus der Kazarumu-Akademie. Es nennt sich zwar Heiler-Schule, aber eigentlich ist es eine Einrichtung, in der verletzte Tiere bis zu ihrem Tod gepflegt werden …«

Das Gesicht jenes Mädchens aus niederen Adelskreisen, das seine Studienfreundin an der Tamuyuan-Akademie gewesen war, stieg vor Jouns Augen auf. Sie war ein dunkelhäutiges Mädchen gewesen, das man beim besten Willen nicht als hübsch hätte bezeichnen können, aber sie hatte einen klaren Kopf, und deshalb hatte Joun sich gut mit ihr verstanden, und sie waren Freunde geworden.

»Esaru … ja …«

Joun runzelte die Stirn. Seine Augen bekamen einen seltsamen Ausdruck.

»Stimmt, es gäbe da noch den Weg, dass du Tierheilerin wirst. Wenn du Tierheilerin wärst, würdest du auch als Frau in den Kreisen der höheren Arbeiter akzeptiert, denn auch dort hat man mit der Unreinheit, die durch den Kontakt mit Blut entsteht, zu tun. Und es würde auch zu dir passen, denke ich… In die Kazarumu-Akademie kommen aus allen Gegenden Kinder, die Tierheiler werden wollen, und lernen durch die Pflege der Ohjus alles, was sie wissen müssen. Da wäre wirklich die richtige Umgebung für dich.« Trotzdem sah Joun noch immer besorgt aus. »Aber die Arbeit als Ohju-Heiler ist hart und undankbar. Sollte mit einem Ohju auch nur das Geringste nicht stimmen, werden die Ohju-Heiler schwer bestraft… Manchmal wird sogar die Todesstrafe verhängt.«

Eine schneidende Kälte schnürte Erins Herz ein, als sie daran dachte, wie ihre Mutter vor den Inspektor gezerrt worden war. Doch sie sah auch noch ein anderes Bild von ihrer Mutter vor sich: ihre weiße Hand, wie sie die großen Leiber der Toudas behutsam streichelte. Dieser friedliche Anblick, und wie sie die Toudas betrachtete…

In diesem Augenblick glaubte Erin, ein Licht am Horizont auszumachen – sie hatte doch immer so werden wollen wie ihre Mutter. Eine Frau mit großem Wissen, einem Wissen, mit dem sie Tieren helfen konnte.

Ich will eine Ohju-Heilerin werden – dieser Gedanke breitete sich in ihr aus wie ein Funken, der sich zu einem Waldbrand ausweitet.

»Väterchen?« Erin hob den Kopf. »Meine Mutter war Tierheilerin.«

Joun riss die Augen auf. »Was sagst du da?«

»Sie war Tierheilerin. Aber eigentlich hatte sie nur mit Toudas zu tun, sie war eine Touda-Heilerin. Das Dorf, in dem ich aufgewachsen bin, liegt am westlichen Rand der Gebiete des

Aruhan, im Tohan-Bezirk, und dort lebt das Volk der Touda-Leute …«

Zögernd begann sie, von den Ereignissen zu erzählen, die sie so tief in ihrem Herzen verborgen gehalten hatte: Dass ihre Mutter eine Aaryo gewesen war, aber den Sohn des Oberhaupts der Touda-Leute geheiratet und dann Erin geboren hatte. Dass sie deshalb von den Aaryo verstoßen und, nur weil sie so hervorragende Fähigkeiten als Heilerin besaß, mit der Pflege der wertvollsten Toudas, der Kibas betraut worden war. Dass eines Nachts plötzlich alle Kibas aus unerklärlichen Gründen gestorben waren und sie dafür verurteilt worden und eine grausame Todesstrafe über sie verhängt worden war.

Erin berichtete auch, wie sie durch den See geschwommen war, um ihre Mutter zu retten, wie ihre Mutter sie auf die Toudas gesetzt hatte, sie so voneinander getrennt worden waren und sie auf diese Weise hierhergekommen war.

Nur vom Pfiff ihrer Mutter, mit dem sie die Toudas lenken konnte, wollte Erin nichts sagen. Alles andere aber offenbarte sie Joun.

Joun lauschte der Schilderung verwundert.

»So ist das also«, murmelte er kopfschüttelnd. »Ja, jetzt ist das Rätsel endlich gelöst, über das ich mir die ganze Zeit Gedanken gemacht habe … Als ich dich fand, war dein Körper über und über mit Touda-Schleim bedeckt, der hart wie Knochenleim geworden war. Ich hab mich die ganze Zeit gefragt, was dir bloß widerfahren ist … So ist das also alles gekommen …«

Eine Vergangenheit, die schmerzvoller und grausamer war, als er sie sich hatte vorstellen können.

Joun musterte Erin eingehend.

»Aber nach alldem ist es dir doch sicher zuwider, Ohju-Heilerin zu werden, oder?«

Erin schüttelte den Kopf. »Weißt du, ich habe es geliebt,

Mutter dabei zuzusehen, wie sie die Toudas versorgte, Väterchen. Sie war eine bessere Heilerin als alle anderen im Dorf… Ich wollte immer so werden wie sie.«

Joun sah das helle Leuchten in Erins Augen und nickte. »Gut, ich verstehe. Dann werde ich versuchen, Esaru um deine Aufnahme zu bitten.«

Die Aufnahmeprüfung

Der Regen, der seit dem Morgen ununterbrochen gefallen war, ließ endlich nach, als Erin und Joun mit ihrer Pferdekutsche die Hochebene von Kazarumu erreichten.

Die Wolken, die der starke Wind rasch vorübertrieb, waren zwar noch ganz schwarz, aber an ihren Rändern blitzte es weiß hervor, und dazwischen zeigte sich der blaue Himmel.

Die Schatten der Wolken schwebten sanft über das Grasland der Hochebene von Kazarumu.

Die Schule für Ohju-Heiler war von einem hohen Zaun umgeben, aber das Areal der Anstalt war so riesig, dass es fast die gesamte Hochebene von Kazarumu bedeckte, wodurch die Höhe des Zauns gar nicht so sehr auffiel.

Das Ohju-Zentrum hatte sich früher auf dem Lazaru-Plateau in der Nähe der königlichen Hauptstadt befunden, aber die verwundeten Ohjus galten als schlechtes Omen und deshalb als Bedrohung für die Reinheit der Yoje, und so wurden sie von den restlichen Ohjus isoliert.

Deshalb befanden sich die Gebäude der Ohju-Heiler, die für die Pflege verletzter Tiere bis zu ihrem Tod verantwortlich waren, jetzt etwa eine Tagesfahrt mit der Kutsche von der Hauptstadt entfernt.

In dem Zentrum war außerdem eine Ausbildungsstätte für Kinder untergebracht, die Ohju-Heiler werden wollten.

Es war eine Akademie für Kinder aus der Arbeiterschicht, genau wie die Tamuyuan-Akademie in der Hauptstadt auch, an der Kinder aus der oberen Arbeiterschicht, die Tierheiler werden wollten, mit einem guten Abschluss als Spezialisten unter den Tierheilern Karriere machen konnten.

Aber die Kinder, die hier unterrichtet wurden, stammten alle aus der mittleren Arbeiterschicht und konnten auch bei guter Leistung nur den Rang eines normalen Arztes erreichen.

Trotzdem kamen aus dem ganzen Land Kinder hierher, um sich zum Heiler ausbilden zu lassen. Es waren Kinder, die davon träumten zu studieren, den Abschluss zu erwerben und in ihre Heimat zurückzukehren, um dort als Tierheiler ihren Lebensunterhalt zu verdienen.

Die Akademie wurde durch Spenden der Yoje finanziert, und da die Kinder Essen, Kleidung und Unterkunft unentgeltlich bekamen und keine Studiengebühr entrichten mussten, gab es viele arme Familien, die ihre Kinder hier ausbilden lassen wollten.

Deshalb waren es jedes Jahr mehr als hundert Kinder aus allen Gebieten, die sich in der Akademie einschreiben wollten, aber die Spenden der Yoje reichten nur für den Unterhalt von höchstens sechzig Studenten pro Jahr. Auch wenn die Akademie von den Weidenbesitzern aus der Nachbarschaft Geld für die Behandlung ihrer Tiere bekam, reichte das gerade so für den Unterhalt und die Verpflegung der Lehrer.

Jedes Jahr beendeten etwa fünfzehn Studenten ihre Studien und machten den Abschluss an der Akademie. Das bedeutete, es konnten wieder fünfzehn neue Studenten anfangen.

Deshalb war die Aufnahmeprüfung, die darüber entschied, wer an der Akademie lernen durfte, sehr hart.

Seit dem Tag, an dem Joun entschieden hatte, Erin hierherzubringen, hatte er all seine Energie in die Vorbereitungen gesteckt.

Zuerst hatte er seine alte Studienfreundin Esaru, die inzwischen eine der ältesten unter den Lehrern war, kontaktiert und ihr die Lage erläutert. Er hatte sie gebeten, Erin unbedingt zur Aufnahmeprüfung zuzulassen.

In dem halben Monat, den die Antwort auf sich warten ließ, verhandelte Joun mit anderen Imkern über den Verkauf seiner Bienen und brachte Erin nebenher alles bei, was sie für die Aufnahmeprüfung wissen musste.

Der Frühling verging wie im Fluge.

Als endlich Esarus Antwortschreiben eintraf, war Erin so aufgeregt, dass ihr die Knie zitterten.

Esarus Antwort war schlicht und einfach: Außerhalb der regulären Aufnahmeprüfung im Sommer gab es normalerweise keine Möglichkeit, an die Akademie zu kommen. Aber in diesem Frühjahr würden drei Schulkinder wegen schweren Verstoßes gegen die Hausordnung die Akademie verlassen müssen, deshalb würde sie Joun ausnahmsweise den Gefallen tun und eine außerordentliche Aufnahmeprüfung für Erin abhalten.

Aber diese Prüfung würde sehr hart werden. Da dies besondere Bedingungen waren, würde sie Erin gnadenlos durchfallen lassen, sollte diese nicht mindestens im mittleren Notenbereich der Absolventen einer regulären Aufnahmeprüfung liegen. Wenn sie auch unter diesen Umständen ernsthaft gewillt war zu kommen, dann solle sie das tun. Esarus Worte waren für eine Frau überraschend direkt und offen formuliert.

Während der Fahrt zum Ohju-Zentrum redeten Joun und Erin nicht allzu viel. Eine Mischung aus Traurigkeit, Vorfreude und Unsicherheit ließ beiden die Zunge schwer werden.

Als sie vor der Kazarumu-Akademie aus der Pferdekutsche stiegen, drang der Geruch von feuchtem Gras in ihre Nase. Die Wiese zu ihren Füßen glitzerte vor Nässe. Vor ihnen ragte inmitten der weiten Hochebene die Kazarumu-Akademie einsam auf.

Drei große, aus Holz errichtete Gebäude mit jeweils zwei Stockwerken standen nebeneinander; die Wände waren durch Wind und Schnee verwittert und hatten eine bernsteinfarbene Färbung angenommen. Auf dem schwarzen Ziegeldach wuchs Moos, und es gab auch Stellen, wo verschiedenartige Blumen blühten, deren Samen wohl angeflogen waren.

Hinter dem großen Eingangstor waren in der Ferne leise Geräusche zu hören, aber wenn man bedachte, dass gerade Unterricht war, war es unglaublich leise für einen Ort, an dem sich sechzig Studenten aufhielten.

Joun legte Erin die Hand auf die Schulter.

»Hab keine Angst. Du wirst die Aufnahmeprüfung bestehen. Wenn du die Aufgaben mit ruhigem Geist und ohne Aufregung löst, wirst du ganz sicher nicht durchfallen.«

Erin nickte, aber ihr Mund war ganz trocken.

Während Erin die Pferde an der dafür vorgesehenen Stelle neben dem Eingangstor anband, schlug Joun die mit Grünspan überzogene Glocke an dem Tor an. Es erklang nur ein dumpfer Ton, von dem man kaum geglaubt hätte, dass er bis hinter das große Tor zu hören wäre, aber nach einer Weile öffnete sich das Tor quietschend, und eine groß gewachsene Gestalt trat heraus.

Zuerst dachte Erin, sie hätte einen Mann mittleren Alters vor sich, aber als sie das Gesicht der Person sah, die ihr im Ge-

genlicht gegenüberstand, erkannte sie, dass es sich um eine Frau handelte. Die weiße Schürze, die von der Brust bis zu den Knien alles bedeckte, war von oben bis unten nass, und die Frau trug eine bis zum Knöchel reichende Röhrenhose, wie sie sonst nur Männer trugen. Als sie näher kam, drang Erin der beißende Geruch von wilden Tieren in die Nase.

Die Frau war noch nicht in einem Alter, in dem man sie als alt hätte bezeichnen können, aber mit ihrem von weißen Fäden durchzogenen, kurz geschnittenen Haar und dem von der Sonne gegerbten Gesicht musste Erin unwillkürlich an Trockenfleisch denken.

Die Frau nahm den eisernen Schlüssel aus dem Torschloss, zog die beiden hinein und begrüßte sie.

»Wie schön, dich nach so langer Zeit wiederzusehen, Esaru. Du hast dich kein bisschen verändert«, sagte Joun leichthin.

Über Esarus Gesicht zog ein Lächeln. »Nun ja, älter geworden bin ich … Und du ganz schön braun.«

Esaru warf Erin einen kurzen Blick zu.

»Und du bist Erin, nicht wahr?«

Erin legte ihre Handflächen an die Stirn und verbeugte sich förmlich.

»Ich heiße Erin. Es freut mich, Sie kennenzulernen.«

Esaru nickte.

»Du bist ziemlich groß. Ich hörte, du bist vierzehn Jahre alt, aber du siehst aus wie eine Sechzehnjährige.«

Joun legte Erin eine Hand auf die Schulter.

»Das liegt wohl daran, dass sie so dünn ist. In den letzten zwei Jahren bei mir ist sie schnell gewachsen. Früher war sie so klein, dass ich Angst hatte, sie würde wegfliegen, wenn ich sie anpuste.«

Esaru nickte den beiden zu.

»Ich zeige euch die Akademie.«

Joun und Erin folgten Esaru in das Gebäude.

Drinnen war es düster, und wenn man aus der Weite und der Helligkeit von draußen kam, mussten sich die Augen erst an das Halbdunkel gewöhnen. Der typische Geruch eines alten Holzhauses vermischt mit einem Duft, der an die sonnengebräunte Haut von Arbeitern erinnerte, stieg ihnen in die Nase.

Für Joun war es ein vertrauter Geruch.

Im Eingangsbereich schlüpften sie aus ihren Straßenschuhen und zogen sich die mitgebrachten Hausschuhe an. Dann traten sie auf den Flur und wurden von Esaru über den dämmrigen Gang geleitet.

An der südlichen Seite des Flurs befand sich offensichtlich ein Seminarraum, denn es waren Stimmen von Schülern zu hören, die Fragen stellten.

An der nördlichen Seite waren ebenfalls mehrere Räume, aber dort war es totenstill und keine Menschenseele zu sehen.

Esaru blieb vor der Schiebetür am Ende des Flurs stehen. Über der Tür hing ein Schild, auf dem in altertümlichen Schriftzeichen »Direktorat« stand.

Joun beeilte sich, Esaru aufzuhalten, die bereits die Hand an die Tür gelegt hatte.

»Warte mal, Esaru! Wer ist denn eigentlich momentan Direktor hier?«

Esaru zog die Augenbrauen hoch, weil Joun geflüstert hatte, und schob die Tür auf.

Durch die halb geöffnete Schiebetür sahen sie in den Raum, der durch das Fenster an der Südseite von sanftem Sonnenlicht beschienen war. Es war niemand in dem Zimmer.

»Wusstest du das gar nicht? Schon seit zwei Jahren bin ich hier die Direktorin.«

»Na so was!«, sagte Joun erstaunt. »Ich hätte gewettet, dass du an so etwas kein Interesse hast …«

Esaru lachte. »Wir sind hier ja nicht an der Tamuyuan-Universität. Wer Karriere machen will, bleibt sowieso nicht lange hier. In Kazarumu ist die Direktorenstelle nur für Menschen geeignet, die den Rest ihres Lebens hier verbringen wollen und keine Ambitionen auf einen weiteren Aufstieg haben.«

Kaum waren sie in das Direktorenzimmer getreten, wurde Erins Aufmerksamkeit von den Bücherregalen an der Wand der nördlichen Zimmerseite gefesselt. Es waren noch mehr Bücher darin, als Joun besaß.

Da Erin ganz auf die Bücher konzentriert war, bemerkte sie Jouns Gesichtsausdruck nicht.

Dieser Raum war allzu schlicht eingerichtet für ein Direktorenzimmer, und Joun konnte seine Überraschung darüber kaum verbergen.

Vielleicht sah das Zimmer so aus, weil Esaru nicht die Art von Frau war, die irgendein Interesse an wertvollem Schmuck oder Ähnlichem besaß, aber selbst die Möbel sahen alt aus, und es gab keinen einzigen wertvollen Gegenstand in dem Raum.

Das Direktorenzimmer war eigentlich das Gesicht einer Schule. Besucher machten sich anhand dieses Raums ein Bild von der Würde einer Schule und wie diese geführt wurde. In diesem Raum sah man auf den ersten Blick, in welcher Lage sich die Kazarumu-Akademie befand.

Neben den Bücherregalen befand sich eine große Standuhr, deren Zeiger sich laut tickend vorwärtsbewegten. Der Fußboden des riesigen, leeren Zimmers war mit einem dicken Teppich ausgelegt, und gegenüber der Schiebetür stand ein niedriger Tisch mit Stühlen.

In der Mitte des Raums befand sich eine in den Boden eingelassene Feuerstelle, um die herum vier niedrige Tischchen aufgestellt waren. An jedem der Tische standen jeweils zwei Stühle.

Die Kohle in der Feuerstelle war heruntergebrannt, aber die Glut leuchtete noch rötlich. Aus einer irdenen Teekanne stieg weißer Dampf auf.

Esaru wies auf die Stühle an der Feuerstelle.

»Bitte setzt euch. Ich mache Tee.«

Als sie Jouns Gesichtsausdruck bemerkte, huschte ein verlegenes Lächeln über Esarus Miene.

»Ich habe keine Bedienstete, die den Tee für uns zubereitet. Hätte ich das Geld dafür, würde ich es lieber benutzen, um noch einen weiteren Schüler hier aufzunehmen.«

Esaru bereitete den Tee mit geübten Handgriffen zu und stellte jedem eine Tasse hin. Dann sah sie Erin an.

»Egal, wie die Prüfung ausfällt, heute Nacht kannst du mit Joun zusammen hier übernachten. Du bist sicher erschöpft von der langen Reise – wir können die Prüfung auch erst morgen abhalten, was meinst du?«

Erin stellte die Teetasse, die sie eben in die Hand genommen hatte, wieder auf den Tisch zurück.

Vielleicht lag es an der Aufregung, jedenfalls spürte sie überhaupt keine Müdigkeit, und sie wollte nicht länger warten und bangen.

»Wenn es möglich wäre, die Prüfung jetzt abzuhalten, dann wäre mir das lieber.«

Esaru nickte.

»Gut, dann machen wir es so … Trink deinen Tee. Das wird dir ein bisschen die Aufregung nehmen.«

Was mochte wohl in dem Tee sein? Jedenfalls duftete der heiße Tee lecker nach einer Art von Zitrusfrucht. Er schmeckte leicht süß und verbreitete Wärme im ganzen Körper. Erins Fingerspitzen begannen von der Hitze der Teetasse in ihrer Hand leicht zu kribbeln.

Auch wenn es Frühling war, so war es auf der Reise durch

den Regen zu dieser Hochebene doch ziemlich kalt gewesen. Erin fiel erst jetzt auf, wie kalt ihre Hände waren.

Wie Esaru es vorausgesagt hatte, ließ Erins Aufregung etwas nach, nachdem sie den Tee getrunken hatte, und sie sah sich nun genauer im Zimmer um.

»Jetzt hast du eine gute Gesichtsfarbe ... Dann lass uns beginnen. Joun, komm du bitte hierher zu mir.«

Joun nahm seine Teetasse und stand auf. Er setzte sich neben Esarus Tisch, und die Direktorin nahm drei Blätter Papier, Tusche und Pinsel und legte sie vor Erin hin.

»So, dann fang mal an. Du hast eine Stunde Zeit.«

Als Erin die eng aneinandergereihten Schriftzeichen sah, begann ihr Herz sofort so wild zu schlagen, dass es fast schmerzte. Die Zunge klebte ihr am Gaumen, und ihr Kopf wurde ganz leer. Sie holte tief Luft und sah sich den Text genauer an. Auf der ersten Seite standen Rechenaufgaben, auf der zweiten Fragen zur Biologie. Auf dem dritten Blatt war ein Aufsatz zu schreiben.

Als sie die erste Frage in Gedanken durchging, spürte Erin, dass ihr Geist sich allmählich beruhigte. Von da an sah und hörte sie nichts mehr von dem, was um sie herum vorging.

Nachdem Erin auch das dritte Blatt vollständig ausgefüllt hatte, ging sie alles noch einmal durch und legte dann leise den Pinsel zur Seite.

»Schon fertig?«, fragte Esaru.

»Es ist noch nicht mal eine halbe Stunde rum.«

Erin hatte jegliches Zeitgefühl verloren. Aber sie hatte alles hingeschrieben, was sie wusste. Selbst wenn sie noch weiter nachdachte, würde ihr nichts mehr einfallen. Also stand sie auf und ging mit den Blättern zu Esarus Tisch.

Diese nahm die Blätter entgegen und setzte eine Lesebrille auf. Dann begann sie, die Aufgaben durchzulesen.

Das Ticken der Standuhr, das sie bis eben überhaupt nicht wahrgenommen hatte, drang jetzt an Erins Ohr. Auch das Klappern vom Deckel der Teekanne, in der das heiße Wasser köchelte, hörte sie jetzt deutlich.

Esaru überflog die Antworten rasch und legte die erste und die zweite Seite schnell auf dem Tisch ab, an dem dritten Blatt aber blieb sie länger hängen und las konzentriert.

Als sie fertig war, wandte Esaru sich nicht an Erin, sondern an Joun. »So, so. Man merkt gleich, dass sie deine Lieblingsschülerin ist.«

Auf Jouns Gesicht machte sich ein Lächeln breit.

»Was sagst du dazu?«

Esaru legte das Blatt mit dem Aufsatz auf den Tisch und tippte mit den Knöcheln darauf. Dann reckte sie sich, stand auf und sah Erin an.

»Du wirst nicht in die Anfangsklasse kommen, sondern gleich in den zweiten Jahrgang, wie es deinem Alter entspricht. Nur die praktischen Übungen wirst du mit den zwölfjährigen Schülern zusammen absolvieren. Du wirst also erst mal die Aufgabe haben, den Mist der Ohjus und der Haustiere zu sammeln. ... Ist das in Ordnung für dich?«

Erin zögerte kurz, dann nickte sie. »J ... ja. Vielen Dank!«

»Gut, dann machen wir es so. Ich werde dich so schnell wie möglich mit den anderen Schülern bekannt machen, noch heute Abend beim Abendessen.«

Esaru lächelte.

Als Erin dieses Lächeln sah, wusste sie, dass sie tatsächlich in die Akademie aufgenommen war. Und mit einem Zittern in der Stimme sagte sie: »Ja ... Ich freue mich schon, danke.«

Esaru drehte sich etwas zur Seite und zog an einer befransten Schnur, die von der Zimmerdecke hing.

Kurz darauf klopfte jemand an die Tür.

»Hier ist Karisa, Frau Direktorin!«

Esaru bat sie einzutreten. Die Tür ging auf, und eine wenig jüngere Frau als Esaru kam herein, die so dick war, dass sie aussah, als würde sie gleich platzen.

Esaru stellte Joun und Erin die Frau vor.

»Sie ist die Hausmutter des Kazarumu-Studentenwohnheims. Sie übernimmt die Mutterrolle für alle sechzig Schüler hier.«

Karisa lächelte fröhlich.

»Es sind alles Lausbuben, diese Schüler, nicht auszuhalten. Nun ja, irgendwie schaffe ich es doch wieder jeden Tag.... Oh, vielleicht sollte ich mich erst mal vorstellen, entschuldigt. Ich bin Karisa. Und du bist die neue Schülerin, nicht wahr?«

Erin verbeugte sich förmlich.

»Ich heiße Erin. Es freut mich, Sie kennenzulernen.«

Karisas Lächeln wurde noch breiter. »Na, nicht übel! So eine höfliche Begrüßung. Mädchen sind eben doch was anderes. Wie sieht es bei dir mit Putzen, Wäsche waschen und Flickarbeiten aus?«

Bevor Erin etwas sagen konnte, antwortete Joun für sie.

»In meinem Haus hat Erin alle Hausarbeiten für mich erledigt. Sie wird Ihnen sicher nicht viel Arbeit machen.«

»Na so was! Das ist gut. Die meisten Schüler sind ziemlich schlampig. Frau Direktorin, sie sollten in Zukunft mehr Mädchen als Schüler aufnehmen!«

Esaru deutete ein Lächeln an, erwiderte aber nichts, sondern legte Erin die Hand auf die Schulter.

»Karisa wird dir die Schule zeigen. Karisa, Erin wird in die zweite Klasse gehen. Zeigen Sie ihr bitte ihr Zimmer im Wohnheim, und erklären sie ihr alles, was sie für ihr Leben dort benötigt.«

»Was denn, sie überspringt gleich eine Klasse?«, fragte Karisa erstaunt. »Dann muss sie ja ein begabtes Mädchen sein!« Dann lächelte Karisa Joun an. »Ich werde gut auf sie aufpassen, Sie brauchen sich keine Sorgen zu machen.«

Joun verbeugte sich tief. »Vielen Dank für Ihre Bemühungen, es ist mir eine Ehre.«

»Na ja, schon gut. Also Erin, komm mit mir.«

Joun drehte sich noch einmal zu Esaru um.

»Ich habe Erins Sachen noch draußen in der Kutsche …«

»Mach dir darum keine Gedanken. Jemand von meinem Personal wird nachher kommen und dir dabei helfen. Du übernachtest doch heute auch hier, oder? Dann wird Erin heute noch nicht im Wohnheim schlafen, sondern mit dir zusammen in unserem Gästezimmer.«

»Gut, wenn das möglich ist, dann danke ich dir dafür.«

Nachdem Erin mit Karisa gegangen war, sagte Joun: »Du hast mir sehr damit geholfen, sie hier aufzunehmen, Esaru, auch wenn es vielleicht eine unangebrachte Bitte war. Ich danke dir wirklich von ganzem Herzen.«

Esaru nahm die drei Prüfungsblätter vom Tisch und drückte sie Joun in die Hand.

Während Joun zu lesen begann, sagte Esaru mit ruhiger Stimme: »In den drei Jahren, seit ich Direktorin bin, sind mir viele talentierte Schüler begegnet. Deshalb war ich nicht so sehr überrascht darüber, dass sie bis auf einen kleinen Rechenfehler alle Fragen richtig beantwortet hat. Aber der Aufsatz hat mich ehrlich in Erstaunen versetzt.«

Joun legte die beiden ersten Blätter auf den Tisch zurück und nahm Erins Aufsatz zur Hand.

Auf die Frage, warum sie Tierheilerin werden wollte, hatte Erin geantwortet: Weil sie wissen wolle, warum die Lebewesen dieser Welt so leben, wie sie es tun.

Und weiter: »Es erscheint mir so unvorstellbar rätselhaft,

warum alle Lebewesen und die unbelebte Natur ihr Leben genau so führen, wie sie es tun. Das Treiben der Bienen ist so unglaublich effizient, und wenn ich darüber nachdenke, warum dieselben Bienen ihr Leben in so vielerlei Funktionen verbringen, finde ich keine Antwort. Ich möchte wissen, warum die Lebewesen dieser Erde so sind, wie sie sind, mich eingeschlossen.

Die wilden Tiere sprechen nicht mit Worten zueinander wie wir Menschen. Um ihre Krankheiten zu heilen, müssen die Menschen alles über sie lernen. Ich bin sicher, wenn ich etwas über die Tiere lerne, dann werde ich auch etwas über mich erfahren und besser verstehen, was in mir selbst vorgeht. «

Joun legte das Blatt auf den Tisch zurück und sah Esaru an.

Esaru sagte: »Du bist der geborene Lehrer, hab ich recht? Auch wenn du nicht mehr an der Universität bist, wenn du ein Kind mit Begabung siehst, hast du das Bedürfnis, es zu unterrichten, nicht wahr?«

Joun schüttelte den Kopf. »So war das nicht … Ich habe sie mir nicht ausgesucht. Erin ist einfach plötzlich in mein Leben getreten.«

Joun erzählte Esaru alles darüber, wie es dazu gekommen war, dass er Erin aufgenommen und was sie über ihre Mutter berichtet hatte.

Als er fertig war, hatte das Licht, das durchs Fenster drang, sich bereits in ein bernsteinfarbenes Dämmerlicht verwandelt.

Esaru runzelte leicht die Stirn und sagte mit leiser Stimme: »So ist das also … Aus solchen Umständen kommt das Kind. Das ist also der Grund für ihr stilles Wesen, wie man es bei einem vierzehn Jahre alten Mädchen nicht erwarten würde.«

Esaru neigte den Kopf und murmelte vor sich hin: »Ihre Mutter ist also eine Aaryo, die das Gebot gebrochen hat …«

Joun zog ebenfalls die Stirn kraus.

»Aaryo?«

Esaru hob den Kopf, als sie den erschrockenen Ton in Jouns Stimme bemerkte.

»Entschuldige, ich habe nur laut gedacht. Eine Aaryo, die das Gebot gebrochen hat, habe ich gesagt. Wenn ich die Augen dieses Mädchens sehe, sieht man tatsächlich auf den ersten Blick, dass Aaryo-Blut in ihr fließt. Jetzt, wo es nun mal entschieden ist, dass Erin hier an der Akademie aufgenommen wird, werde ich allen meinen Mitarbeitern hier und auch den Schülern strengste Anweisungen geben, dass sie kein Wort darüber verlieren, dass Erin von den Aaryo abstammt. Also mach dir keine Sorgen deswegen.«

Jouns Miene entspannte sich wieder. »Ich danke dir. Das beruhigt mich wirklich.«

Ein bitteres Lächeln legte sich auf Esarus Miene.

»Egal ob Aaryo oder Wajaku, egal ob von niederer Herkunft, egal ob Junge oder Mädchen, wer ein Herz dafür hat, den Tieren zu helfen, und den entsprechenden Willen dazu, dem wird es als Schüler hier an nichts mangeln.«

Bei diesen Worten sah Joun mit einem Mal die schon fast erschreckend willensstarke Schülerin wieder vor sich, die Esaru in ihrer gemeinsamen Studienzeit gewesen war.

An der Zimmerdecke des großen Speisesaals hingen acht Papierlaternen als Lampen. Sie tauchten Schüler, die auf den Knien an den Tischen saßen, und die einfachen Speisen, die auf dem Esstisch aufgereiht waren, in weiches Licht.

Erin wurde ein Platz zum Abendessen zugewiesen, und als sie sich den Blicken der Jungen ausgesetzt sah, die neben ihr saßen, spürte sie ein beklemmendes Gefühl in der Brust.

Es war das erste Mal, dass sie so viele Jungen auf einem Haufen sah, und es war auch das erste Mal, dass sie von so vielen Augen auf einmal angestarrt wurde. Deshalb war sie furchtbar aufgeregt und wusste gar nicht mehr, wie Esaru sie vorgestellt und was sie selbst zur Begrüßung gesagt hatte.

Die nächste Überraschung war, dass sofort nachdem Erin sich auf den ihr zugewiesenen Platz gesetzt hatte, ein groß gewachsenes Mädchen neben ihr ihre Hand nahm.

»Ich bin ja so froh! Ein Mädchen!«, sagte ihre Nachbarin, und ein Lächeln machte sich auf ihrem Gesicht breit. »Ich war immer so einsam hier! Als einziges Mädchen unter lauter Jungs habe ich mich immer ganz klein gefühlt. Aber jetzt habe ich endlich eine Freundin! Ich danke den Göttern dafür!«

Erin war verwirrt, dass ein Mädchen sie plötzlich mit solch großer Begeisterung empfing, aber die Jungen um sie herum begannen schallend zu lachen.

»Was soll das denn heißen, du hast dich ganz klein gefühlt?!«

»Das sagt sie immer! Dabei isst sie viel mehr als wir und hat hier ein ziemlich gemütliches Leben!«

Das Mädchen, das die Worte der Jungs völlig zu überhören schien, schüttelte Erins Hände kräftig.

»Ich bin Yuuyan! Schön, dass du da bist!«

Yuuyans Hände waren so groß, dass sie die von Erin beinahe vollkommen umschlossen, und sie waren ganz warm.

Nun musste Erin unwillkürlich selbst lächeln.

»Ich bin Erin. Ich freue mich auch, hier zu sein.«

In Yuuyans Augen blitzte es freudig auf.

»Ah, du hast ein schönes Lachen! Du wirkst schon so erwachsen, aber dein Lachen ist total süß!« Yuuyan hatte das sehr laut gesagt und drehte sich jetzt zu den Jungen um. »Hab ich nicht recht?«

Die Jungen erwiderten nichts darauf und lächelten nur verlegen, aber die Art, wie sie lächelten, ließ an große Brüder denken, die ihre freche, kleine Schwester liebevoll betrachteten.

»So, jetzt lass uns essen! Iss, bevor es kalt wird!«, rief Yuuyan, und noch ehe die Lehrer und die Jungen ihre Essstäbchen auch nur in die Hand nehmen konnten, hatte sie ihre bereits an den Mund geführt und begann, ihre Schüssel zu leeren.

Erin sah ihr verblüfft dabei zu, und als sie sich umblickte, bemerkte sie, wie die Jungen sie angrinsten. Dann nickten sie Erin zu und forderten sie auf zu essen.

Joun, der neben der Direktorin Platz genommen hatte, spürte eine tiefe Erleichterung, als er sah, wie Erin anfing zu essen.

Sie war ein kluges Mädchen, aber sie hatte etwas von einer Außenseiterin an sich. Und noch dazu floss Aaryo-Blut in ihren Adern. Jouns größte Sorge war gewesen, dass Erin von den anderen Schülern abgelehnt werden könnte, aber offensichtlich war diese Sorge unbegründet.

Als hätte sie Jouns Gedanken durchschaut, sagte Esaru: »Das wird schon gut gehen, denn Yuuyan ist in ihrer Klasse.

Yuuyan ist wie die Sonne. Sie ist zwar ein vorlautes Kind, aber sie verstellt sich nie, und jeder kann ihr gegenüber so sein, wie er ist.«

Joun nickte, und während er Yuuyan beim Essen zusah, wusste er tief in seinem Herzen, dass es richtig gewesen war, Erin hierherzubringen. Die Last, die er seit dem Tag, an dem sein Sohn aufgetaucht war, verspürt hatte, verschwand, und es wurde ihm leicht ums Herz. Auch wenn ein bisschen Wehmut dabei mitschwang.

Als Erin am nächsten Tag Jouns Kutsche nachsah, weinte sie. Sie wusste nicht, wie sie diesem Mann, der sie gerettet hatte, als sie plötzlich am Ufer angeschwemmt worden war, und der sie wie sein eigenes Kind aufgezogen hatte, die tiefe Dankbarkeit vermitteln sollte, die sie erfüllte.

Mit tief gesenktem Kopf lauschte sie einfach nur dem Klang der Wagenräder, der langsam verebbte.

Und sie spürte, wie mit ihm das glückliche Leben schwand, in dem Joun sie in seine Arme genommen und beschützt hatte.

Angesichts all der ungewohnten Dinge an der Kazarumu-Akademie war Erin anfangs ziemlich verwirrt. Am schwierigsten für sie war es allerdings, dass sie dort mit so vielen anderen Schülern zusammen war.

In der Akademie musste sie von morgens nach dem Aufstehen bis abends alles genauso machen wie alle anderen Schüler. In ihrem bisherigen Leben mit Joun hatte sie ihre Zeit verbringen können, wie sie wollte, wenn nur die notwendigen Arbeiten erledigt waren, aber hier hatte sie so gut wie gar keine Zeit nur für sich alleine.

Die Vorlesungen, in denen sie viel Neues lernte, waren spannend, aber die, in denen Gebiete behandelt wurden, aus denen Joun ihr schon etwas beigebracht hatte, empfand sie als langweilig.

Auf der anderen Seite tauchten bei dem Unterrichtsstoff, der ihr Interesse weckte, tausend neue Fragen in ihr auf, und das bereitete ihr Kummer. Als Joun sie unterrichtet hatte, hatte sie ihn immer sofort fragen können, wenn sie etwas nicht verstand, aber hier gab es keinen einzigen anderen Schüler, der eine Frage nach der anderen stellen wollte. Alle lauschten nur schweigend der Vorlesung, und so traute Erin sich nicht, als Einzige die Hand zu heben und Fragen zu stellen.

Auch bei den praktischen Übungen, die die Behandlung von kranken Haustieren zum Inhalt hatten, empfand Erin es als hart, nur den Lehrern zuschauen zu müssen, wie sie es vormachten, und es dann genauso nachzumachen. Es war nicht erlaubt, einfach das zu tun, was einem gerade in den Sinn kam, oder sich in eine Sache zu vertiefen.

Eines Abends sagte Yuuyan mit besorgtem Blick zu ihr: »Du siehst müde und blass aus.«

Da Yuuyan und Erin die einzigen beiden Mädchen in der ganzen Schule waren, wohnten sie nicht in einem großen Schlafsaal wie die Jungen, sondern hatten ein kleines Zimmer zusammen. Erin hatte gedacht, es würde Yuuyan vielleicht zu viel werden, plötzlich noch eine Mitbewohnerin zu haben, wo sie bis dahin das Zimmer doch alleine für sich gehabt hatte, aber Yuuyan freute sich ehrlich darüber, nicht mehr alleine zu sein.

Nach und nach wurde Erin klar, dass Yuuyan wirklich ein unvoreingenommenes, liebes Mädchen war.

Es gab zwar auch etwas, was den Frieden etwas störte, so redete und handelte Yuuyan im Gegensatz zu Erin ohne nachzudenken, und sie sprach laut im Schlaf, weswegen Erin hin und wieder nachts von ihrem wirren Reden aus dem Schlaf gerissen wurde, aber am nächsten Morgen konnte sie darüber lachen und zog Yuuyan damit auf.

Durch Yuuyan wurde Erin erst so richtig bewusst, wie schwer es ihr selbst fiel, sich auszudrücken. Sie war es nicht gewöhnt, sich mit jemandem zu unterhalten, und selbst wenn sie etwas bedrückte, fand sie nie die richtige Gelegenheit, es auszusprechen.

Yuuyan, die zwar im Gebiet der Yoje aufgewachsen war, aber in einem der am nördlichsten liegenden Bergdörfer, wirkte auf den ersten Blick grob, in Wirklichkeit aber war sie sehr feinfühlig und bemerkte sofort, wenn es jemandem nicht gut ging.

»Ist ja kein Wunder. Mit den Kleinen den Mist der Tiere aufzusammeln, ist schon anstrengend, nicht wahr? Die anderen sind sicher ziemlich laut.«

Erin schüttelte den Kopf und lächelte verlegen.

»Nein. Es macht Spaß, mit den Kleinen gemeinsam zu arbeiten. Das ist es nicht, was mich bedrückt ...«

Erin erklärte zögernd, dass es ihr schwerfiel, die ganze Zeit mit so vielen Menschen zusammen zu sein. Yuuyan hörte erstaunt zu, wie Erin ihr den Schmerz und die Verwirrung in ihrem Herzen offenbarte, und als Erin fertig war, stieß sie ein lautes »Puh!« aus.

»Das ist es, was dir zu schaffen macht! Weißt du, das hätte ich nie gedacht, so wirkst du gar nicht! Du wirkst zwischen den Jungen immer so erwachsen, und obwohl du mitten unter dem Jahr dazugekommen bist, hat man das Gefühl, du gehörst schon richtig dazu.«

Das überraschte Erin. Sie hätte nicht gedacht, dass sie so auf andere wirkte.

Yuuyan lachte. »Was denn, ist dir das noch nicht aufgefallen? Die Jungen haben nur Augen für dich! Schau mal, du hast doch schließlich Aaryo-Blut in dir, nicht wahr? Deshalb hast du eine geheimnisvolle Ausstrahlung.«

Yuuyan nahm wirklich kein Blatt vor den Mund.

»Direktorin Esaru hat uns zwar angewiesen zu ignorieren, dass du eine Aaryo bist, aber wie sollten wir das? Es fällt nun mal auf, wenn jemand anders ist, so sind die Menschen. Ich jedenfalls sehe nicht ein, das zu ignorieren, ich bin ja auch nicht so dumm, dein Anderssein als etwas Schlechtes zu sehen, ich finde es viel wichtiger, offen darüber zu sprechen.«

Erin nickte. »Ich denke auch, dass das besser ist.«

Yuuyans Miene hellte sich schlagartig auf.

»Ja wirklich? Ich bin eben so, weißt du? Deshalb werde ich von den Jungen ausgelacht, seit ich hier an der Schule bin. Außer von Kashugan…«

Erin blinzelte verwirrt. Es dauerte einen Moment, bis das Antlitz eines großen Jungen mit oval geschnittenem Gesicht vor ihren Augen aufstieg.

»Ah, ich weiß, wen du meinst. Der Junge, der seinen Gürtel immer falsch gebunden trägt.«

Yuuyan lachte. »Ja, genau! Er kann nicht gut Gürtel binden. Aber er hat etwas sehr Nettes gesagt. Er hat gesagt, man soll nicht über jemanden lachen, der in der Sprache seiner Heimat spricht, auch wenn sich das fremd anhört. Und er hat den anderen gesagt, dass sie doch auch traurig wären, wenn man über ihre Art zu sprechen lachen würde.«

Erin musste unwillkürlich lächeln. »Oh… das ist wirklich nett von ihm.«

»Nicht wahr? Ja! Das hat mich ehrlich total gefreut! Und deshalb will ich auch nicht ignorieren, dass du von den Aaryo abstammst. Egal, wie man es sieht, du bist Erin, und du bleibst Erin.«

Erin spürte, wie ihr plötzlich die Tränen kamen. Aber

sie konnte nichts dagegen tun, und so liefen sie ihr übers Gesicht.

Yuuyan wurde ganz blass und ergriff ängstlich Erins Hände. »O nein, wein doch nicht! Wein bitte nicht! Es tut mir leid! Ich bin einfach zu vorlaut!«

Erin senkte den Blick und schüttelte den Kopf. »Entschuldige …«, stammelte sie. Es war das erste Mal, dass ihr bewusst wurde, wie tief die Verletzungen waren, die sie erlitten hatte, nur weil sie von den Aaryo abstammte. Wie sehr der Gesichtsausdruck ihres Großvaters und der, mit dem Jouns Sohn sie angesehen hatte, sie getroffen hatten …

Yuuyan ist wirklich ein toller Mensch …, dachte Erin. Sie wischte sich die Tränen aus dem Gesicht und sah Yuuyan an.

»Danke«, sagte sie schließlich.

Mehr brachte sie nicht heraus, aber Yuuyan nickte, und auch sie hatte Tränen in den Augen.

Die Ohju-Flöte

Ganz im Gegensatz zu Yuuyans Befürchtungen fand Erin es überhaupt nicht unangenehm, mit den Erstklässlern zusammen den Mist der Tiere zu sammeln und die Ställe zu säubern. Im Gegenteil: Die Arbeit in den Tiergehegen war für sie immer kurzweilig.

Am meisten aber freute sie sich darüber, dass sie jeden Tag die Ohjus beobachten konnte.

Nur die Schüler aus den obersten Jahrgängen durften sich um die Ohjus kümmern, und den jüngeren Schülern einschließlich Erin war es nicht erlaubt, auch nur in die Nähe der Tiere zu kommen, aber mittags, wenn die Ohjus in das große Gehege auf der Hochebene hinausgelassen wurden, war es die Aufgabe der Schüler des ersten Jahrgangs, das Strohlager, das die Ohjus als Schlafplatz nutzten, wieder herzurichten und den Mist aufzusammeln.

Jedes Mal, wenn Erin die Ohjus in der Ferne sah, spürte sie, wie ihr Herz höher schlug. In der friedlichen Frühlingssonne standen sie auf der weichen Wiese, schlugen hin und wieder gemächlich mit den Flügeln und sonnten sich.

Als Erin sie zum ersten Mal so gesehen hatte, war ihr an dem Anblick etwas falsch vorgekommen. Sie hatte das Gefühl, dass da etwas anders war als bei den wilden Ohjus, die sie so oft beobachtet hatte. Aber zu diesem Zeitpunkt wusste sie noch nicht, warum ihr das so vorkam.

Im Unterricht bekamen die Schüler von den Lehrern immer wieder zu hören, dass die Ohjus niemals zahm und an Menschen gewöhnt würden.

Normalerweise waren sie sehr friedlich, aber wenn sie wütend wurden und außer sich gerieten, konnten sie zu Monstern werden. Deshalb war äußerste Vorsicht geboten, wenn man sich in die Nähe der Ohjus begab.

Die im Flüsterton von den Lehrern erzählte Geschichte von dem Schüler, der vor drei Jahren so unvorsichtig gewesen war, sich zu nahe an die Ohjus heranzuwagen, und innerhalb von Sekunden von ihnen zerfleischt und getötet worden war, verbreitete unter den Erstklässlern, die mit dem Ausmisten ihrer Gehege beauftragt waren, Angst und Schrecken.

Immer wenn Erin davon hörte, erinnerte sie sich an die Szene, die sie von dem Mauervorsprung in der Steilwand beobachtet hatte.

Wenn die Zähne dieser Tiere sogar die Schuppenhaut eines

Toudas zerreißen konnten, durch die kein Messer drang, dann mussten sie durch den weichen Körper eines Menschen wie durch Butter fahren.

»Habt ihr verstanden? Bis ihr einmal in der obersten Klasse seid und genügend Wissen und Erfahrung gesammelt habt, dürft ihr euch auf keinen Fall den Ohjus nähern. Klar?«

Während der Lehrer das sagte, zog er gelassen eine kleine Flöte aus der Tasche.

Erin riss erschrocken die Augen auf. Diese Flöte glich der tonlosen Flöte, die ihre Mutter besessen hatte, aufs Haar.

»Das hier ist die tonlose Flöte. Es ist kein Ton zu hören, wenn man sie bläst, aber die Ohjus erstarren augenblicklich. Die Schüler der obersten Klasse, die mit der Pflege der Ohjus betraut sind, tragen sie immer bei sich und blasen hinein, wenn es nötig ist. Diese Flöte ist das einzige Mittel, mit dem man die Ohjus beherrschen kann. Merkt euch das gut.«

Einer der Schüler hob die Hand und stellte eine Frage: »Über welche Entfernung wirkt die Macht dieser Flöte?«

»Nun, etwa zehn Schritte weit.«

Erin nahm die Stimme des Lehrers nur noch entfernt wahr. Sie hätte nicht im Traum daran gedacht, dass die Ohjus genauso wie die Toudas durch die tonlose Flöte kontrolliert werden konnten. Und während die Worte des Lehrers in ihr nachklangen, legte sich ein Schatten über ihre Seele.

Etwa zwei Wochen nach ihrer Ankunft in der Akademie erlebte Erin das erste Mal, wie die tonlose Flöte in der Praxis angewendet wurde.

An diesem Tag war morgens schönes Wetter gewesen, aber kurz nach Mittag zogen plötzlich dunkle Wolken auf, und ein heftiger Wind begann zu wehen.

Als Erin und die anderen Erstklässler das Strohbett der

Ohjus herrichteten, kamen die großen Jungen hereingestürmt und riefen, sie sollten sich beeilen.

»Ein Gewitter kommt auf! Die Ohjus müssen in den Stall, schnell, schnell!«

Wenn ein Gewitter drohte, wurden die Ohjus für gewöhnlich wieder in die steinernen Vertiefungen gebracht, die als Gehege dienten.

Die Erstklässler richteten nun eilig die Strohlager her. Als sie gerade aus dem Stall nach draußen wollten, hielt sie ein Junge zurück.

»Wartet, ihr könnt jetzt nicht nach draußen! Einer der Ohjus ist direkt vor dem Stall und kommt hierher!« Er sah einen Mitschüler fragend an. »Soll ich die Flöte blasen?«

Der andere nickte. »Das ist eine Notsituation. Tu es.«

Der Junge, der die jüngeren Kinder zurückgehalten hatte, setzte die Flöte an die Lippen und blies kräftig hinein.

Es war kein Ton zu hören, aber Erin sah durch das Fenster, wie der Ohju, der sich dem Stall genähert hatte, wie von einer unsichtbaren Mauer gestoppt plötzlich erstarrte und auf die Seite fiel. Und auch als er zu Boden stürzte, blieb er unbeweglich wie ein Stein liegen.

Blitze zuckten über den Himmel und ließen den Körper des Ohjus weiß aufleuchten. Dann setzte heftiger Regen ein. Die Tropfen prasselten auf den Körper des Ohjus, und im Nu war er völlig durchnässt. Trotzdem bewegte das Tier sich keinen Millimeter.

Erin bekam eine Gänsehaut. Diese Szene war allzu trist. Sie hatte zwar unzählige Male gesehen, wie die Toudas erstarrten, wenn ihre Mutter die tonlose Flöte geblasen hatte, aber damals hatte sie nie dieses Gefühl von eisiger Kälte gespürt wie jetzt.

Diese Flöte tötet die Ohjus, schoss es ihr durch den Kopf.

Tatsächlich war es so, dass ein Ohju, der die tonlose Flöte gehört hatte, für zehn Minuten gelähmt war. Die Schüler, die inzwischen hinter den Zaun des Geheges geflüchtet waren, beobachteten, wie der Körper des Ohjus sich danach wieder zu bewegen begann und wie das Tier langsam aufstand und in den Stall trottete. Doch in Erins Gedanken hatte sich das Bild von dem wie zu Stein erstarrt auf der Wiese liegenden Ohju, auf den der Regen prasselte, unauslöschlich eingebrannt.

Eines Tages, als der Sommer sich allmählich ankündigte, saß Erin in der Nähe des Zauns und beobachtete die Ohjus. Immer noch hallten die Worte in ihr wider, die ihr damals in den Sinn gekommen waren.

Jetzt wusste Erin, warum sie dieses komische Gefühl gehabt hatte, wenn sie die Ohjus hier betrachtete. Das Gefieder der Tiere wirkte stumpf. Das strahlend glänzende Kleid der wilden Ohjus, das die Morgensonne reflektierte – es war so schön gewesen, dass ihr bei dem Anblick der Atem gestockt hatte, und genau dieser Glanz fehlte den Ohjus, die hier lebten.

Vielleicht lag es daran, dass die Ohjus hier verletzte und kranke Tiere waren. Oder veränderten die Tiere sich so, wenn sie von Menschen gehalten wurden?

Die Ohjus, die von klein auf von Menschen in Gefangenschaft gehalten wurden, konnten nicht fliegen, wie Erin von den Lehrern erfahren hatte.

Wenn sie an die mit kräftigen Flügelschlägen am Himmel fliegenden Ohjus dachte und dagegen die Tiere hier auf der Wiese betrachtete, hatte sie das Gefühl, als bliese ein trockener, kalter Wind durch sie hindurch. Und die Worte ihrer Mutter fielen ihr wieder ein, nachdem diese die tonlose Flöte ins Feuer geworfen hatte.

»Ich habe mich immer gerne um die Toudas gekümmert. Diese Flöte hingegen habe ich immer gehasst. Ich habe es gehasst zu sehen, wie die Toudas erstarren, sobald diese Flöte geblasen wird. Wilde Tiere, die von den Menschen gezwungen werden zu gehorchen, sind etwas Trauriges. In der Wildnis sind sie stolze Wesen, im Leben wie im Tod. Aber wenn sie von Menschen in Gefangenschaft gehalten werden, werden sie immer schwächer. Das mit anzusehen war hart für mich …«

Erin sah das vom Feuer beschienene Gesicht ihrer Mutter vor sich und hörte ihre leise Stimme in der Erinnerung. Sie war so in Gedanken versunken, dass sie nicht bemerkte, dass jemand auf sie zukam.

»Du beobachtest die Ohjus?«

Erin wandte sich erschrocken um, als sie Esarus Stimme vernahm. Esaru trat an Erins Seite und sah zu den Tieren auf der Wiese.

»Du bist oft hier und schaust den Ohjus zu. Magst du diese Tiere?«

»Ja …«

Esaru sah Erin in die Augen. »Dafür schaust du aber düster drein.«

Erin wusste nicht, was sie darauf sagen sollte, also schwieg sie, und sie erinnerte sich plötzlich an Jouns Worte, dass die Direktorin, die da vor ihr stand, genauso wie sie von den Ohjus besessen sei.

Und schon sprudelte es aus Erin heraus: »Mir tun die Ohjus leid, die von Menschen in Gefangenschaft gehalten werden.«

Esaru hob erstaunt die Augenbrauen. »Warum denkst du das?«

Erin wich Esarus Blick aus und sah zu den Ohjus.

»Ich habe einmal wilde Ohjus beobachtet. Diese Ohjus hatten nicht so stumpfes Fell wie die hier. Sie flogen mit kraftvollen Flügeln über den Himmel, und ihre Federn haben im Sonnenlicht silbern geglänzt.«

Esaru riss überrascht die Augen auf. »Was sagst du da? Du hast schon einmal wilde Ohjus gesehen?«

»Ja …«

»Wo denn?«, wollte Esaru wissen, und Erin spürte einen dicken Kloß im Hals.

»In den Kasho-Bergen. An der Steilwand einer Schlucht in den Kasho-Bergen gibt es ein Nest.«

Esaru runzelte die Stirn. »In den Kasho-Bergen? Was hattest du denn in einer solch abgelegenen Gegend zu suchen?«

»Es war wegen der Bienen. Joun hatte eine Hütte dort in den Bergen, und wir haben immer den Sommer dort verbracht.«

»Ah …« Esaru atmete erleichtert auf. »So ist das also. Die Imker folgen den Bienen im Sommer in die Berge, wo es blüht, nicht wahr?«

»Ist denn etwas Schlimmes daran, dass ich wilde Ohjus gesehen habe?«

Esaru schüttelte den Kopf. »Um Gottes willen, nein. Ich finde nur, dass das absolutes Glück ist. Wilde Ohjus bekommt man nur äußerst selten zu Gesicht. Es gibt, glaube ich, kaum jemanden, der jemals außerhalb des Ohju-Heilerzentrums wild lebende Ohjus zu Gesicht bekommen hat. Ich selbst bin schon überall in den Bergen herumgeklettert, weil ich auch so gerne einmal wilde Ohjus sehen möchte. Aber ich habe noch nie welche gefunden. Ich habe auch schon die Ohju-Fänger gebeten, mir die Plätze zu zeigen, an denen wilde Ohjus leben, aber für die Fänger sind diese Orte wie Goldgruben, die sie streng geheim halten, deshalb wollten sie es mir nicht verraten.« Esaru wandte den Blick zu den Ohjus auf der Wiese.

»Du sagst also, das Fell der Tiere hier ist ganz anders als das der wilden Ohjus?«

»Ja. Das der wilden Ohjus schillert in ganz vielen Farben, je nachdem wie das Licht darauf scheint. In der Morgensonne zeigt es andere Farben als mittags. Aber das Gefieder der Ohjus hier hat immer dieselbe Farbe. Als ob dem Federkleid dieser Tiere etwas fehlen würde, das es zum Glänzen bringt.«

Esaru schwieg eine Weile, als würde sie darüber nachdenken, was Erin ihr da erzählte, und ließ den Blick nicht von den Ohjus. Dann streckte sie die Hand aus und deutete der Reihe nach auf jeden einzelnen der Ohjus.

»Naku, die da ganz links an der Seite gerade mit den Flügeln schlägt, hat einen schwachen Darm und kann kein normales Futter fressen. Und Tosaku neben ihr hat einen Tumor im Dickdarm und wird wahrscheinlich nur noch wenige Monate zu leben haben. Sattoku an der rechten Seite hat eine Krankheit, die Krallen und Zähne weich werden lässt.« Esaru drehte sich zu Erin um. »Dass die Federn dieser Tiere nicht glänzen, liegt vielleicht daran, dass sie krank sind … Aber vielleicht ist es nicht das allein.« Esaru dachte einen Moment nach, während sie Erin nicht aus den Augen ließ, und sagte endlich mit leiser Stimme: »Denkst du, wenn du die Tiere hier weiter genau beobachtest, könntest du noch weitere Unterschiede zu den wilden Ohjus herausfinden?«

Erin sah Esaru erstaunt an. »Ich weiß nicht … Das kann ich erst beantworten, wenn ich es ausprobiert habe.«

Ein Lächeln glitt über Esarus Miene. »Ja, da hast du recht. Dann lass mich die Frage anders formulieren. Hättest du Lust, nach weiteren Unterschieden zwischen den Ohjus hier und den wild lebenden, die du gesehen hast zu suchen?«

Erin spürte, wie ihr Puls sich beschleunigte.

»Ja!«

Esaru nickte und zog das Kinn hoch. »Dann komm mit.«

Esaru ging rasch in Richtung des Ohju-Stalls.

Erin dachte, sie wollte in den Stall hinein, aber Esaru ging am Eingang vorbei auf die Rückseite des Stalls und steuerte den kleinen Mischwald dahinter an.

Als sie zwischen den Bäumen hindurchgingen, an denen dunkelgrüne Blätter raschelten, tauchte vor ihnen ein Ohju-Stall auf, von dem Erin noch nichts wusste.

Ein kräftiger junger Mann kam gerade aus dem Stall. Er schleppte einen Bottich und einen Mistkübel. Als er Esaru bemerkte, verbeugte er sich tief.

Esaru sah erst einmal in den Bottich. »Er hat fast nichts getrunken, hm?«

Der junge Mann nickte mit düsterer Miene. »Ja. Ich habe ihm Heilwasser angeboten, wie Sie es mir gesagt haben, aber er hat nicht einen Schluck davon genommen.«

Heilwasser …?, fragte Erin sich. Ob es dieselbe Flüssigkeit war, die ihre Mutter den Toudas zu trinken gegeben hatte? Oder wurde einfach jedes Wasser, das mit Vitaminen versetzt war und den Tieren zur Heilung gegeben wurde, als Heilwasser bezeichnet?

Sie stellte sich unauffällig auf die Zehenspitzen, um einen Blick in den Bottich zu erhaschen, doch gerade als es ihr fast gelungen war, drehte Esaru sich zu ihr um.

»Möchtest du es sehen?«

Erin wurde rot im Gesicht. »Ja …«

»Dann sieh es dir ruhig an.«

Erin trat näher heran und sah sich die Flüssigkeit in dem Bottich an. Von der Farbe her ähnelte es dem Touda-Heilwasser sehr. Da stieg ihr plötzlich der Geruch von Heilkräutern in die Nase … Es bestand kein Zweifel. Es war exakt derselbe Geruch, wie sie ihn vom Touda-Heilwasser kannte.

Esaru betrachtete schweigend Erins Gesichtsausdruck und fragte dann leise: »Weißt du, was da drin ist?«

Erin zögerte einen Moment. Wenn sie darauf antwortete, würde sie von ihrer Mutter erzählen müssen.

Aber in dem Augenblick, als sie den Kopf hob und Esarus Blick sah, wurde ihr klar, dass Esaru bereits wusste, dass ihre Mutter von den Touda-Leuten stammte. Joun hatte es ihr wohl erzählt.

Erin erwiderte mit klarer Stimme: »Eine Mischung aus dem Wurzelsud von Atsune- und Rakaru-Blättern und dem Sekret von Togera-Käfern. Wenn es dasselbe Heilwasser ist, das die Toudas bekommen, dann ist in diesem hier aber mehr von dem Rakaru-Sud drin, denke ich.«

Der Junge, der den Bottich hielt, riss die Augen auf.

Esaru nickte. »Du hast recht. Wir haben es mit einer größeren Menge des Rakura-Suds versucht, weil dieses Kraut den Appetit anregt. Aber es hat nicht funktioniert.« Dann sah sie den Jungen an. »Danke für deine Mühe. Du kannst jetzt gehen. Den Mistkübel kannst du hierlassen.«

»Gut.«

Der Junge starrte Erin neugierig an, aber nachdem er den Mistkübel abgestellt hatte, verbeugte er sich und ging.

Esaru kniete sich auf den Boden und nahm einen Spachtel, der an der Seite des Kübels hing, um damit im Mist herumzustochern. Erin kauerte sich neben sie und beobachtete Esaru dabei.

Esaru schwieg eine Weile und untersuchte den Mist gründlich, dann endlich sah sie Erin an.

»Fällt dir etwas auf, wenn du dir diesen Mist ansiehst?«

»Die Farbe ist nicht so kräftig wie beim Mist der anderen Ohjus. Es sind auch keine Reste von Kräuterstängeln darin, und er sieht sehr weich aus. Wenn das der ganze Mist eines

Tieres von einem Tag ist, dann ist es ziemlich wenig. Und dann fällt mir noch auf, dass vergleichsweise viele Fellhaare darin sind.«

Esaru kniff die Augen zusammen.

»Du hast dir den Mist der Ohjus genau angesehen, wenn du die Ställe ausgemistet hast, nicht wahr?«

Erin blinzelte verwirrt. Sie wusste nicht, warum Esaru sie so etwas fragte.

»Ja. Ich dachte, zu diesem Zweck sollen wir den Mist sammeln ...«

»Aber die Lehrer haben euch doch nur gesagt, dass ihr den Mist sammeln und die Ställe sauber machen sollt, oder?«

Das stimmte, niemand hatte ihr gesagt, dass sie den Mist untersuchen sollte, und von den anderen Erstklässlern tat das auch niemand.

Ein Lächeln glitt über Esarus Gesicht.

»Weißt du, wenn die Erstklässler aufhören dürfen, den Mist zu sammeln, gibt es einen Test. Dabei werden sie über die Beschaffenheit des Mistes jedes einzelnen Tieres befragt. Die meisten Schüler sind völlig entsetzt über diese Frage und dass im Mist etwas Wichtiges verborgen sein soll. Das Entsetzen darüber, dass sie das nicht selbst bemerkt haben, ist eine gute Erfahrung.«

»Ach, wirklich?«

Erin hatte von klein auf beobachtet, wie ihre Mutter jeden Morgen, wenn sie zu den Touda-Gehegen ging und Erin mitnahm, sich zuerst den Kot der Tiere ansah. Sie hatte ihr erklärt, wie man aus seiner Beschaffenheit auf den gesundheitlichen Zustand eines Tieres schließen konnte.

Alles was sie hier in der Schule lernte, war wohl auf irgendeine Weise immer mit der Erinnerung an ihre Mutter verbunden. So trat Erin allmählich in ihre die Fußstapfen.

Esaru musterte Erin und sagte leise: »Deine Mutter war aus dem Touda-Volk, nicht wahr?«

Erin sah sie an. »Ja.«

»Und deine Mutter hat dir alles beigebracht, um dich zu einer von den Touda-Leuten zu machen, oder?«

Erin schüttelte den Kopf. »Das weiß ich nicht. Sie hat jedenfalls nie etwas davon gesagt.« Als Erin Esarus Gesichtsausdruck sah, wurde es ihr mit diesen Fragen, die ihr tiefstes Inneres berührten und sie zwangen, den Mantel des Schweigens von ihrer Vergangenheit wegzureißen, plötzlich zu viel.

»Meine Mutter gehörte zum Touda-Volk, das stimmt«, stieß sie aus, »aber ich war erst zehn Jahre alt, als wir getrennt wurden. Wir wurden auseinandergerissen, bevor ich erfahren konnte, was für Wesen die Toudas genau sind und welche Bedeutung die Arbeit meiner Mutter eigentlich hatte.

Ich erinnere mich an das, was meine Mutter getan hat, weil ich von klein auf immer mit dabei war, und meine Mutter hat alle meine Fragen freundlich beantwortet, deshalb weiß ich auch, woraus das Heilwasser besteht. Aber darüber hinaus weiß ich eigentlich nichts. Ich hasse die Menschen, die meine Mutter hingerichtet haben, ich empfinde keine Loyalität für sie.«

Esaru hielt dem zornigen Blick, mit dem Erin sie ansah, stand. Dann sagte sie mit ruhiger Stimme: »Versteh mich nicht falsch. Ich habe von den Umständen gehört, unter denen Joun dich gefunden hat, aber ich habe keinerlei Vorurteile dir gegenüber, nur weil du ein Mädchen aus dem Touda-Volk bist.«

»Aber dann …«

Esaru unterbrach Erin: »Es hat einen anderen Grund, warum ich dich über die Toudas und die Ohjus ausgefragt habe. Aber darüber möchte ich jetzt noch nicht mit dir sprechen. Momentan geht es mir um etwas anderes.«

Erin runzelte die Stirn und sah Esaru an. Sie hasste solche vagen Andeutungen.

Esaru sagte mit ernster Miene: »Die Toudas und die Ohjus sind keine gewöhnlichen Tiere. Sie stehen in Verbindung mit dem Herz dieses Landes, man könnte sagen, es sind Tiere der Politik. Alle, die in Zukunft eng mit ihnen zu tun haben, haben unumgänglich auch etwas mit dem Geschick dieses Landes zu tun, ob sie wollen oder nicht.

Und zur Politik gehören Geheimnisse. Wer da ungeschickt etwas über seine Absichten offenbart, kann damit Dinge auslösen, die er nicht beabsichtigt hat.«

»Aber damit habe ich doch nichts zu tun!«

Esaru sah Erin direkt in die Augen und erwiderte: »Nicht? Dann wollen wir es mal hoffen.«

Irgendetwas wollte Esaru ihr damit sagen. Erin starrte die Direktorin böse an, aber diese reagierte nicht darauf, sondern stand auf und klopfte sich den Schmutz von den Knien.

»Jetzt komm mit! Sprich bitte nicht, bis ich es dir erlaube, und versuche so leise wie möglich aufzutreten!«

Esaru nahm eine Arzttasche aus einem Schrank an der Seite des Ohju-Stalls und ging hinein. Erin folgte ihr und erschrak, als sie durch die Stalltür trat. Drinnen war es stockdunkel.

Die Ohju-Ställe, in denen Erin jeden Tag sauber machte, hatten Klappfenster an der Decke, und wenn es nicht gerade heftig regnete oder stürmte, waren diese Fenster immer geöffnet, auch nachts.

Hier aber waren die Fenster geschlossen, und außer dem Licht, das durch die geöffnete Tür kam, drang kein Lichtstrahl herein.

In dieser Finsternis stieg Erin der Geruch von wilden Tieren in die Nase. Als ihre Augen sich an die Dunkelheit gewöhnt hatten, erkannte sie allmählich, dass hinter einem Gitter, das wie in einer Gefängniszelle bis zur Decke reichte, etwas war. Sie konnte nur einen Schattenumriss erkennen, aber das Tier dort war auf jeden Fall kleiner als die Ohjus, die sie kannte.

Es sah aus, als würde der Ohju den Kopf heben, weil es die Anwesenheit der Menschen bemerkt hatte. In der Dunkelheit blitzten gelbe Augen auf.

Riran

Esaru ging zur Stallwand.

Mit einem quietschenden Geräusch öffnete sie die Fensterluke ein kleines Stück, und ein heller Sonnenstrahl fiel herein.

In dem Augenblick, als das Licht das Innere des Geheges erreichte, war ein eigenartiger Ton zu hören, der klang, als würde ein Säugling jammern. Von der anderen Seite des Gitters, wo sich das Tier zusammengekauert hatte, war ein furchtsames Wimmern zu vernehmen, und das Tier begann, mit seinen kleinen Flügeln zu flattern. Seine rechte Schulter hing eigenartig nach unten, und der rechte Flügel schien nicht so beweglich zu sein wie der linke.

Ein Jungtier, schoss es Erin durch den Kopf.

Es war ein Küken, so jung, dass es eigentlich noch im Schutz des Gefieders seiner Mutter hätte leben müssen. Als es sich in Panik aufbäumte, rutschte die Decke herunter, die auf seinem Rücken lag. Erin hielt sich unwillkürlich die Ohren zu, so schrill und schmerzverzerrt klang das Schreien des jungen Ohjus.

Esaru war neben Erin getreten, hob nun die tonlose Flöte an die Lippen und blies vorsichtig hinein.

Augenblicklich verharrte das Jungtier. Die Flügel waren noch immer halb erhoben, und der starre Blick aus gelben Augen blieb wie versteinert an ihnen haften.

Esaru reichte Erin die Flöte und murmelte: »Blas hinein, wenn sich die Versteinerung lösen sollte, solange ich drin bin.«

Dann nahm sie den Arztkoffer, öffnete das Tor an einer Seite des Gitters und betrat das Gehege.

Sie betrachtete zunächst eingehend den gesamten Körper des Tiers. Auch wenn es ein Jungtier war, überragte es sie doch schon. Esaru stellte sich auf die Zehenspitzen und begann, die rechte Schulter zu untersuchen, da, wo der Flügel angewachsen war. Offenbar war es dort verwundet. Man erkannte, dass das Fell an der Stelle bräunlich verfärbt war.

Esaru öffnete den Arztkoffer und zog eine große Schere hervor, deren Griffe sie beidhändig zusammendrückte und die Federn um die Wunde herum stutzte. Dann nahm sie ein Töpfchen mit Desinfektionsmittel und benetzte die Wunde.

Würde sich die Erstarrung jetzt lösen, hätte Esaru keine Chance zu fliehen und würde sicher von dem Jungtier getötet werden. Erin hielt die Flöte an ihre Lippen, um jederzeit hineinblasen zu können. Sie beobachtete mit angehaltenem Atem, wie Esaru diesen Teil der Behandlung abschloss.

Außer an der Schulter, die Esaru gerade versorgt hatte, gab es auch an Bauch und Brust kahle Stellen.

Das Kleine fügt sich diese Verletzungen selbst zu …!, sagte sich Erin. Sie wusste, dass Pferde dazu neigten, am eigenen Körper herumzubeißen, wenn es ihnen nicht gut ging und sie nicht ausgelastet waren. Bestimmt hatte dieses Ohju dasselbe getan. Deshalb war sein Kot auch mit so vielen Fellhaaren versetzt gewesen.

Esaru beendete die Behandlung rasch und legte die große Decke vorsichtig wieder über den Körper des Jungtiers. Sie tat das mit einer Zärtlichkeit, die Erin ihr gar nicht zugetraut hätte, so rau wie sie sich sonst immer gab.

Anschließend schlüpfte Esaru wieder durch die Käfigtür nach draußen. Dann schloss sie die Fensterluke.

Sie schob Erin vor sich her, und gemeinsam traten sie aus dem dunklen Ohju-Stall nach draußen.

Während sie den Arztkoffer aufräumte, fragte Erin sie: »Ist das Jungtier so verängstigt, weil es verletzt ist?«

Esaru schloss die Tür der Aufbewahrungskammer. »Weißt du, was vor einem Monat beim Bankett anlässlich der Geburtstagsfeier der Yoje geschehen ist?«

»Nein.«

»Ach ja, ich vergaß. Bis in die gottverlassene Einöde, in der Joun lebte, hat sich das wohl nicht herumgesprochen.«

Während sie die Hände an der Schürze abwischte, wandte sie sich zu Erin um.

»Bei ihrem Geburtstagsbankett wurde ein Attentat auf die Yoje verübt.«

»Was …?« Erin konnte die Worte »Attentat« und »Yoje« in keinen rechten Zusammenhang bringen und wusste nicht, was sie sagen sollte.

Konnte es wirklich jemanden geben, der eine Gottheit töten wollte? Warum sollte jemand auf so eine Idee kommen …?

Ein bitteres Lächeln huschte über Esarus Miene, als sie sah, wie verwirrt Erin war.

»Joun hat dir also gar nichts darüber erzählt?«

»Nein.«

»Verstehe. Dann hat er der Welt wohl wirklich ernsthaft den Rücken gekehrt und wollte auch mit dir gar nicht erst von solchen faulen Dingen aus den Kreisen der hiesigen Gesellschaft sprechen.« Esaru seufzte. »Aber weißt du, jetzt, wo du hier im Ohju-Heilerzentrum bist, solltest du dich über aktuelle Geschehnisse auf dem Laufenden halten. Die Lehrer werden dir die Details zu gegebener Zeit sicher mitteilen, deshalb will ich jetzt nicht zu sehr darauf eingehen. Lass es mich so sagen: Der Yoje wird schon seit längerer Zeit nach dem Leben getrachtet.«

»Von wem?«

Esarus Lächeln wurde noch bitterer. »Du musst verstehen, dass ich aus bestimmten Gründen nur ungern darüber spreche. Aber gut, was bleibt mir anderes übrig.

Es gibt eine Gruppierung namens ›Sai to Gamuru‹, die der Yoje ihren Herrschaftsanspruch streitig machen will. Ihre Mitglieder streben danach, den Aruhan als König dieses Landes einzusetzen.«

Erin bekam eine Gänsehaut.

Als sie im Dorf der Touda-Leute lebte, hatte sie gehört, wie darüber gesprochen wurde, dass sie, das Volk des Aruhan, den Leuten aus dem Land der Yoje weit überlegen waren.

Die Unzufriedenheit und Feindschaft in den Herzen der Dorfbewohner gegenüber der Yoje und ihrem Reich war so auch Erin in Fleisch und Blut übergegangen. Deshalb wusste sie natürlich, dass Wajaku und Horon, die Bewohner der Gebiete der Yoje, einander feindlich gesinnt waren. Doch bisher war sie davon ausgegangen, dass das nur das Verhältnis der Bewohner der beiden Gebiete untereinander betraf. Dass es wirklich jemanden geben sollte, der die Yoje töten und den Aruhan zum König machen wollte …!

Wenn tatsächlich eine solche Feindschaft zwischen den beiden Reichen herrschte, war es nicht gerade günstig für Erin, dass sie als Tochter aus dem für die Kampfschlangen des Aruhan verantwortlichen Touda-Volk sich hier befand, wo die Ohjus gepflegt wurden, die als Symbole der Yoje galten.

Doch warum bemühte Esaru sich dann so, sie hier zu integrieren?

Esaru musterte Erins Miene genau. Dann fing sie leise zu sprechen an.

»Ich kann mir ungefähr vorstellen, was dich gerade beschäftigt, aber wie ich vorhin schon gesagt habe, empfinde ich weder Feindschaft noch Misstrauen dir gegenüber, nur weil du aus dem Touda-Volk stammst. Dennoch ist es wahrscheinlich besser, wenn du niemandem davon erzählst – auch Yuuyan nicht.«

Erin erwiderte nichts, und Esaru fügte hinzu: »Mit der Zeit wirst du verstehen, was in diesem Land vor sich geht. Bis du die Lage vollkommen begriffen hast und dir selbst ein Urteil bilden kannst, solltest du besser nichts sagen. Hast du verstanden?«

Esaru hatte recht. Es wäre falsch gewesen, sich zu erkennen zu geben, solange sie keine Ahnung hatte.

»Ja, das habe ich«, antwortete Erin, und Esaru nickte.

»Gut. Dann lassen wir das Thema jetzt ruhen und sprechen über Riran.«

»Riran?«

»Ach, verzeih. Riran ist der Name dieses Jungtiers.« Esaru deutete mit dem Blick in Richtung des Ohju-Stalls. »Riran wurde der Yoje von ihrem Neffen zum Geburtstag geschenkt. Als während des Banketts im Palastgarten die tonlose Flöte geblasen wurde und Riran erstarrte, kam aus einem Baum hinter ihm ein Pfeil geflogen, der die Yoje treffen sollte, und hat Riran die Schulter zerfetzt.«

In Erins Herzen breitete sich Kälte aus. Vor ihrem inneren Auge sah sie die beschriebene Szene. Ein erstarrtes Ohju-Junges im gleißenden Sonnenlicht. Der Geborgenheit seiner Mutter entrissen, fand es sich plötzlich vor eine große Menge Menschen wieder.

Wie musste es sich gefühlt haben? Es war sicher völlig verängstigt gewesen, wusste nicht, was da gerade mit ihm geschah, und hatte Sehnsucht nach seiner Mutter. Bestimmt hatte es nach ihr gerufen.

Inmitten all dieser Angst war es dann auch noch hinterrücks von einem Pfeil an der Schulter verletzt worden …

»Was ist mit dir? Weinst du etwa?«

Esaru blickte Erin erschrocken ins Gesicht.

Erin wandte sich ab. Sie war plötzlich so ergriffen, dass sie nicht wusste, wie sie damit umgehen sollte. Nur zu gut erinnerte sie sich daran, wie es sich anfühlte, sich nur noch in der Dunkelheit verkriechen zu wollen und wie ein Baby aus Angst und Verzweiflung zu weinen. Diese Panik, wenn man plötzlich von seiner Mutter getrennt wird. Die verwirrenden Gedanken, die einen überfielen, wenn man sich in eine endlos erscheinende Dunkelheit versetzt fühlte und weder ein noch aus wusste.

In dieser Finsternis fügte sich das Kleine vermutlich gerade wieder selbst Verletzungen zu. Es wusste keinen anderen Ausweg, als sich wieder und wieder Schmerzen zuzufügen, wenn die Verzweiflung es überkam.

»Erin …«

Erin hob den Blick, als Esaru sie an der Schulter packte.

»Reiß dich zusammen! Was ist denn nur?«

Erin wischte sich die Tränen vom Gesicht.

»Nichts. Mir tut dieser kleine Ohju nur so leid …«

Esaru sah sie erstaunt an.

»Natürlich ist das Kleine zu bemitleiden … Aber es ist nicht gut, wenn du dich da so hineinsteigerst. Du brauchst einen gewissen Abstand und musst einen klaren Kopf bewahren, sonst verlierst du deine Urteilskraft«, sagte die Direktorin und seufzte. »Ich habe dich für ein bedachtes Mädchen gehalten, aber offenbar hast du auch eine sehr emotionale Seite. Eigentlich wollte ich dich bitten, Riran zu beobachten, doch das scheint mir nun keine so gute Idee zu sein.«

Erin war erschüttert. Sowohl Esaru als auch der Junge, der sich um das Jungtier kümmerte, sahen doch, wie es um das Kleine bestellt war. Wie konnten sie da nur so distanziert und kühl bleiben? Wie konnten sie die Augen davor verschließen, welch große Angst es ausgestanden haben musste, als es einfach von seiner Mutter getrennt wurde und nun ganz allein war?

Erin schloss die Augen und atmete tief durch. Dann sagte mit leiser Stimme: »Frau Direktorin?«

»Ja?«

»Ich glaube nicht, dass man nur dann ein richtiges Urteil treffen kann, wenn man rational bleibt.«

Esaru verzog verwundert das Gesicht. »Wie bitte?«

»Ich meine, dass es auch Dinge gibt, die man nicht mehr wahrnimmt, wenn man sie mit Abstand betrachtet.«

Esaru versank in Schweigen. Für eine Weile betrachtete sie Erin, die sie mit geröteten Augen ansah. Dann erhob sie wieder die Stimme.

»Also gut. Mag sein, dass du damit in gewissem Sinne recht hast, aber es steht noch mal auf einem völlig anderen Blatt, ob man das auch umsetzen kann. Willst du etwa behaupten, dass du es fertigbringst, einerseits mitfühlend zu sein und andererseits den nötigen Abstand zu bewahren, um genau zu beobachten?«

Erin rieb sich die Augen. »Ich weiß es nicht. Aber ich möchte es gern versuchen.«

Esaru zuckte mit den Achseln. »Also gut, dann versuche es. Aber uns bleibt nicht viel Zeit! Du musst dir also wirklich Mühe geben!«

»Nicht viel Zeit …?«

»Seit Riran diese Verletzung an der Schulter hat, frisst er nichts mehr.«

Seit das Tier an der Schulter verletzt wurde? Dann hatte es also seit einem Monat nichts mehr zu sich genommen?

»Ohjus können einen ziemlich großen Zeitraum ohne Futter unbeschadet überstehen. Aber Riran ist noch jung. Es wäre zumindest gut, wenn wir ihn dazu bringen könnten, das Heilwasser zu trinken.«

In dem Augenblick, als sie das Wort »Heilwasser« hörte, durchzuckte Erin ein unangenehmer Schauer. Während sie noch überlegte, woher dieses Gefühl kommen mochte, hatte sie plötzlich die Worte ihrer Mutter im Ohr.

»Wenn man ihnen Heilwasser gibt, werden die Kibas stärker und auch stämmiger als wild lebende Toudas. Aber in einem Punkt verlieren sie an Kraft.«

Erin hob den Kopf und blickte Esaru an.

»Frau Direktorin, ich habe eine Bitte«, sagte sie.

»Welche denn?«

»Ich möchte Riran auf meine eigene Art beobachten. Erlauben Sie mir das?«

»Was meinst du damit?«

»Ein Monat wäre genug. Bitte befreien Sie mich für diese Zeit vom Unterricht, den Übungen und Arbeitsaufgaben. Selbstverständlich werde ich die anderen Schüler für die Mehrarbeit entschädigen, die sie meinetwegen haben. Und ich werde den Lehrstoff und die Übungen allesamt nachholen. Bitte erlauben Sie mir wenigstens für einen Monat, mich voll und ganz auf Riran zu konzentrieren!«

Esaru zog die Augenbrauen nach oben. »Und wie soll das konkret aussehen? Was hast du vor?«

»Ich will rund um die Uhr hier sein. Ich werde bei ihm schlafen und meine Mahlzeiten hier einnehmen … Er soll sich zunächst an meinen Geruch gewöhnen. Was ich dann als Nächstes mache, werde ich sehen, wenn es so weit ist. Und dann …« Erin ballte die Hände zu Fäusten und sah Esaru direkt in die Augen. »Wenn ich es wirklich schaffen sollte, dass Riran wieder Fleisch oder Fisch zu sich nimmt wie ein normales Jungtier in freier Wildbahn, dann möchte ich mich auch in Zukunft um ihn kümmern dürfen.«

Ihre Knie begannen vor Aufregung zu zittern.

»Wenn Riran durch meine Pflege wieder gesund wird, bedeutet das ja, dass mein Weg der richtige war, nicht wahr? Ich bitte Sie, mir meinen Wunsch dann zu erfüllen.«

Esaru strich sich die Haare aus dem Gesicht, die ihr vor die Stirn gefallen waren, und schlug einen kühlen Tonfall an.

»Ich verstehe, dass dir dieses Jungtier sehr am Herzen liegt, aber eins darfst du nicht vergessen. Ohjus gewöhnen sich niemals an Menschen. Sosehr du dich auch um es bemühst, es wird niemals zahm werden. Da wird es auch bei dir keine Ausnahme machen. Wenn du nicht die nötige Vorsicht walten und dich von einer naiven Vorstellung leiten lässt, wie man mit diesen Tieren umgehen kann, wird es dich mit seinen scharfen Zähnen töten.«

Erin musste daran denken, wie sie von der Biene gestochen worden war. Esaru hatte wohl recht. Ein Ohju würde ihre Gefühle niemals erwidern, auch wenn sie Mitgefühl für es zeigte. Nicht einmal, wenn sie sich selbst für das Tier aufopferte.

»Ich weiß. Aber ich möchte es trotzdem gern versuchen.«

Esaru wirkte immer noch reserviert.

»Dass die Pflege der Ohjus lebensgefährlich ist, liegt nicht nur daran, dass man jederzeit totgebissen werden könnte. Begeht man auch nur einen Fehler, wird uns das als Verletzung der Loyalität der Yoje gegenüber ausgelegt, und möglicherweise landet man im Kerker. Aus diesem Grund erhalten nicht einmal die besten Schüler vollkommen freie Hand. Im schlimmsten Fall bin ich es, die die Verantwortung zu tragen hat. Sie tun nur das, was ich ihnen auftrage.

Weißt du überhaupt, wie anmaßend deine Bitte ist?

Du behauptest, besser für das Ohju-Junge sorgen zu können als ich, die das seit vierzig Jahren studiert und seit dreißig Jahren Erfahrung im Umgang mit den Ohjus hat.«

Erins Herzschlag beschleunigte sich, doch ihre Miene blieb regungslos. Ihre Lippen bebten, und sie blickte zu Boden.

Esaru fuhr leise fort: »Du bist ein kluges Kind, keine Frage. Deine Mutter in ihrer Eigenschaft als Touda-Hüterin hat dein Talent durch ihre Erziehung sicher noch gestärkt, und dann war da noch Joun, den ich als hervorragenden Lehrmeister schätze. Kein Wunder, dass du das Gefühl hast, Dinge vollbringen zu können, die kein anderer vermag. Ich selbst erinnere mich gut an dieses Gefühl. Und ich halte es für eine gute Erfahrung für dich, wenn dir möglichst rasch klar wird, dass du auch keine größeren Fähigkeiten besitzt als die anderen.« Esaru seufzte. »Also gut, ich erlaube dir, dich einen Monat lang auf deine Weise um Riran zu kümmern. Aber halte dich an die Regeln! Ich lasse nicht zu, dass Riran Schaden nimmt, solltest du mit deinem Versuch scheitern.«

Erin hob langsam den Kopf und sah Esaru an.

Diese zog mit ernster Miene die tonlose Flöte aus ihrer Tasche. »Sobald du das Gatter des Geheges öffnest, musst du die Flöte blasen! Versprich mir, dass du dich nicht überschätzt und erst handelst, nachdem du ausreichend nachgedacht hast.«

Erin legte die Hand an die Lippen und sagte: »Ich verspreche es.«

»Komm nachher ins Direktorenzimmer. Dann werde ich

dich über die Einzelheiten von Rirans Pflege unterrichten. Die medizinische Behandlung führe ich fort. Du lässt die Finger davon!«

»Jawohl!«

Esaru nickte und reichte Erin die tonlose Flöte.

Von diesem Augenblick an sollte sich Erins Leben entscheidend verändern.

Tomura

»Was⸮! Das ist ja unglaublich!«

Yuuyan fiel Erin um den Hals.

»Das ist ja toll! Bestimmt bist du die Erste seit Schulgründung, die so eine Blitzkarriere hinlegt und gleich in die Abschlussklasse versetzt wird!«

»Ach Quatsch!«, meinte Erin.

Doch Yuuyan schenkte ihr gar kein Gehör.

»Ich freu mich so! Ich hab's ja immer gewusst! Ein bisschen traurig bin ich trotzdem ... Ich werde dich im Unterricht vermissen!«

Während Yuuyans heftige Umarmung ihr beinahe die Luft zum Atmen nahm, versuchte Erin hastig, das Missverständnis aufzuklären: »Da hast du was falsch verstanden, Yuuyan! Weißt du ...«

Die Mitschüler scharten sich lärmend um sie.

»Ist das wahr⸮ Du wirst in die Abschlussklasse versetzt⸮«, fragte einer aus ihrer Mitte.

Erin schüttelte den Kopf, so heftig sie konnte. »Nein, das

stimmt nicht! Yuuyan hat da was falsch verstanden … Yuuyan, lass mich bitte los! Du erdrückst mich ja!«

Yuuyan löste zögerlich ihre Umarmung.

»Was? Falsch verstanden? Aber du hast doch die tonlose Flöte bekommen, oder? Und du wurdest von den Vorlesungen und Arbeitspflichten befreit. Das hast du doch gesagt!«

Erin atmete tief durch. Vor ihren Augen tanzten flackernde Lichtlein. Die eine Hand an die Wange gedrückt, blickte sie sich in der Schar ihrer Mitschüler um.

»Entschuldigt, dass ich mich so unklar ausgedrückt habe. Es hat sich so ergeben, dass die Frau Direktorin mir gestattet hat, das Jungtier im hinteren Ohju-Stall einen Monat lang zu beobachten. Das hat nichts damit zu tun, dass ich plötzlich ein paar Klassen überspringen dürfte …«

Noch während sie sprach, öffnete sich die Tür des Klassenzimmers und ein groß gewachsener junger Mann trat ein.

Als sie ihn erblickte, hielt Erin den Atem an. Es war der Junge, der für Rirans Pflege zuständig war.

Er trat vor Erin und die anderen und blickte sie mit gerunzelter Stirn an.

»Hast du irgendwelche privaten Beziehungen zur Direktorin?«, fragte er barsch. Er klang sehr verärgert.

Erin schüttelte den Kopf. Ihr Herz begann, schneller zu schlagen, und ihr Magen krampfte sich zusammen.

»Private Beziehungen nicht … Aber mein Ziehvater ist ein guter Freund von ihr.«

Der junge Mann zog die Augenbrauen nach oben.

»Schämst du dich denn gar nicht? Deine Beziehungen zu missbrauchen, um die Ohju-Pflege an dich zu reißen … Jemand wie du, der keinerlei Erfahrungen hat, stellt ein Risiko für die Tiere dar! Du hast doch keine Ahnung, worauf man dabei achten muss! Oder?«

Der Junge war knallrot angelaufen, und vor Zorn versagte ihm die Stimme.

Erin antwortete leise: »Du irrst dich. Ich habe mir diese Aufgabe nicht durch unlautere Mittel erschlichen.«

Er verzog das Gesicht und starrte das blass gewordene Mädchen an.

»Und warum hat dir die Direktorin dann meine Aufgaben übertragen?«

»Weil ich Ohjus in freier Wildbahn gesehen habe.«

Diese unerwartete Antwort ließ den jungen Mann erstaunt die Augen aufreißen. Auch Erins Mitschüler, die sie umringt hatten, waren offensichtlich verblüfft.

»Wilde Ohjus? Im Ernst? Du hast wilde Ohjus gesehen?«

»Ja.« Erin nickte. »Ich habe bei einem Bienenzüchter gelebt. Die Imker ziehen im Sommer in weit entlegene Bergtäler, die kein Mensch sonst je betritt, um den Blüten zu folgen. Da mein Ziehvater eine Sommerhütte auf dem Kasho-Berg besaß, konnten wir sie eines Tages, als wir Heilkräuter sammeln gingen, am Abhang einer gefährlichen Schlucht beobachten. Dort war ein Nest, in dem ein Ohju-Junges mit seiner Mutter lebte.«

»Und was hat deine Beobachtung dieser wilden Ohjus jetzt mit Rirans Pflege zu tun?«, fragte der junge Mann, dessen Zorn ein wenig abgemildert war.

Erin antwortete ihm heiser: »Die Direktorin hat mich gefragt, ob ich nicht versuchen möchte herauszufinden, inwieweit sich wild lebende Ohjus von solchen unterscheiden, die von Menschen gehalten werden.«

Totenstille folgte ihren Worten.

Der Junge strich sich gedankenverloren übers Gesicht und sah Erin starr an.

»Und das ist alles?«

Erstaunt hob Erin die Augenbrauen.

»Ja, weshalb?«

Der junge Mann schien zu zögern, doch dann fuhr er fort: »Da ist doch noch was! Du stammst doch aus dem Volk der Aaryo und verfügst über irgendein besonderes Wissen, nicht wahr?«

Erin fühlte einen stechenden Schmerz in ihrer Brust, als hätte ihr jemand einen Dolch hineingerammt.

Sie schüttelte nur den Kopf, ohne etwas zu sagen, und der junge Mann setzte zu einem weiteren Schlag an. »Soll das heißen, es stimmt nicht? Und woher wusstest du dann, woraus das Heilwasser besteht? Noch dazu das für Toudas!«

Über die Gesichter der anderen huschte ein Ausdruck des Entsetzens.

Vor Erins Augen verschwamm alles, und in ihren Ohren begann es zu rauschen. Während sie in kalten Schweiß ausbrach, sah sie den Jungen an.

»Das hat nichts mit meiner Aaryo-Abstammung zu tun.«

Sie wollte die Sprache nicht auf ihre Mutter bringen, doch wie sollte sie es ihm anders erklären?

Wie versteinert starrte sie ihn an und fand keine Worte. Ihr Kopf war vollkommen leer. Sosehr sie sich auch bemühte, sie wusste nichts weiter zu erwidern.

Plötzlich legte sich eine warme Hand beruhigend auf ihre Schulter. Erschrocken drehte sie sich um und erblickte Yuuyan, die ihr aufmunternd zunickte.

Die Anspannung wich etwas aus ihrem Körper, und sie nahm wieder die Geräusche um sie herum wahr. Als sie sich etwas beruhigt hatte, kamen ihr die Worte der Direktorin ins Gedächtnis.

Erin sah den jungen Mann an.

»Ich kann dir jetzt nicht erklären, woher ich die Rezeptur

des Touda-Heilwassers kenne. Ich habe der Direktorin versprochen, nicht darüber zu reden.«

Der junge Mann verzog unzufrieden das Gesicht, doch Erin fuhr unbeirrt fort.

»Nicht einmal mit meiner besten Freundin durfte ich bisher darüber sprechen. Ich habe Anweisung, erst dann darüber zu sprechen, wenn ich älter bin und besser weiß, wie es in der Welt zugeht und was ich darüber sagen darf. Bis dahin muss ich schweigen.«

Yuuyan war von ihren Worten offensichtlich tief getroffen. »Heißt das, du darfst nicht einmal mit mir darüber sprechen? Hat die Direktorin das gesagt?«

Die angespannte Atmosphäre, die bisher geherrscht hatte, lockerte sich durch die Art und Weise, wie Yuuyan sprach, augenblicklich.

Erin wich Yuuyans Blick aus.

»Es tut mir leid. Aber genau so ist es. Sie hat mir ausdrücklich verboten, mit dir darüber zu sprechen.«

Yuuyan hob eine Augenbraue.

»Wie gemein! Aber gut, es ist in Ordnung. Irgendwie fühle ich mich sogar geehrt, dass die Direktorin mich offiziell als deine beste Freundin anerkennt. Und eines Tages wirst du es mir ja erzählen, nicht wahr?«

Erin nickte.

Der junge Mann, dem das Gespräch aus den Händen gerissen worden war, hatte die beiden mit missmutigem Blick beobachtet, wurde aber nun etwas zurückhaltender.

»Nun gut. Wenn die Direktorin über alles Bescheid weiß und dich trotzdem um Hilfe gebeten hat, sollte ich mich vielleicht besser raushalten.«

Er beugte die Knie und ging in die Hocke, um auf Augenhöhe mit Erin zu sein.

»Aber vergiss nie, dass Riran mir sehr am Herzen liegt. Das arme Kleine ist zerbrechlich wie eine Glasskulptur, und sein Leben hängt nur noch am seidenen Faden. Kannst du dir vorstellen, wie ich mich dabei fühle, wenn mir die Verantwortung jetzt genommen und dir übertragen wird?«

Erin konnte nicht antworten.

»Wenn du Riran wehtust, werde ich dir das nie vergeben! Gib so gut auf ihn Acht, als ginge es um dein eigenes Leben!«

Nachdem er dies mit nachdrücklicher Stimme verkündet hatte, erhob er sich und verließ das Klassenzimmer.

Sobald sich die Tür knallend geschlossen hatte, stand Erin auf und ging ihm nach.

Als sie den groß gewachsenen jungen Mann, der mit eiligen Schritten davonstapfte, beinahe eingeholt hatte, rief sie laut: »Entschuldigung …?«

Er blieb stehen und wandte sich um.

»Was ist?«

Erin sah zu ihm auf und suchte verzweifelt nach Worten. Sie war ihm nachgeeilt, um sich zu entschuldigen, doch als sie in sein Gesicht sah, hatte sie plötzlich das Gefühl, eine Entschuldigung würde nicht ausreichen.

Sie hatte ihm Riran genommen.

Sie hatte keine Sekunde darüber nachgedacht, was sie ihm damit antat, als sie Esaru darum gebeten hatte, ihr Rirans Pflege zu übertragen. Was sie getan hatte, musste ihn so sehr kränken, dass es dafür keine Entschuldigung gab.

Aber dennoch konnte sie Riran nicht einfach so in dieser Dunkelheit zurücklassen. Wenn man Riran weiterhin mit der tonlosen Flöte zum Erstarren brachte, um ihn zu versorgen, würde er daran zugrunde gehen. Auch wenn Esaru und dieser junge Mann sie deswegen belächelten, sie wusste es einfach.

Auch wenn man sie deshalb für einen furchtbaren Menschen hielt, war es das wert und bedurfte keiner Entschuldigung, solange sie Riran dadurch helfen konnte.

Andererseits wollte sie auch nicht, dass er glaubte, sie habe Esaru nur darum gebeten, um sich einen Verdienst zu erwerben. Er sollte wissen, dass Riran auch ihr am Herzen lag.

Der junge Mann betrachtete sie zwar nach wie vor mürrisch, doch er drängte sie nicht zum Sprechen.

Erin schluckte und verlieh den Gefühlen Ausdruck, die aus ihrem Herzen kamen.

»Ich empfinde großes Mitleid mit Riran … Auch ich wurde von meiner Mutter getrennt, als ich noch klein war …«

Die Miene des jungen Mannes veränderte sich.

»Eigentlich sollte Riran noch unter den Fittichen seiner Mutter sein. Doch er wurde ihr mit Gewalt entrissen. Ich habe das Gefühl, nur zu gut zu verstehen, wie es ihm jetzt geht.« Erin rang nach den richtigen Worten. »Die wilde Ohju-Mutter, die ich beobachten konnte, hat ihr Junges sehr liebevoll behandelt. Fast wie eine menschliche Mutter mit ihrem Baby umgehen würde. Deshalb …«

Der junge Mann sagte: »Schon gut. Ich verstehe dich.«

Er wandte sich zum Gehen um, doch Erin fuhr fort.

»Bitte erzähle mir alles über Riran!«

Langsam drehte der junge Mann sich wieder zu ihr um.

Erin atmete tief ein und wiederholte ihre Worte: »Bitte sag mir alles, was du weißt.«

In den Augen des Jungen spiegelte sich ein gequältes Lächeln.

»Ganz schön frech. Willst deinen Erfolg auf meinen Erfahrungen aufbauen. So ehrgeizig bist du also?«

Erin schüttelte den Kopf.

»Ich möchte einfach nur, dass das Kleine wieder richtig frisst. Es soll sich nicht länger da in der Dunkelheit zusammenkauern, sondern in Sonnenstrahlen baden. Ich habe nur einen Monat Zeit dazu. Du sagtest doch, dir liegt viel an Riran. Du weißt mehr über ihn als jeder andere, oder? Also, bitte hilf mir!«

Der junge Mann betrachtete das Mädchen mit dem blassen Gesicht für eine Weile. Einzig und allein ihre Augen strahlten ihn an.

Ganz schön eigensinnig, dachte er. Ganz schön egoistisch, wie sie das durchzieht, was sie sich in den Kopf gesetzt hat.

Seltsamerweise machte ihn das jedoch kein bisschen wütend. Auch der Zorn, der vorhin noch in seinem Bauch geschwelt hatte, war plötzlich verraucht.

Es war wichtig, dass er ihr genau erklärte, wie sie mit Riran umzugehen hatte, damit sie keine Fehler beging.

Er hob den Kopf.

»Komm mit. Ich zeige dir, worauf du achten musst.«

Das Miene des Mädchens leuchtete auf, was ihm ein erneutes Stirnrunzeln entlockte.

»Vielen Dank!«

Als sie sich vor ihm verbeugte, blickte er noch mürrischer drein. Er wollte zu gerne glauben, dass sie das alles nur aus Geltungssucht tat. Doch er konnte es nicht. Ihr Gesicht, als sie davon gesprochen hatte, Riran zum Fressen bringen zu wollen, hatte so hell aufgeleuchtet, dass man die Strahlen förmlich berühren konnte.

Sie machte ihm nichts vor, Riran lag ihr wirklich am Herzen.

Doch die Wahrheit war, dass selbst jede noch so engagierte Pflege kaum etwas bewirken würde, sondern dem verängstigten und feindlich gestimmten Jungtier eher noch eine Bürde war.

Esaru hatte ihm vertraut und ihm Rirans Pflege überlassen.

Darauf war er stolz gewesen, und er wollte ihre Erwartungen nicht enttäuschen. Außerdem hatte ihm das junge Tier leidgetan, und er wollte ihm irgendwie helfen.

Doch was immer er auch versucht hatte, Riran hatte das Futter nicht angerührt. Die letzten Tage war er nur vom Gedanken erfüllt gewesen, wie es sich auf seinen Ruf auswirken würde, wenn Riran unter seiner Verantwortung starb.

Als ihm dann plötzlich die Rolle des Pflegers genommen wurde, war er wütend gewesen. Die Aufgabe jedoch wollte er gar nicht wirklich zurück.

Wäre er überzeugt gewesen, mit seiner Pflege irgendwas ausrichten zu können, hätte er sich wohl standhaft geweigert, Erin seine Position zu überlassen, als er von Esaru darum gebeten wurde. Doch die Wahrheit war, dass er selbst nicht mehr wusste, was er noch tun sollte. Daher war er einverstanden gewesen. Vielleicht hatte Esaru seine Gefühle auch bereits durchschaut.

Sie hatte diesem Mädchen die Aufgabe vermutlich übertragen, weil sie selbst wohl nicht mehr weiterwusste.

Einen Monat also …

Was wäre nach diesem Monat? Wenn Riran sich weiterhin weigerte, zu fressen oder das Heilwasser zu trinken, war er dem Tod geweiht.

Wenn er starb, während das Mädchen sich um ihn kümmerte, würde dies nicht auf ihn zurückfallen. So erbärmlich dieser Gedanke war, er konnte ihn nicht unterdrücken.

Aber irgendwie ist sie mir nicht ganz geheuer …

Möglicherweise schaffte sie es wirklich, Riran durch das Geheimwissen der Aaryo zu retten.

Doch selbst wenn – er hatte kein Problem damit. Das Mädchen konnte die Schmach, die es für ihn bedeutete, von seinen Pflichten entbunden worden zu sein, nicht mit Worten lindern –

aber wenn er Riran nur einmal erleben dürfte, wie er ein Sonnenbad nahm, wäre all das um ein Vielfaches aufgewogen.

»Ähm … Wie heißt du eigentlich? Ich bin Erin.«

Die Worte des Mädchens brachten ihn in die Wirklichkeit zurück. »Tomura. Mein Name ist Tomura.«

Licht von unten

»Die Wand des Ohju-Stalls abreißen …?«

Esaru starrte den Jungen an.

»Warum?«

Tomura erwiderte verlegen: »Weil … Erin gesagt hat, dass sie es so möchte. Sie meinte, dass das Licht, das durch das Fenster dringt, das Problem wäre und Riran vielleicht Angst hätte …«

Esaru strich sich die Haare aus der Stirn.

»Und was meinst du dazu?«

»Ich weiß es nicht«, erwiderte Tomura. »Ich hab keine Ahnung, ob das nun wirklich eine Rolle spielt … Aber … wie soll ich sagen … Dieses Mädchen ist kein gewöhnliches Mädchen, und ich nehme ihre Meinung ernst.«

»Was meinst du damit, dass Erin kein gewöhnliches Mädchen ist?«

»Sie verbringt ihre ganze Zeit im Ohju-Stall. Das Essen lässt sie sich von ihrer Freundin bringen, und wenn sie ins Wohnheim geht, um ein Bad zu nehmen, dann nimmt sie sich nur das Nötigste an Zeit dafür. Das geht jetzt seit fünf Tagen so. Sie war die ganze Zeit über hier im Stall, außer eben, um ein

Bad zu nehmen oder aufs Klo zu gehen. Sie sitzt in eine Wolldecke gehüllt da und lässt Riran nicht aus den Augen.«

Esaru lächelte erstaunt.

»Sie badet also? Ich hätte gedacht, dass sie das vermeidet, damit er sich an ihren Geruch gewöhnt.«

»Ja, sie badet. Riran reagiert nicht besonders, wenn sie nach dem Bad an ihm vorbeigeht, aber sie meinte, es wäre vielleicht nicht so gut, wenn er ihren Körpergeruch wahrnimmt.« Tomura wurde rot im Gesicht. Erin war noch ein Mädchen und keine Frau. Es gab eigentlich keinen Grund, sich zu schämen. »Jedenfalls bin ich jeden Tag hingegangen, um nach dem Rechten zu sehen, weil ich mir so meine Gedanken mache, aber auch wenn ich sie anspreche, antwortet sie nie etwas Konkretes. Als ich aber heute aus dem Stall kam und noch überlegte, was ich sagen soll, hat sie mich gebeten, die Wand einzureißen. Und dass ich das Brett an der Stelle, wo immer die Bottiche stehen, entfernen soll.«

»Wo die Bottiche stehen? Ah, das ist ziemlich weit unten, nicht wahr? Du sollst also die Bretter ganz unten an der Wand entfernen.«

»Ja. Sie meinte, sie möchte ausprobieren, wie es ist, wenn er nicht von oben Licht abbekommt, sondern es von unten hereinscheint.«

Esaru strich sich über das Kinn. Sie bekam eine Ahnung davon, was Erin im Sinn hatte.

»Verstehe … Gut. Dann entferne die Bretter so, wie sie es gesagt hat. Kannst du das machen? Oder soll ich jemanden herschicken?«

»Kein Problem, ich mache es. Die Wand dort gehörte ursprünglich nicht zum Ohju-Stall, sondern wurde erst nachträglich errichtet, als Riran wegen seiner Lichtscheu außer sich geriet und tobte, sie besteht nur aus aneinandergenagelten Brettern. Wenn ich die Nägel herausziehe, kann ich die Bretter ganz leicht entfernen.«

Tomura verbeugte sich schwungvoll und verließ das Zimmer.

Selbst in der Dunkelheit, in der sie anfangs nichts erkennen konnte und nur den Tiergeruch wahrnahm, fühlte sie sich wohl, nachdem sie sich einmal daran gewöhnt hatte.

Es war eigenartig. Als Kind hatte sie Angst im Dunkeln gehabt, und auch jetzt mochte sie die Dunkelheit nicht besonders. Aber wenn sie in ihre Wolldecke gehüllt in der Finsternis saß, erfüllte eine Ruhe ihr Herz, wie wenn sie in warmes Wasser getaucht wäre. Sie wusste dann nicht einmal mehr, ob sie wach war oder schlief.

Vielleicht wollte Riran auch in dieser Wärme sein. Vielleicht dämmerte er die ganze Zeit, seit er aufgehört hatte zu fressen, vor sich hin.

Riran auf der anderen Seite des Gitters verhielt sich absolut ruhig.

Als Erin gerade erst mit ihrer Beobachtung angefangen hatte, hatte sie das Gefühl gehabt, sein Atem habe sich beschleunigt, als er ihren Geruch und ihre Anwesenheit bemerkte. Er hatte sich oft bewegt, und Erin hatte ein Geräusch gehört, das klang, als würde er sich das Gefieder lecken, aber seit etwa zwei Tagen war nichts dergleichen mehr zu hören.

Während Erin ihn Tag und Nacht beobachtete, bekam sie schließlich ein Gefühl dafür, wann er wach war und wann er schlief. Da die Stalltür nur angelehnt war, konnte sie Rirans Gestalt schattenhaft erkennen.

Wenn das Licht, das durch den Spalt in der Stalltür hereindrang, von der morgendlichen Dämmerung in das helle Tageslicht überging, begann Riran, sich immer wieder zu bewegen.

Auch wenn er Kot absetzte oder Wasser trank, geschah das jeden Tag zu derselben Zeit, als würde er sich nach der Uhr richten, deren Glockenläuten vom Schulgebäude her zu hören war.

Rirans Geruch war nicht so stark wie der der anderen Ohjus. Vielleicht lag es daran, dass seine Lebenskraft immer mehr nachließ und er sich allmählich dem Tod näherte.

Während sie den jungen Ohju intensiv beobachtete, wälzte Erin einen Gedanken in ihrem Kopf hin und her: Warum rührte das Jungtier kein Fressen an, obwohl es Wasser trank?

Angeblich war Riran vor dem Unfall mit dem Pfeil bei dem Bankett ein ganz normales Jungtier gewesen, das von der Muttermilch entwöhnt war und Fleisch fraß. Aber warum dann jetzt nicht mehr …?

Anfangs war Erin mit Futter in das Gehege gegangen, so wie Tomura es ihr gesagt hatte. Sie hatte das Wasser gewechselt, ausgemistet und musste dabei ein-, zweimal die tonlose Flöte benutzen. Sie hasste es, die Flöte auch nur an die Lippen zu setzen, aber sie dachte, es würde nicht anders gehen.

Aber wenn sie aus dem Gehege trat und nachsah, ob Riran etwas fraß, bemerkte sie, dass er, nachdem die Erstarrung gewichen war, begann, sich selbst zu beißen. Er biss sich so heftig, als würde er in seinem eigenen Körper einen Dämon vermuten, den er töten wollte.

Seitdem Erin das beobachtet hatte, benutzte sie die tonlose Flöte nicht mehr.

Sie schob das Futter und das Wasser einfach durch die Tür des Zauns, so weit ihr Arm reichte. Der Boden des Stalls war etwas abschüssig, deshalb lief der Urin von selbst ab. Erin fragte sich zwar, ob es in Ordnung war, den Stall nicht auszumisten, aber da der junge Ohju sowieso nicht viel Mist produzierte, würde es reichen, alle paar Tage sauber zu machen.

Als Esaru Erin die Pflege von Riran übertrug, hatte sie gesagt, sie würde die Schulter eine Weile nicht behandeln. Die Wunde hätte sich inzwischen geschlossen, deshalb würde sie ein paar Tage nicht hierherkommen.

»Aber er scheint doch noch Schmerzen zu haben …«

»Wenn ein Mensch sich den Fuß verletzt hat, muss er ihn selbst dann noch eine Weile schonen, wenn alles verheilt ist, und wird ihn leicht nachziehen.«

Esaru hatte gesagt, sie würde in einer Woche wieder nach ihm sehen, bis dahin könnte Erin alles so machen, wie sie es wollte. Nur wenn Riran irgendeine Veränderung zeigen sollte, müsste sie sie sofort informieren.

Erin empfand diese sieben Tage, in denen Esaru ihr keine Fragen stellte, als sehr wertvoll. In dieser Zeit wollte sie versuchen, ohne die tonlose Flöte auszukommen. Sie beschloss, nichts weiter zu tun, als Riran zu beobachten.

Vielleicht lag es daran, dass Riran nicht mehr so oft der Lähmung ausgesetzt war, die die tonlose Flöte verursachte, jedenfalls verletzte er sich in dieser Zeit nicht mehr selbst.

Während Erin den fast bewegungslosen Ohju beobachtete, versuchte sie sich vorzustellen, was in diesem Jungtier wohl vorging.

Sicher sahen Tiere ganz andere Dinge und hörten ganz andere Geräusche als Menschen. Aber bestimmt gab es auch etwas, das sie gemeinsam hatten, zum Beispiel das Gefühl, wenn sie von der Mutter zärtlich umsorgt wurden, oder das Gefühl von Verlassenheit, wenn sie nicht da war.

Erin fragte sich, ob nicht gerade das Licht das Jungtier spüren ließ, dass die Mutter weg war. Die Mutter, die sonst mit ihrem Körper alles über dem Jungtier bedeckte …

Aber ohne Licht konnte es auch das Futter nicht sehen.

Tomura und die Lehrer hatten ihr erklärt, dass die Ohjus genau wie alle anderen Tiere ihr Futter am Geruch erkannten, aber Erin hatte den Eindruck, dass das nicht stimmte.

Sicherlich war der Geruch von großer Bedeutung, aber vielleicht war es ebenso wichtig, dass sie ihr Fressen auch sehen konnten.

Wenn sie sich wie Riran in einem Zustand befinden würde, in dem ihr alles um sie herum Angst machte und sie schon vor Kleinigkeiten zurückschrak, hätte sie selbst sicher besondere Angst davor, etwas zu essen, das sie nicht mit den Augen überprüfen konnte.

Als sie damals immer wieder die wilden Ohjus beobachtet hatte, obwohl Joun sie dafür ausschimpfte, hatte sie bemerkt, dass die Ohjus Tiere mit sehr guten Augen sein mussten. Die Ohju-Mutter war aus großer Flughöhe plötzlich herabgeschossen und hatte eine Beute erlegt.

Und wenn das Muttertier den Jungtieren, die im Nest warteten, mit dem Fleisch vor den Augen herumwedelte, hatte sie Laute großer Freude von sich gegeben.

Was würde wohl passieren, wenn sie Riran das Futter nicht nur hinstellen, sondern es ihm direkt vor die Augen halten würde? Erin hatte daraufhin versucht, ein Stück Fleisch an einem Besenstiel zu befestigen, es über das Gitter zu halten und damit herumzuwedeln, aber da das Licht, das durch den Türspalt fiel, nicht bis zu Riran reichte, hatte er nicht reagiert.

Wenn ich es hier nur etwas heller machen könnte …, hatte sie daraufhin überlegt.

Das Licht, das durch den Türspalt drang, reichte in der Abenddämmerung so weit, dass es Rirans Füße berührte. Und vor diesem Licht schien er sich nicht zu fürchten …

Vielleicht hatte Riran deshalb keine Angst vor dem Licht an

seinen Beinen, weil auch unter dem Körper seiner Mutter Licht an seine Beine gedrungen war. Wenn das Muttertier die Flügel ausbreitete und den Körper anhob und aufstand, waren die Jungtiere von unten her dem blendend hellen Licht ausgesetzt.

Die Jungtiere kannten das Licht vielleicht nur als etwas, das sie von unten beschien.

Als sie mit Tomura über ihren Einfall sprach, zog dieser erstaunt seine Augenbrauen zusammen.

»Ich soll Bretter aus der Stallwand entfernen? Aber das kann ich doch gar nicht alleine«, hatte er gemurrt.

Doch wie es jetzt aussah, hatte er mit Esaru darüber gesprochen, denn noch am selben Nachmittag kam er mit Werkzeug in der Hand wieder.

»Versuch bitte, nicht zu viel Lärm dabei zu machen«, bat Erin ihn, worauf Tomura mürrisch erwiderte: »Das brauchst du mir nicht zu sagen, das weiß ich doch.«

Während Tomura mit einer Zange die Nägel aus der Bretterwand zog, beobachtete Erin, wie Riran sich verhielt.

Als er den letzten Nagel herausgezogen hatte, schob Tomura die Zange in den Spalt zwischen zwei Brettern und zog mit aller Kraft an. Mit einem lauten Quietschen löste sich das Brett, und die Nachmittagssonne beschien den Stallboden.

Erin hielt den Atem an.

Das Licht, das durch das Loch in der Wand hereindrang, beleuchtete Rirans Beine und reichte bis zu seinem Bauch hinauf, aber Riran hob nur etwas den Kopf, blinzelte ein paarmal und bewegte sich ansonsten nicht weiter.

Erin stieß die angehaltene Luft wieder aus. Ihre Hände zitterten.

Gott sei Dank …

Riran hatte keine Angst bekommen. Also war tatsächlich entscheidend, aus welcher Richtung das Licht kam.

Vielleicht war das nur eine Kleinigkeit, aber Erin freute sich so darüber, dass sie am liebsten in die Luft gesprungen wäre.

Erin schlich sich leise aus dem Stall.

»Und?«, fragte Tomura.

Erin lächelte ihn an und sagte: »Er hat sich nicht erschreckt! Er ist ganz ruhig geblieben, obwohl das Licht ihn jetzt bis zum Bauch hinauf anleuchtet!«

Tomura blinzelte überrascht. Er sah Erin zum ersten Mal lachen.

»Na, dann ist es ja gut«, sagte er.

»Ja! Bei dieser Helligkeit wird er sein Futter sehen können. Ich werde versuchen, es ihm direkt unter die Nase zu halten!«

»Du fängst schon wieder damit an? Aber Riran erkennt doch am Geruch, dass er Fleisch vor sich hat. Und trotzdem frisst er nicht, das ist doch das Problem.«

»Ja … Dennoch möchte ich es versuchen.«

Erin ging zu dem Speicher, der sich hinter dem Wohnheim befand, und holte von dort einen Speer, den die Schüler benutzten, um damit Fische zu fangen. Wenn sie das Fleisch an einen Besenstiel band, konnte sie es nicht so gut handhaben, deshalb wollte sie versuchen, es mit dem Speer aufzuspießen.

Als sie versuchsweise ein Stück Fleisch auf die Speerspitze steckte, bemerkte sie, dass es schwerer war als gedacht und dass ihre Kraft nicht ausreichte, um es hin und her zu bewegen. Aber wenn sie den Speer etwas nach unten schwenkte, fiele das Fleisch herunter. Ihr blieb nichts anderes übrig, als die übliche Fleischmenge einer Fütterung zu halbieren und kleinere Stücke daraus zu machen. Mit diesen kleinen Stücken müsste es irgendwie gehen.

Als sie in den Stall zurückkehrte, war Tomura noch dort und wartete auf sie. Beim Anblick des Speers mit dem Fleisch lächelte er gequält.

»Aha. Das ist immer noch besser als der Besen, mit dem du es zuerst versucht hast.«

Erin wurde rot im Gesicht, aber sie nahm den Speer fester in die Hand und ging weiter. Tomura blieb an der Stalltür stehen und sah ihr zu. Es war nur ein Brett gewesen, das er entfernt hatte, aber jetzt war es doch um so viel heller im Stall, dass er Rirans Gestalt sehen konnte.

Riran war wohl schon an Erins Anwesenheit gewöhnt. Als sie hereinkam, hob er nur etwas den Kopf, ohne seine Flügel auch nur ein bisschen zu bewegen.

Vorsichtig näherte sich Erin dem Gitter.

An welcher Stelle sollte sie den Speer mit dem Fleisch nur durchs Gitter stecken, damit es Riran ganz natürlich vorkam? Wie boten Muttertiere den jungen Ohjus ihre Beute an?

Erin schloss die Augen, und in ihrer Erinnerung stieg das Bild der Ohju-Mutter auf, wie sie sich liebevoll mit ihrem Kind in dem Nest an der Steilwand abgab. Das Muttertier hatte das Fleisch zwischen den Zähnen und schüttelte es mit dem Kopf hin und her. Sie bewegte das Beutestück dabei vor den Augen des Jungtieres hin und her, auf und nieder …

Erin öffnete die Augen und steckte den Speer mit dem Fleischstück in Höhe ihrer Brust durch das Gitter. Dann benutzte sie das Gitter als Hebel und hob das Fleisch so weit hoch, dass es in Rirans Augenhöhe war, um es dann so zu bewegen, wie sie es bei dem Muttertier gesehen hatte.

Riran hob den Kopf, als wäre er wie gebannt von der Bewegung des Fleischstücks vor seinen Augen. Dann näherte er sich mit der Nase dem Fleisch, sog den Geruch ein und schnüffelte ausgiebig daran.

Das war das erste Mal, dass Riran Interesse an seinem Futter zeigte.

Erin hielt gebannt die Luft an und ließ Riran nicht aus den

Augen. Da ertönte ein Laut, der klang, als würden die Saiten einer Harfe gezupft: »Long, long, long«.

Riran ruft …

Doch sein Rufen klang etwas anders als die Freudenschreie des wilden Ohju-Jungen, die Erin kannte.

Riran hob den Kopf und sah Erin an.

Er sah Erin genau in die Augen. Auch das war das erste Mal.

Riran rief wieder und wieder. Dabei schüttelte er den Kopf hin und her und sah abwechselnd das Futter und Erin an. Als ob er etwas fragen wollte …

Erins Herz schlug schneller. Was wollte Riran wohl wissen? Wie sollte sie darauf reagieren? Sie musste schnell etwas tun …

Aber sie wusste nicht, was. Erin stand wie erstarrt da und sah Riran einfach nur an. Das Leuchten in den Augen des jungen Ohjus wurde schwächer.

Er hörte auf zu rufen.

Dann wandte er sich von dem Futter ab und nahm wieder die gewohnte Position ein.

Erins Nase begann zu kribbeln, und Tränen stiegen ihr in die Augen.

Riran hatte sie etwas gefragt, aber sie hatte nicht antworten können. Dabei hätte er das Fleisch wahrscheinlich gefressen, wenn sie dazu in der Lage gewesen wäre. Sie war so nah dran gewesen …

Erin zog den Speer aus dem Gitter und ließ das Fleisch zu Rirans Füßen liegen. Dann ging sie aus dem Stall.

»Es sah aus, als würde er den Geruch des Fleisches einziehen, war das wirklich so?«, fragte Tomura aufgeregt.

Erin nickte, schwieg jedoch.

Tomura zog die Stirn kraus. »Und dann hat er seltsame Geräusche von sich gegeben, oder?«

»Seltsame Geräusche?«

»Ja, es klang, wie wenn man die Saiten einer Harfe anschlägt!«

Erin starrte Tomura an. »Aber das ist doch die Stimme der Ohjus …«, sagte sie.

Tomura riss die Augen auf. »Die Stimme der Ohjus? Das? Ich habe noch nie ein Ohju solche Laute von sich geben hören. Machen wilde Ohjus das so?«

»Was …? Die Ohjus hier geben keine Laute von sich?«, fragte sie erstaunt.

»Doch. Sie machen ›Äääh‹ wie ein kleines Baby, und wenn sie ausgewachsen sind, stoßen sie manchmal so etwas wie ein Knurren aus. Aber diese seltsamen Laute von eben habe ich zum ersten Mal gehört.«

Erin starrte mit leicht geöffnetem Mund in Richtung des Ohju-Stalls. Die wilden Ohjus in dem Nest an der Steilwand hatten unaufhörlich diese Geräusche von sich gegeben. Erin hätte nicht im Traum daran gedacht, dass die Ohjus, die hier lebten, das nicht taten.

Aber wenn sie darüber nachdachte, dann hatten weder die Ohjus, die sich auf der Weide sonnten, noch Riran in seinem Stall jemals so gerufen … Riran hatte diese Laute heute zum ersten Mal von sich gegeben.

Erin zupfte nachdenklich an einem ihrer Ohrläppchen.

Warum hatte Riran diese Geräusche gemacht? Und warum nur diesmal und sonst nicht …?

»He, hörst du mir überhaupt zu?«

Tomuras Stimme riss Erin aus ihren Gedanken.

»Was …? Doch, was ist denn?«

Tomura sah sie fassungslos an.

»Ich hab dich gefragt, ob die wilden Ohjus solche Rufe ausstoßen! Also, was ist nun damit?«

»Ach so. Ja, das tun sie. Sie rufen dauernd auf diese Weise… Ich frage mich nur, warum die hier lebenden Ohjus das nicht tun…«

Mit abwesendem Gesichtsausdruck ging Erin zurück in den Stall.

Riran hatte sich nicht bewegt. Das Fleisch vor ihm lag immer noch unberührt da.

Er musste doch Hunger haben… warum fraß er dann nicht?

Erin kauerte sich auf dem Boden zusammen und stützte das Kinn auf die Knie.

Jedes Tier fraß, wenn es Hunger hatte. Wenn es das nicht tat, würde es sterben. Wie konnte es dazu kommen, dass ein Tier sogar den Drang zu fressen unterdrückte?

Ob in Rirans Herzen irgendetwas passiert war? Was ging wohl in ihm vor? Ein Mensch konnte seinem Leben selbst ein Ende setzen. Ob es das auch unter Tieren gab?

Aber Riran wollte mich irgendetwas fragen…

Er hatte den Geruch des Fleisches eingesogen, sie angesehen und gerufen. Als ob er fragen wollte, ob es in Ordnung wäre, das zu fressen…

Hätte sie in diesem Moment geantwortet, dass er fressen dürfte, hätte sie ihm in der Sprache der Ohjus geantwortet, hätte er dann gefressen?

Erin verschränkte beide Arme über ihren Knien und vergrub ihr Gesicht darin.

Die Ohjus hatten eine andere Sprache als die Menschen, und sicher hatten sie auch eine andere Denkweise. Wenn sie diese beiden Dinge nur verstehen würde, dann würde sie Riran vielleicht dazu bringen zu fressen.

Aber es war hoffnungslos, dieses Rätsel lösen zu wollen. Rirans Körper würde nicht so lange aushalten, bis sie herausgefunden hatte, wie sie auf sein Fragen reagieren musste.

Damals, als sie von ihrer Mutter getrennt worden war, hatte sie zwei Tage lang nichts gegessen und den Hunger gar nicht gespürt. Ihr Körper war in seinem Empfinden so beeinträchtigt gewesen, dass er sogar diesen schlimmen Hunger überstanden hatte, und wenn sie noch länger kein Hungergefühl wahrgenommen hätte, dann hätten ihr Körper und ihre Seele immer mehr an Kraft verloren. Sie wäre immer schwächer geworden und irgendwann zusammengebrochen … und gestorben.

Erin hob den Kopf und betrachtete die zusammengerollte Gestalt auf der anderen Seite des Gitters.

Dieses Tier war aus heiterem Himmel angegriffen worden und hatte ein tragisches Erlebnis hinter sich. Es war immer noch durcheinander und würde hier sterben. Ohne etwas zu fressen und ohne überhaupt das Hungergefühl wahrzunehmen.

Wenn niemand auf sein Fragen antwortete, würde es sicher so weit kommen.

Erin spürte plötzlich einen Stich in ihrem Herzen, von dem aus sich eine tiefe Traurigkeit ausbreitete.

Vielleicht ist es schon zu spät …

An diesem Abend ließ Erin das Abendessen ausfallen. Sie hatte überhaupt keinen Appetit.

Auch wenn sie sich in ihre Decke gehüllt auf den Boden legte, konnte sie nicht lange schlafen, und wenn sie wegdämmerte, hatte sie einen Traum nach dem anderen.

Im Traum, den sie immer wieder durchlebte, sah sie die Ohju-Mutter, wie sie vom Himmel herab zu ihrem Kind ins Nest flog. Long, long, long … long, lolong, long …

Begleitet von diesen liebevollen Lauten warf sie ihrem Kind das Fleisch vor, und während sie zärtliche Rufe ausstieß, warf auch das Jungtier seinen Kopf hin und her und schnappte nach dem Fleisch.

Warum hatte Riran sie angesehen und »Long, long« gerufen? Während der Klang dieser Laute in Erins Ohren widerhallte, glitt sie in einen anderen Traum hinüber, einen Traum von ihrer Zeit in Jouns Haus. Wenn Joun die Saiten seiner geliebten Harfe angeschlagen hatte, hatte er nicht einfach nur gezupft, sondern den Klang der Saite verändert, indem er gleichzeitig mit den Fingern leicht darüberstrich.

Wenn Joun die Harfe auf diese Weise spielte, dann gab sie einen besonderen Klang von sich: »Long«. Erin wachte mit einem Mal auf.

Sie riss die Augen auf und starrte in die Finsternis.

Dann warf sie die Decke von ihrem Körper, erhob sich und verließ den Stall.